Diogenes Taschenbuch 23677

de
te
be

Früher war noch viel mehr Lametta

Hinterhältige Weihnachtsgeschichten

Ausgewählt von Daniel Kampa

Diogenes

Nachweis am
Schluß des Bandes
Umschlagzeichnung von
Tomi Ungerer

Originalausgabe

www.diogenes.ch
500/07/44/1
ISBN 978 3 257 23677 4

Inhalt

Loriot

Spielwaren

Opa Hoppenstedt betritt einen Spielwarenladen. Er berührt eine kleine Guillotine. Das Fallbeil fällt, der Kopf der Puppe wird vom Rumpf getrennt.

OPA Haben Sie Spielzeug? ... Zu Weihnachten ... Für mein Enkelkind ...

VERKÄUFERIN ... Und was darf es da sein?

OPA Es muß ein bißchen was ... *(macht eine aufmunternde Bewegung mit dem Arm)* ... nicht wahr ...

VERKÄUFERIN Wie alt ist denn das Kind?

OPA *(denkt nach)* ... Ungefähr so ... *(zeigt die Größe)*

VERKÄUFERIN Ein Junge oder Mädchen?

OPA *(denkt nach)* ... Tja ...

VERKÄUFERIN *(freundlich)* ... Na, Sie werden doch wohl wissen, ob Ihr Enkelkind ein Junge oder ein Mädchen ist ...

OPA Wieso?

VERKÄUFERIN Wie heißt denn das Kleine?

OPA Hoppenstedt ... wir heißen alle Hoppenstedt ...

VERKÄUFERIN ... Und mit Vornamen?

OPA Dicki ... Dicki Hoppenstedt ...

VERKÄUFERIN ... Und es ... es ist ein Mädchen?

OPA *(zögernd)* ... Nee ...

VERKÄUFERIN Also ein Junge ...

OPA *(zweifelnde Bewegung mit der Hand)* ... Neeneeneenee ...

VERKÄUFERIN *(verblüfft)* Was denn nun?

OPA *(denkt nach)* ... So genau kann ich das nicht sagen ...

VERKÄUFERIN Wie ist es denn angezogen? ...

OPA Hosen ... blaue Hosen ...

VERKÄUFERIN Na, vielleicht haben Sie es ja auch mal ohne Höschen gesehen ...

OPA Nein ... wozu denn? ... *(sieht sich scheu um)* ... Sagen Sie mal ... was für ein Laden ist denn das hier?

VERKÄUFERIN *(zu umstehenden Damen)* ... Ich hatte den Herrn nur gefragt, ob sein Enkelkind ein Junge oder ein Mädchen ist ... *(zu Opa Hoppenstedt)* Wenn Ihr Enkelchen ein Zipfelchen hat, könnte man immerhin ...

OPA Zipfelchen?!

VERKÄUFERIN Mein Gott, dann hat es eben *kein* Zipfelchen …

OPA Mein Enkelkind hat alles, was es braucht! Gesunde Eltern und ein anständiges Zuhause … und Zucht und Ordnung! *(schlägt mit der Faust auf den Tisch, so daß sich eine Gruppe Kleinspielzeuge schnarrend in Bewegung setzt)* Also haben Sie nun Spielzeug für anständige Kinder oder nicht? *(schlägt auf den Tisch, das Spielzeug steht still)*

VERKÄUFERIN *(nimmt ein Spiel aus dem Regal)* Hier haben wir ein neuartiges Spiel für Jungen und Mädchen im Alter von fünf bis zehn Jahren … Das wird *sehr* gern genommen … »Wir bauen uns ein Atomkraftwerk« … Da haben die Kinder viel Spaß dran *und* die Eltern … es ist wirklich etwas für die ganze Familie … *(öffnet das Spiel)* … Hier ist die Spielanleitung … und das sind die einzelnen Teile, die zusammengesetzt werden … die Brennkammer, der Uranstab, Neutronenbeschleuniger, Kühlsystem und die Sicherheitskuppel …

OPA Und was ist das?

VERKÄUFERIN Das sind Kühe, Häuser und Menschen für die Landschaft drumrum ... alles wunderhübsch gearbeitet!

OPA Kann das auch richtig explodieren? *(macht aufmunternde Handbewegung)*

VERKÄUFERIN Ja ... wenn man einen Fehler macht ... gibt es auch eine kleine Explosion ... natürlich nicht richtig ... es ist ja für Kinder ... Aber es macht Puff, und die Kühe fallen um und die kleinen Häuser und Menschen ... da ist dann immer ein großes Halloo und viel Spaß ... Möchten Sie es mitnehmen? ...

OPA Jawohl ... *(summt eine Marschmelodie)*

VERKÄUFERIN 64 Mark 50 ...
(holt ein verpacktes Exemplar) ... Sie bekommen es originalverpackt ...

OPA *(sucht nach Geld)* ... Nehmen Sie auch Spielgeld? *(lacht albern)*

VERKÄUFERIN *(humorlos)* Nein ... *(tippt an der Kasse)*

OPA *(bezahlt)*

VERKÄUFERIN *(übergibt das Paket)* Ich wünsche Ihnen ein frohes Fest und viel Freude mit dem schönen Spiel …

Opa entfernt sich mit dem Paket. Er summt einen Marsch, wobei er den Schirm wie einen Tambourstab bewegt. Kurz vor Erreichen der Türe bleibt er mit seinem Schirm in einem großen unter der Decke befestigten Netz hängen. Im Hagel herabfallender Bälle verläßt er den Laden.

Ingrid Noll

Der Schneeball

Es war Sommer, als ich Claudia kennenlernte. Meine Wohnung war eng, dunkel und hatte keinen Balkon. Es bot sich geradezu an, bei schönem Wetter mit einem Tütchen Himbeerbonbons in der Tasche und dem Laptop unterm Arm das stickige Haus zu verlassen. Gleich um die Ecke gab es einen Kinderspielplatz, wo es meistens erst am Nachmittag laut und betriebsam zuging.

An jenem warmen Julimorgen saß ich auf einer Bank und schrieb an meiner überfälligen Semesterarbeit: »Die militante Kinderstube«. Es ging um Kriegsspielzeug, mit dem seit Ewigkeiten die kleinen Buben auf ihre angebliche Bestimmung vorbereitet werden, so wie man die Mädchen mit Puppenküchen ködert. Auf dem Spielplatz war es angenehm still, nur eine alte Frau saß strickend auf der Nachbarbank und bewachte den Inhalt eines Kinderwagens; ich konnte ungestört arbeiten.

Plötzlich war es mit der Ruhe vorbei. Eine Frau tauchte mit einem Knaben auf, den man schon aus der Ferne brüllen hörte: »Gib mir meine Wasserpistole wieder!« Ich blickte auf. Es war zwar eine schöne junge Mutter, die sich da mit ihrem aufsässigen Sohn abplagte, aber wahrscheinlich hatte es wenig Sinn, hier sitzen zu bleiben. Ich kenne solche Situationen: Kinder im Vorschulalter sind Nervensägen und machen ein konzentriertes Arbeiten fast unmöglich.

Gerade wollte ich aufstehen, als der Junge anfing zu singen. Aber im Gegensatz zu anderen Müttern, die sich bei Gesangsdarbietungen ihrer Kids mit stolzem Lächeln nach Publikum umschauen, zischte sie aufgebracht: »Du weißt genau, daß ich dieses Lied nie wieder hören will!«

Nun war ich neugierig geworden. Sang ein Fünfjähriger bereits unanständige Lieder? Oder war die Mutter eine besonders prüde oder humorlose Frau? Ich schaltete mich ein und gab mich als Student der Sozialpädagogik zu erkennen und somit als Profi in der Kindererziehung aus.

Obwohl sie sicherlich ein paar Jahre älter war als ich und im Gegensatz zu mir praktische Erfahrungen im Umgang mit einem Kind hatte, fiel sie sofort darauf herein. »Es ist mir so peinlich!« sagte sie. »Aber Nicos neunzigjähriger Urgroßvater wohnt bei uns im Haus; er macht sich einen Spaß daraus, dem Kind völlig abwegige Gedichte und

Lieder beizubringen. Leider ist mein Mann ganz anderer Meinung und findet, ich würde das viel zu ernst nehmen.«

Nico spitzte aufmerksam die Ohren. »Willst du das Lied hören?« fragte er mich wie einen Schiedsrichter.

Seine Mutter schüttelte den Kopf, ich nickte.

Der Kleine baute sich vor mir auf und begann:

Wer will unter die Soldaten,
der muß haben ein Gewehr,
der muß haben ein Gewehr,
das muß er mit Pulver laden
und mit einer Kugel schwer...

Sozusagen von Berufs wegen war ich fasziniert, während Nicos Mutter wie ein Teenager errötete. Ich ließ mir den Text noch einmal aufsagen und notierte alles in meinem Laptop.

Die zweite Strophe war ebenso martialisch wie die erste:

Der muß an der linken Seite
ein scharfen Säbel han,
daß er, wenn die Feinde streiten,
schießen und auch fechten kann...

Mit erstaunten Kulleraugen verfolgte die blonde Frau, wie der anstößige Text auf dem Display erschien und abgespeichert wurde. Vielleicht hielt sie mich in ihrem ersten Schrecken trotz meiner langen Haare für einen Rechtsradikalen und begann sich vor mir zu fürchten. Leicht amüsiert erklärte ich, daß dieses Lied eine gute Ergänzung zu meinem ganz und gar pazifistischen Aufsatz sei, der sich mit den Auswüchsen des Militarismus in der Kinderstube des 19. Jahrhunderts befasse. Es war bemerkenswert, wie rasch ihr Mißtrauen in Bewunderung überging.

Gegen Mittag folgte ich ihr nach Hause, weil sie für den hungrigen Sohn und den zahnlosen Großvater Spaghetti kochen wollte. Ich hätte zwar lieber wie bei meiner eigenen Mutter getafelt, denn Nudeln konnte ich auch selber zubereiten. Aber es schmeckte nicht schlecht, Nico bekam zum Abschluß meinen letzten Himbeerbonbon und ich ein Küßchen.

Es war fast selbstverständlich, daß wir uns am nächsten Tag auf dem Spielplatz wiedertrafen.

Unser Verhältnis dauerte den ganzen Sommer lang. Claudias Mann hatte beruflich in Kanada zu tun und wurde glücklicherweise erst im September zurückerwartet. Gegen elf Uhr nachts, wenn Nico und der Opa schliefen, war meine Stunde gekommen; bevor es hell wurde, schlich ich wieder davon. Es war eine schöne Zeit.

Im Herbst wurde es mir auf dem Spielplatz zu kühl, außerdem besuchte Nico jetzt wieder den Kindergarten. Da der Ehemann und Vater zurückgekehrt war, mußte unsere Affäre abrupt beendet werden. Ich weiß nicht genau, wie es Claudia erging, aber ich litt wie ein ausgesetzter Hund. Es war kein großer Trost, daß meine Arbeit über die militante Kinderstube mit einer sehr guten Note bewertet wurde.

Kurz vor Weihnachten teilten mir meine Eltern schriftlich mit, daß sie in diesem Jahr das Fest im Kreise gleichgesinnter Rentner auf Mallorca feiern wollten. Mit anderen Worten: Sie hielten mich nicht mehr für ihren kleinen Tommy, der an den Weihnachtsmann glaubt. Ich konnte sehen, wo ich blieb. Zwar gab es verschiedene halbherzige Versuche, gemeinsam mit Freunden etwas zu unternehmen, aber schließlich blieb ich doch zu Hause und tat mir leid.

Meinen einsamen Weihnachtsnachmittag gestaltete ich hauptsächlich mit dem Kinderprogramm im Fernsehen, den Abend mit den Resten verschiedener Flaschen. Gegen Mitternacht brummte mir der Kopf, und ich verließ das Haus, um klarer denken zu können. Es schneite seit Stunden, so wie es sich viele Menschen – außer meinen egoistischen Eltern – inbrünstig gewünscht hatten.

Vor dem Haus meiner Geliebten blieb ich stehen; wie ich wußte, schlief das Ehepaar getrennt. Claudias Schlafzimmerfenster war noch erleuchtet, und ich wurde von sehnsüchtigen Gefühlen geradezu überwältigt. Wie schön wäre es, wenn sie jetzt das Fenster weit öffnen würde, um für die Nacht noch einmal frische Luft hereinzulassen!

Der Schneeball war rasch geknetet und traf perfekt. Aber statt eines sanften, watteweichen Aufpralls, der meine zärtlichen Absichten wie ein Hauch verkünden sollte, schepperte es ohrenbetäubend. Unabsichtlich hatte ich offenbar einen Stein eingebacken und die Scheibe wie mit einem Geschoß zertrümmert.

Gebannt blieb ich stehen, denn Claudia mußte wohl oder übel reagieren, wenn auch sicherlich nicht mit großer Begeisterung. Aber am Heiligabend sollten kleine Sünden ja leichten Herzens vergeben werden.

Statt des beschädigten Fensters wurde jedoch die Haustür aufgerissen, und ein großer Mann in Pantoffeln und Schlafanzug schlappte, so stramm es ging, auf mich zu. Mir rutschte nicht nur das Herz, sondern auch reichlich Schnee in die Hose, denn bei meinem eiligen Start glitschte ich schon nach wenigen Metern aus und fiel rücklings hin.

Claudias Mann war ein Riese, der mich wie einen Zwerg mit einer Hand in die Senkrechte zog. »Das gibt eine Anzeige!« schnauzte er. »Einfach weglaufen, das könnte Ihnen so passen! Sie kommen jetzt mit ins Haus, und ich rufe die Polizei.« Meinen Beteuerungen, den Schaden ersetzen zu wollen, schenkte er keinen Glauben. Kurz darauf saß ich neben einem prächtig geschmückten Tannenbaum und legte dem erzürnten Hausherrn meinen Ausweis vor.

In diesem Moment kam Claudia in einem hellgelben Negligé herein und brach bei meinem Anblick in markerschütterndes Gekreische aus.

»Leg dich wieder schlafen«, sagte ihr Mann, »die Angelegenheit ist sofort erledigt.«

»Bitte tu ihm nichts!« winselte sie.

»Bloß keine Hysterie, meine Liebe«, sagte er, »es ist nur ein Besoffener, der nach vollendeter Tat schnell abhauen wollte. Vandalismus ist aber kein Kavaliersdelikt.«

Und zu mir gewandt: »Schämen sollten Sie sich! Für Lausbubenstreiche sind Sie zu alt! Wie soll ich jetzt an den Feiertagen und bei diesem Wetter einen Glaser herkriegen!«

Leider verzog sich Claudia immer noch nicht, wie er befohlen hatte, sondern heulte und zitterte, was das Zeug hielt. »Er ist doch gar kein Einbrecher!« schluchzte sie, obwohl das niemand behauptet hatte.

Um sie zu beruhigen, trat ich an den Wandschrank und holte die Wodkaflasche und ein Gläschen heraus.

»Danke, das tut gut«, sagte sie und trank aus.

Nun erst begann ihr Mann, hellhörig zu werden. Er musterte seine Frau argwöhnisch und fragte: »Kennst du diesen hergelaufenen Penner etwa?«

»Nein«, sagten Claudia und ich wie aus einem Munde, aber nun brüllte er: »Wie kann er wissen, wo mein Schnaps steht?«

Wahrscheinlich war er viel zu laut geworden, denn Nico wurde wach und betrat nun ebenfalls die Bühne. Verpennt, zerstrubbelt und barfuß stand er in der offenen Tür und zielte mit einem Plastikcolt direkt auf mein Herz. »Schade«, sagte er und ließ die Waffe sinken, »es ist ja gar kein Räuber, sondern nur der Tommy!«

Nicos Vater packte seinen Sohn am Schlafittchen. »Woher kennst du diesen Kerl?« fragte er.

»Vom Spielplatz natürlich«, sagte Nico, »das ist doch der gute Onkel, der mir immer Bonbons schenkt!«

Natürlich trug diese Aussage nicht unbedingt zu meiner Entlastung bei. Aber jetzt meldete sich erst einmal Claudia zu Wort, um mit einem erzieherischen Anliegen von der eigenen Person abzulenken. »Woher hast du diese schreckliche Waffe?« herrschte sie ihren Sohn an.

»Von Opa natürlich«, sagte Nico und rieb sich die müden Augen.

Das Familienoberhaupt nahm dem Kind die Knarre weg. »Die sind aber heutzutage schwer, diese Dinger«, stellte er fest und gab Nico einen Klaps auf den Po. »Geh wieder ins Bett«, befahl er, »und gewöhn dir ein für allemal ab, auf Menschen zu zielen!«

Nico wandte sich zur Tür, die vielen Fragen und Verbote wurden ihm ohnedies lästig. »Was ist eigentlich *zielen*?« fragte er, wohl um noch ein wenig Zeit zu gewinnen.

»Aber Nico, das weißt du doch genau«, sagte der Vater und richtete den Revolver demonstrativ auf mich, »*Zielen* geht sooo…! Und nimm nie wieder von einem fremden Onkel Bonbons an…«

Ich stand auf und wollte mich, gemeinsam mit Nico, aus dem Raum stehlen.

In diesem Augenblick krachte ein Schuß los. Ich spürte so etwas wie einen Schlag am rechten Bein und stürzte gegen den Weihnachtsbaum.

In ihrem panischen Schrecken schrie sich Claudia fast die Seele aus dem Leib, Nico heulte los wie eine Sirene, der schwere Baum neigte sich ächzend aus seinem allzu zierlichen Ständer und donnerte schließlich unter dem nicht enden wollenden Klirren der vielen Glaskugeln zu Boden. Und zu allem Unglück hatte entweder der Baum oder ich die offene Wodkaflasche mitgerissen, so daß sich das helle Wässerchen mit meinem Blut zu einem ekligen Cocktail vermischte.

Die Kugel in meiner Wade mußte operativ entfernt werden, verursachte aber glücklicherweise keine bleibenden Schäden. Am zweiten Feiertag besuchte mich Claudia im Krankenhaus. Sie erzählte, daß sich ihr Mann bisher vergeblich um einen Glaser und um die Einweisung des militanten Großvaters in eine psychiatrische Klinik bemüht habe.

Als ich am nächsten Tag glücklich wieder im Bett meiner ausgekühlten Wohnung lag, erhielt ich einen Anruf meiner Mutter aus Mallorca. Sie schwärmte davon, daß sie den mittäglichen Espresso bei schönstem Sonnenschein auf der Terrasse trinke. Meine Eltern vermißten mich offenkundig nicht sonderlich, aber sie ahnten natürlich nicht, was ein Schneeball alles bewirken kann und wie knapp ihr armer Tommy dem Tod entronnen war.

Graham Greene

Lieber Dr. Falkenheim

Eine Weihnachtserzählung

Lieber Dr. Falkenheim,

Sie baten mich um einen Bericht – vielleicht sollte ich besser sagen: eine Krankheitsgeschichte – über ein bestimmtes traumatisches Erlebnis aus der Kindheit meines Sohnes, das mit dem Glauben an den Weihnachtsmann zusammenhängt. Ich will versuchen, exakt zu sein und auch meine eigenen Empfindungen nicht zu verbergen, denn es ist mir durchaus klar, daß die Analyse eines Kindes bis zu einem gewissen Grade auch die seiner Eltern ist. Ein Fleisch: wieviel zutreffender ist diese Bezeichnung für das Kind eines Mannes als für seine Ehefrau. Ich habe das ganze Wochenende damit verbracht, das Buch von Dr. Doppeldorf, das Sie mir empfohlen haben, zu lesen. Es hat mich streckenweise sehr beeindruckt; beispielsweise, zu erfahren, daß das Unterbewußtsein Wortspiele liebt oder welche Bedeutung das Zufällige haben kann – weshalb Sie auch nicht erstaunt sein dürfen über die

Zufälligkeiten in meinem Bericht. Und hier werde ich auch schon ausschweifend (oder soll ich lieber sagen abschweifend), anstatt den kurzen Bericht zu verfassen, den Sie von mir erwarten. Aber erwarten Sie wirklich einen kurzen Bericht von mir? Nach der Lektüre von Dr. Doppeldorf glaube ich nicht so recht daran.

Ich weiß, daß ich mit Entsetzen Scherz treibe, und ich weiß, daß Sie das durchschauen werden. Ich sehe mein Kind vor mir, wie es jedes Jahr im Dezember aus der Schule nach Hause kommt, mit einem blauen Auge oder aus dem Mund blutend und doch voll von dem furchtbaren Mut, den ein einsames Kind in einer feindlichen Welt demonstriert, weil es nicht glauben kann, daß ausgerechnet *wir* wissen, was es mit dem Leben auf sich hat. In seinen Augen interessiere ich mich nur für das neue Preistreiben zwischen der Esso und der Shell, meine Frau für den Frauenverein, und wir beide haben seine Unabhängigkeit zu respektieren und ihn in Ruhe zu lassen. Die Wunde existiert nicht, der blaue Fleck kam, weil er gedankenverloren gegen eine Ziegelmauer rannte.

Mein Sohn war sechs Jahre alt, als das, was ich zu beschreiben versuche, geschah. Mit Frau und Kind war ich gerade vor wenigen Monaten von England nach Kanada gezogen, und noch keiner von uns fühlte sich heimisch in der großen, stählernen, neonerleuchteten Stadt, die neunhundert Meter hoch zu Füßen der Rockies lag. Der Himmel schien höher und weiter als unsere englischen Himmel, er lag über den uns bisher bekannten Wolken, und die Luft war klar und frisch wie Quellwasser. Von unserem Bungalow aus, der am Rande der Stadt lag und Kosy Nuick hieß, konnten wir über das hügelige graue Farmland bis hin zu den verschneiten Gipfeln der Rockies schauen; sie änderten stündlich ihre Farbe – waren manchmal ein hartes, glitzerndes Weiß, manchmal ein fahles Rosa und zuweilen sogar ein tiefes Sturmwolkenblau.

Ich erwähne diese Umstände, um zu zeigen, daß wir uns durchaus nicht wie in den Wilden Westen verbannt vorkamen. Im Gegenteil: Über allem lag eine gewisse Heiterkeit, ein Gefühl von Freiheit und Neubeginn. Und natürlich waren wir in keiner Weise auf diesen Blitz aus heiterem Himmel, der uns nach ein paar kurzen Monaten wieder vertreiben sollte, vorbereitet. Wir sind nie wieder an den Ort zurückgekehrt, und so muß das, was mein Sohn davon in Erinnerung behalten hat, eine Sechsjährigenwelt sein. Ein seltsames Sammelsurium kommt zutage, wenn er davon spricht: Männer in Cowboy-Kleidung, die in Selbstbedienungsläden

Cornflakes kaufen; der Parkplatz oben auf dem »Hudson Bay«-Kaufhaus, wo man vom Wagen aus den Fluß, die Dächer der Häuser und die Berge sehen konnte; das Brüllen und Stampfen des Schlachtviehs, das in den Viehwaggons am Bahnhof zusammengepfercht war; der Wolkenbogen über den Rockies, der den »Chinook«, einen warmen Wind, ankündigt, wenn die Temperatur innerhalb weniger Stunden von minus 30 Grad über den Gefrierpunkt ansteigt; und natürlich (aber davon spricht er nicht) die schreckliche Erinnerung, der Sie auf der Spur sind. Wir hatten in Westkanada all unsere englischen Bräuche wiederentdeckt – es gab Ostereier und keinen Osterhasen, und lange vor Weihnachten fingen Männer mit weißen Bärten an, in den Spielzeugabteilungen der beiden großen Kaufhäuser, »Hudson Bay« und »Eaton«, Kaugummi und Papierhüte an die Kinder zu verteilen. Irgendwie schien es von den Kindern stillschweigend hingenommen zu werden, daß diese Männer nur stellvertretend für den richtigen Weihnachtsmann tätig sind. Oder bringen sie sie mit den Heiligen durcheinander, die nach katholischer Lehre zu gleicher Zeit an verschiedenen Orten erscheinen können? Vielleicht ist die Vorstellung eines vielfachen Weihnachtsmannes nicht verwirrender als die Sache mit der Dreieinigkeit, die die

Kinder im Religionsunterricht ohne weiteres hinnehmen sollen. Und wenn sie mit dummen Fragen kommen, wird ihnen wahrscheinlich – wie auch uns Erwachsenen bis zum heutigen Tag – vom unbegreiflichen Mysterium gesprochen.

Mein Sohn hatte seinen Wunschzettel schon Anfang November geschrieben. Keine der dort aufgeführten Sachen hätte sich in den Säcken der alten Männer vom »Bay« oder »Eaton« finden lassen, und ich glaube auch nicht, daß er dergleichen erwartete. Immer waren wir im Zweifel – Sie wissen, wie wenig Eltern ihre Kinder kennen –, ob er überhaupt noch an den Weihnachtsmann glaubte. In der Schule hatte er, da in England die Anforderungen höher sind, die erste Klasse übersprungen und saß nun zwischen abgebrühten sieben- und achtjährigen Skeptikern. Wenn ich selber an meine Kindheit zurückdenke, kann ich mich noch dunkel an eine Zeit erinnern, in der ich meinen Eltern das weihnachtsmanngläubige Kleinkind vorspielte. Sie genossen es so ganz offensichtlich: die Zeremonie mit dem Weihnachtsstrumpf am Bett, das Verkleiden (für den Fall, daß ich noch wach war) und Einschleichen in mein Schlafzimmer. Und natürlich war ich einmal zu Weihnachten wach genug gewesen, um zu bemerken, daß der Weihnachtsmann genau die gleichen braunen Delta-Schuhe trug wie mein Vater. Es ist seltsam, wie das Wort »Delta« mir im Gedächtnis hängengeblieben ist. Sie, Doktor, werden vermutlich auch dafür Ihre Erklärung haben. Das Nildelta vielleicht – Moses im Schilf – die sieben Plagen: Wie weit man es doch mit einem Paar Schuhe zu dreißig Mark bringen kann.

Ich sagte zu meiner Frau: »Laß uns doch dieses Jahr den Weihnachtsmann einfach nicht erwähnen. Wir haben mit England Schluß gemacht, also können wir auch mit dem Weihnachtsmann Schluß machen.«

»Es macht solchen Spaß, kleine Geschenke für den Weihnachtsstrumpf zusammenzubekommen«, so oder ähnlich sagte sie (ich gebe das Gespräch so wahrheitsgetreu wieder wie nur möglich, aber nach sechs Jahren ...). »Und nur allzubald werden wir ihm seidene Krawatten und Ezra Pounds Gesammelte Gedichte schenken.«

»Es spricht ja auch nichts dagegen, daß der Strumpf noch eine Weile weiterbesteht. Wir wollen nur die Verbindung mit dem Weihnachtsmann lösen, das ist alles. Wir könnten anstelle des Strumpfes sogar eine kleine Schüssel nehmen.«

»Die hätte keine Ferse für die Mandarinen.«

Dieses Jahr war der Wunschzettel meines Sohnes ein wenig furchteinflößend, so als sei er von der NATO zusammengestellt worden. Er begann mit einer Weltraumkanone und einer taktischen Atomwaffe, die er in einem Schaufenster des »Bay« gesehen hatte. Noch das harmloseste auf der Liste – wenn man einmal vom Verwendungszweck des Urans absah – war ein Geigerzähler.

»Bei einem solchen Wunschzettel willst du mir doch nicht weismachen, daß er noch an den Weihnachtsmann glaubt«, sagte ich.

»Warum denn eigentlich nicht? Als du klein warst, hast du dir wahrscheinlich Zinnsoldaten und ein Luftgewehr gewünscht. Das ist eben der Fortschritt.«

»Ich möchte wirklich wissen, ob nicht schon jemand ein Spielzeug-Hiroshima herstellt«, sagte ich, »das dann mit diesen taktischen Atomwaffen bombardiert werden kann. Ich hätte Lust, den Einfall rechtzeitig für nächste Weihnachten patentieren zu lassen.«

Aber nächste Weihnachten war der Weihnachtsmann so tot wie eine Hammelkeule, falls dieser beliebte englische Vergleich auch hier erlaubt ist.

Wir waren uns immer noch nicht ganz einig darüber, ob man den alten Mann dieses oder erst nächstes Jahr liquidieren sollte, als meine Frau ziemlich aufgeregt von einem der großen Selbstbedienungs-Kaufhäuser zurückkehrte, die für unsere Vororte zuständig waren (keine Hausfrau hatte es mehr nötig, überhaupt noch in die Stadt zu fahren, denn in diesen Geschäften konnte man von der Waschmaschine bis zum Paperback alles einkaufen – natürlich auch Cornflakes; und einen großen Parkplatz für mindestens fünfhundert Wagen gab es auch). Sie sagte zu mir: »Der Weihnachtsmann kommt am Heiligabend aus dem Himmel an.«

»Aus dem Himmel? Und seine Rentiere?« fragte ich.

»Per Hubschrauber natürlich. Er wird kurz vor Sonnenuntergang auf dem Parkplatz landen.«

»Wir marschieren hier ganz offensichtlich in der Vorhut des Fortschrittes.«

»Es ist ein ›Eaton‹-Hubschrauber. Sie haben ›Bay‹ den Rang abgelaufen. Unser Kaufhaus ist das letzte auf seiner Route. Du mußt zugeben: Wenn dies Colins letztes Jahr mit dem Weihnachtsmann ist, dann haben wir den Vogel abgeschossen.« (So ging es bei uns immer. Mitfühlend mit dem Kind, mitfühlend mit dem Weihnachtsmann, bemüht, auf taktvolle Art dem Kind nun schonend die Wirklichkeit beizubringen. Ich kann mich nicht erinnern, daß meine Eltern soviel Aufhebens machten.) Nun, da war es also, alles von einem menschenfreundlichen Kaufhaus arrangiert: die Ankunft des Weihnachtsmannes per Hubschrauber. Freier Eintritt. Eine Gratisvorstellung. Es herrscht doch eine

Atmosphäre von Großzügigkeit im amerikanischen Werbegeschäft. Und diese Art, anzukommen, hatte den Segen der Kirchen. Elias hob sich in einem Wagen in die Lüfte, der Weihnachtsmann sollte aus ihnen herniedersteigen. Natürlich war die Geschichte von Elias für Erwachsene wie mich bestimmt, wohingegen der Weihnachtsmann für die Sprößlinge war. (Ich hasse das Wort »Sprößlinge«, vielleicht, weil ich Bambussprößlinge sehr gern esse; es ist für mich daher beinahe so, als ob man seine Kinder Kohlköpfe nennen würde.) Aber, ob ich will oder nicht, zurück zum Heiligabend; zurück zum Parkplatz vor dem gläsernen Selbstbedienungskaufhaus mit dem seilumspannten Landeplatz für den Hubschrauber, knapp so groß wie ein Haus, zu uns dreien, die wir seine Ankunft aus der Stadt erwarteten; dem hohen Himmel und der Kälte; meiner Frau, die sagte: »So was gab es zu Hause in England nicht. Mir gefällt Weihnachten hier.« Und wir beide sprachen bestimmt über die großen, weiten Landstriche und das kleine, überfüllte Europa und die beflügelte Phantasie der Werbeleute dieser Stadt, tausend Meter hoch in der Luft. Pater O'Connor stand da auch herum mit einer »Kohlkopf«-Schar aus seiner Gemeinde, die Cowboyhüte, Davy-Crockett-Mützen mit Pelzschwänzen, Bluejeans und Windjacken mit kariertem Futter trugen. Die Sonne würde bald hinter den Rockies untergehen, und wir hörten den Hubschrauber irgendwo fern im hohen grünen Himmel; er stieg senkrecht von irgendeinem Kaufhaus in der Stadt auf, kreiste wie ein Raubvogel und kam dann eifrig auf uns zugebrummt, während die Babys in den Kinderwagen schrien und krähten. Als der Weihnachtsmann unter den messerscharfen, sausenden Propellerflügeln aus etwa siebzig Meter Höhe herabschaute, muß er Hunderte von offenen Mündern erblickt haben. Der Hubschrauber kreiste über uns, der Weihnachtsmann öffnete einen Sack, und die Luft war voll von kleinen glänzenden Paketchen, die herunterfielen. Sie fielen in die Kinderwagen, in die Cowboyhüte, landeten zwischen hohen Absätzen und Miniatur-Cowboy-Stiefeln. Genau die gleichen Dinge, die täglich vor den Kaufhäusern verteilt wurden, Kaugummi und Papiermützen – aber natürlich hatten sie, als Gaben des Himmels, einen ganz anderen Wert. Dann schaukelte der Hubschrauber leicht hin und her, setzte in der Mitte des umzäunten Platzes mit seinen großen Gummikufen auf, und ein Lautsprecher ermahnte die Eltern, ihre Kinder fernzuhalten, solange der Propeller sich noch drehte.

Das Dumme war, daß niemand daran gedacht hatte, den Weihnachtsmann zu warnen. Das Kreisen der Flügel über seinem Kopf wurde langsamer, und er wartete nicht auf die Leiter, sondern sprang, den großen Sack über der Schulter, auf den Boden. Die Flügel über seinem Kopf schnitten wie eine Sense durch die Luft, und Hunderte von Kindern kreischten vor Vergnügen über seine Landung. Vielleicht gab es auf der Rückseite des Hubschraubers Sonderbeifall, oder aber er hatte das Gefühl, daß die Kinder dort ihn nicht richtig sehen könnten. Jedenfalls ging er um die Maschine herum, um sich dort zu zeigen. Aber er hatte völlig vergessen – falls er es je gewußt hatte –, daß ein Hubschrauber nicht nur oben einen Propeller hat, sondern auch hinten, und in den marschierte er prompt hinein. Die Propellerblätter erfaßten seinen Körper und beförderten ihn in einer Art gewaltsamem Tanz den Weg zurück, den er gekommen war, sein Kopf wurde sofort abgesäbelt, durch die Luft gewirbelt, mitsamt dem weißen abnehmbaren Bart und allem, und landete ein paar Schritte weiter, mit offenen Augen und erstauntem Blick, ehe der Körper seinen Tanz zu Ende getaumelt hatte.

So also entstand das Trauma – Ihnen und Dr. Doppeldorf verdanke ich die Kenntnis dieses Wortes. Meine Frau hat außer Beruhigungstabletten eine Menge Zeit darauf verwendet, dem Kind zu erklären, daß es doch nur ein alter Mann namens Jeff Drew war, der da gestorben war, und nicht der Weihnachtsmann. Die Zeitungen taten ihr Bestes, um sie Lügen zu strafen mit ihren eindeutigen Schlagzeilen ›Der Tod des Weihnachtsmannes‹ und ähnlichem, und die Stadtväter trugen das Ihre zu der Verwirrung bei, indem sie dem alten Mann, der nach ein paar Wochen bestimmt wieder Fürsorgeempfänger gewesen wäre, ein aufwendiges Begräbnis mit berittener Polizei und Stechpalmenkränzen gaben. Ein Weihnachtsbaum mit bunten elektrischen Kerzen wurde auf dem Grab aufgestellt, und die Schulkinder veranstalteten eine Prozession, bei der ich meinen Sohn allerdings nicht mitgehen lassen wollte. Ich wollte, daß er die Geschichte so schnell wie möglich vergessen solle, und genau das hat er nicht getan. Und so ist er jetzt im Alter von zwölf Jahren die Zielscheibe des Spottes seiner Altersgenossen geworden: Jedes Jahr, wenn der Dezember naht, muß er sich nicht enden wollende rohe Scherze gefallen lassen, und das Ergebnis ist, daß er sich in Schlägereien einläßt, bei denen er den kürzeren zieht. Wie sollte er auch nicht? Er ist ja in einer ewigen Minderheit, steht immer allein, weil er glaubt, daß es den Weihnachtsmann wirklich gegeben hat. »Natürlich gibt es ihn«, sagt er, einem frühen Christen nicht ganz unähnlich, »ich habe doch gesehen, wie er starb.« Er ist tot und somit unsterblich. Bitte, Doktor, tun Sie, was Sie irgend können…

David Lodge

Pastorale

Di *da* da, di *da* da, dida, dida, dida...

Wenn ich die ersten Takte des Hirtengesangs aus Beethovens *Pastorale* höre, fällt mir sofort wieder ein, was ich alles auf die Beine gestellt habe, um die Jungfrau Maria in die Arme zu nehmen – will sagen Dympna Cassidy, die damals die Jungfrau Maria spielte. Damals – das war ein Weihnachtsfest in den fünfziger Jahren, der Anlaß ein Krippenspiel, das ich für den Jugendklub Unserer Lieben Frau vom Immerwährenden Beistand in Südlondon inszeniert hatte, worunter man sich vorzustellen hat, daß ich das Stück schrieb, Regie führte, die Rollen besetzte, die Bühnenbilder entwarf und natürlich die Musik aussuchte. Nur die Kostüme nähte ich nicht selbst, dafür spannte ich meine treusorgende Mutter und meine grollenden Schwestern ein.

Das hört sich an, als sei ich damals schon verrückt aufs Theater gewesen, aber das war, als ich dieses Projekt in Angriff nahm, durchaus nicht der

Fall. Ich war in der letzten Klasse des Katholischen Gymnasiums St. Aloysius, hatte Englisch, Französisch, Latein und Wirtschaftskunde als Leistungsfächer und wollte Jura studieren, um Anwalt zu werden (diesen Floh hatte mir mein Vater, seines Zeichens Bürovorstand in einer Rechtsanwaltskanzlei, ins Ohr gesetzt; sein sehnlichster Wunsch war es, mich dermaleinst als Staranwalt zu sehen). Damals hätte ich mir nicht träumen lassen, daß ich mal als Regisseur beim Musical landen würde, und zwar hauptsächlich in Gastspielen von bewährten Oldies wie *Oklahoma* und *The King and I.*

Vor ein paar Jahren habe ich allerdings auch in einem neuen Musical im Westend Regie geführt, dessen Ruhm sich bedauerlicherweise nicht sehr weit verbreiten konnte, weil es nach drei Wochen wieder abgesetzt wurde. Große Hoffnungen setze ich auf mein neues Projekt, *Cleo,* ein Musical *nach Antonius und Cleopatra,* das ich selbst geschrieben habe.

Doch ich schweife ab. Zurück zu dem Krippenspiel mit dem wenig originellen Titel *Die Weihnachtsgeschichte.* Der ursprüngliche Titel war *Frucht ihres Leibes,* womit ich auf den entschiedenen Widerstand des Gemeindepfarrers Father Stanislaus Lynch stieß; die Auseinandersetzung um den Titel war der erste, aber nicht der letzte Strauß, den ich wegen des Krippenspiels mit ihm ausfocht. Er fand ihn anstößig Die Worte seien schließlich, konterte ich, Teil des *Ave Maria.* Aus dem Zusammenhang gerissen, behauptete er, ergäben sie einen ganz anderen Sinn. »Und *im* Zusammenhang«, sagte ich, »ergeben sie überhaupt keinen Sinn, weil Katholiken ihre Gebete bekanntlich herunterleiern, ohne sich die mindesten Gedanken um den Inhalt zu machen. Mein Krippenspiel legt es darauf an, sie aus ihrer geistigen Dumpfheit zu reißen und ihnen bewußt zu machen, worum es bei Weihnachten eigentlich geht – um die Menschwerdung Christi nämlich.« Ich war – zumindest auf der Ebene intellektueller Auseinandersetzungen – gewandt und zungenfertig. Auf anderen Gebieten, wenn Mädchen ins Spiel kamen beispielsweise, war es mit meiner Selbstsicherheit nicht so weit her.

Father Stan, wie wir ihn nannten, blieb hart. »Alles gut und schön, aber meinst du etwa, ich hänge ein Plakat an die Kirchentür, auf dem für eine Aufführung mit dem Titel *Frucht ihres Leibes* geworben wird? Der Mütterkreis würde mir schön was erzählen!« Zu Hause führte ich laute Klage über diesen Fall kleinlich-kirchlicher Zensur; erst als eine meiner Schwestern sagte, ein bißchen abartig fände sie den Titel schon, sie müsse dabei einerseits immer an Ananas und Bananen, andererseits an Wörter wie Leibchen oder Leibgedinge denken, verzichtete ich auf weitere Gegenargumente.

Di *da* da, di *da* da... Es gab noch andere Stücke in der *Weihnachtsgeschichte*, die während des Kulissenwechsels hinter dem Vorhang gespielt werden und auf das nächste Bild einstimmen sollten. Für die Verkündigung hatte ich Gounods *Ave Maria* vorgesehen, für die Heiligen Drei Könige ein Thema aus Rimskij-Korsakovs *Scheherazade* und für die Flucht aus Ägypten den *Walkürenritt*. Mein Vater besaß eine ganz ordentliche Sammlung klassischer Musik auf Schellackplatten, die ich auf unserer Musiktruhe abspielen durfte, einem nußbaumfurnierten Ungetüm, das im Erker unseres Vorderzimmers stand. Allein der »Hirtengesang« aber löst die Erinnerung an dieses Stück und an Dympna Cassidy aus. Ursprünglich diente er als Einstimmung auf die Szene, in der die Hirten nach Bethlehem eilen, um dem Jesuskind zu huldigen, aber im Verlauf der Proben tauchte er auch in anderen Szenen auf.

Angefangen hatte die ganze Geschichte an einem Samstagabend Anfang November bei einer Tanzerei im Jugendklub. Father Stan und ich saßen auf Klappstühlen am Rand der Tanzfläche, sofern die staubig-splittrigen Dielenbretter des Gemeindesaals eine solche Bezeichnung überhaupt verdienen, und sahen den Paaren zu, die sich über die Tanzfläche schoben, während Nat King Coles *Too young* aus einem Koffergrammophon dröhnte.

Ich saß dort, weil ich nicht tanzen konnte und den Eindruck zu erwecken suchte, daß ich nicht tanzen wollte, während ich in Wirklichkeit nur aus Angst, mich beim Tanzenlernen der Lächerlichkeit auszusetzen, das Mauerblümchen mimte. Zu diesen Abenden kam ich in meiner Eigenschaft als Klubsekretär und getrieben von dem sorgfältig geheimgehaltenen Verlangen nach Dympna Cassidy, auch wenn ich tausend Qualen litt, wenn ich mit ansehen mußte, wie ein anderer Partner sie in den Armen hielt. Zum Glück waren die meisten Jungen im Klub genauso gehemmt wie ich, so daß häufig wohl oder übel zwei Mädchen miteinander tanzen mußten, so wie Dympna und ihre Freundin Pauline, die sich an jenem Abend zu den kleistrigen Klängen von *Too young* wiegten. Im übrigen verbot das Klubprotokoll bei männlichen Partnern jeden engen Kontakt zwischen den Paaren, und aus diesem Grunde beehrte uns auch Father Stan bei diesen Anlässen stets mit seinem Besuch. Seine Aufgabe war es, dafür zu sorgen, daß zwischen den Tanzpartnern immer Licht zu sehen war.

They say that we are much too young,
Too young to really be in love...

Nicht, daß ich in Dympna Cassidy verliebt gewesen wäre; ebendas war das Problem.

Sie war eine dralle Schönheit mit jadegrünen Augen und kupferrotem Haar, das, zu besonderen Anlässen frisch gewaschen, ihr Gesicht in einer naturkrausen, schimmernden Wolke umstand. Ihr Teint hatte das strahlend durchscheinende Weiß einer schönen Alabasterfigur, ihre Lippen waren zu einem bezaubernden Schmollmund aufgeworfen. Wenn sie lächelte, erschienen zwei Grübchen in ihren Wangen, die aussahen wie kleine Wimpel und mich immer an ihren Namen erinnerten. Ihren Vornamen, wohlgemerkt. Während Cassidy einiges an poetischer Klangfülle vermissen ließ, paßte Dympna wunderbar – nicht nur zu den Wimpelgrübchen, sondern zu dem ganzen Mädchen. Die Silben hatten einen sanft-nachgiebigen, kurvigen Klang; genau so stellte ich mir ihren Körper in meinen Armen vor. Wie ich mich danach sehnte, diesen Körper in die Arme zu schließen! Wie es mich drängte, diese sinnliche Fülle einem Kissen gleich an meine Brust zu drücken, meine Lippen in der aus tausend Liebesszenen im Kino vertrauten Manier auf den hinreißenden Schmollmund zu legen!

Aber ich war weder in Dympna Cassidy verliebt noch bereit, Verliebtheit zu heucheln. Und zu jener Zeit und in meinen Kreisen waren das die einzigen Möglichkeiten, einen Kuß von einem Mädchen wie Dympna zu ergattern. Mit anderen Worten: Ich hätte mich öffentlich, als fester Freund, zu ihr bekennen müssen.

Und an dieser Stelle muß ich ein recht schmachvolles Geständnis ablegen: Ich war mir zu gut, um Dympna Cassidy den Hof zu machen. Nicht nur, weil sie aus sehr einfachen Verhältnissen stammte; ihre große Familie – eine rechte Lotterbande – wohnte in einer Sozialsiedlung zur Miete, während wir ein Eigenheim besaßen, ein reputierliches viktorianisches Reihenhaus mit einer kleinen Vortreppe, die zur Haustür führte. Und nicht nur, weil sie auch in Sprache und Ausdrucksweise ihre bescheidene Herkunft nicht verleugnen konnte. Mit diesen Handicaps hätte ich leben können, wenn ihre äußeren Reize eine auch nur annähernde Entsprechung in ihrer geistigen Ausstattung gefunden hätten. Leider herrschte in ihrem Kopf – wenn man von ein paar Popsongs, Namen von Filmstars, Neuigkeiten vom Modemarkt und Tratsch über ihre Lehrer absah – gähnende Leere. Die Aufnahmeprüfung fürs Gymnasium, die mein erstes großes Erfolgserlebnis gewesen war, hatte sie nicht bestanden und ging nun auf den sogenannten kaufmännischen Zweig einer Mittelschule, wo sie zur Stenotypistin ausgebildet wurde, wollte aber später versuchen, einen Job als Verkäuferin in einem Modegeschäft zu bekommen. All das wußte ich, weil ich jede Gelegenheit nutzte, mich mit ihr zu unterhalten – nach der Sonntagsmesse vor der Kirche, beim Aufräumen nach einem Klubabend im Gemeindesaal oder bei einem der Ausflüge des Jugendklubs nach Kent. Daß Dympna sich für mich interessierte, merkte ich natürlich. Der etwas stutzerhafte Aufzug, in dem ich mir gefiel, wenn ich nicht in meiner Schuluniform herumlaufen mußte, die langen Haare, die grüne Cordjacke mit der mostrichfarbenen Weste – das alles fand sie spannend und außergewöhnlich. Sie hatte in der Gemeinde viele Verehrer, aber keinen festen Freund und hätte mich bestimmt nicht abgewiesen, wenn ich den ersten Schritt getan hätte.

Doch davor scheute ich zurück. Meine Zukunft war klar vorgezeichnet und eine Dympna Cassidy darin nicht vorgesehen: Studium, Prüfungen, Auszeichnungen, Preise; Jahre harter Arbeit und strikter Selbstverleugnung und als Belohnung schließlich eine Karriere als angesehener Jurist. In den Kreisen der Cassidys sah man das ganz anders; die Dympnas dieser Welt gingen möglichst bald von der Schule ab, suchten sich einen Job – er durfte gern banal und trist sein – und lebten fortan für Freizeit und Urlaub, für Tanzen, Einkaufengehen, Kino, »Amüsement«. Sie verläpperten ihre Jugend in einer Orgie unbekümmerter, oberflächlicher Vergnügungen, um dann, dem Beispiel ihrer Eltern folgend, in ein dumpf-domestiziertes Erwachsenenleben hinüberzugleiten, in dem sie ihre liebe Not hatten, mit dem Geld, das hinten und vorn nicht reichte, die Familie durchzubringen. Wenn ich mich auf Dympna einließ, würde auch ich durch sie unweigerlich in diese Niederungen geraten. Ein Kuß – das war meine feste Überzeugung –, und das Unglück war geschehen. Ein Kuß – und ich war auf dem besten Wege zu einer verfrühten und unvernünftigen Ehe. Und eine verheiratete Dympna würde ihre Reize nicht lange behalten. Wenn man sich ihre Mutter ansah, konnte man sich Dympna in zwanzig Jahren vorstellen: Hängebusen, eine vom Kinderkriegen ruinierte Figur, eingefallene Wangen, weil die Backenzähne fehlten. Dympna wird nie wieder so schön sein wie jetzt, sagte ich mir bedrückt, während sie Pauline beim Foxtrott führte und dummes Zeug über irgendwelche Schuhe schwätzte, die sie in einem Schaufenster gesehen hatte. Das Thema schien die beiden sehr zu beschäftigen. Wenn sie an mir und Father Stan vorüberwirbelte, hörte ich sie von nichts anderem reden.

»Du kennst doch Mrs. Noonan, die Lehrerin in unserer Vorschule«, sagte der Pfarrer unvermittelt. Ich nickte. Vor zehn Jahren war ich einer ihrer Schüler gewesen. »Und du weißt, daß sie zu Weihnachten mit den Kleinen immer ein Krippenspiel aufführt. Nun muß sie aber nächste Woche zu einer Operation ins Krankenhaus und ist bis Januar krank geschrieben, und da habe ich gedacht, ob das nicht in diesem Jahr der Jugendklub übernehmen könnte. Das Krippenspiel, meine ich. Es wäre schön, mal etwas... Erwachseneres zu zeigen. Etwas, das der Gemeindejugend etwas zu sagen hat. Ob du da was organisieren könntest, Simon?«

»Wird gemacht!«

»Na wunderbar«, sagte der von meiner prompten Zusage etwas verblüffte Pfarrer. »Hast du auch wirklich Zeit dafür? Ich weiß, daß sie euch in St. Aloysius ganz schön rannehmen.«

»Das schaff ich schon, Father, verlassen Sie sich nur auf mich.«

»Sehr nett von dir, wirklich. Ich schau mal nach, ob die Catholic Truth Society ein passendes Stück hat. Das von Mrs. Noonan ist wohl nicht ganz das Richtige für unsere Zwecke.«

»Ich werde das Stück selber schreiben.«

Er hatte kaum von dem Krippenspiel angefangen, als mir schon ein verlockendes Bild vor Augen stand: Dympna Cassidy als bildschöne Muttergottes, das kupferfarbene Haar wie ein Heiligenschein im Rampenlicht leuchtend, daneben ich selbst als der heilige Joseph, der ihr, den Arm um ihre Schultern, vielleicht sogar um die Taille gelegt, auf der Reise nach Bethlehem zur Seite steht. Ein ideales Alibi für engen Körperkontakt zu Dympna Cassidy, ohne irgendwelche moralischen oder emotionalen Verpflichtungen einzugehen.

»Vor der Aufführung will ich den Text natürlich noch sehen. Damit sich keine Ketzereien einschleichen...« Father Stan fletschte in einem wölfischen Grinsen die schiefen, nikotingelben Zähne.

Ich schrieb das Stück unglaublicherweise an nur zwei Wochenenden. Mit Einladungen zum Vorsprechen hielt ich mich nicht auf. Erstens war dazu keine Zeit mehr, und zweitens wäre sowieso keiner gekommen. Der Jugendklub Unserer Lieben Frau zum Immerwährenden Beistand hatte keine thespische Tradition. Ich suchte mir für mein Ensemble die vielversprechendsten Klubmitglieder aus und engagierte sie ohne Leseprobe. Natürlich sprach ich zuerst Dympna Cassidy an. Als ich ihr sagte, daß ich sie für die Jungfrau Maria vorgesehen hatte, errötete sie vor Freude, dann aber schüttelte sie den Kopf, biß sich auf die Unterlippe und sagte, sie habe noch nie im Leben auf einer Bühne gestanden. Keine Sorge, sagte ich, ich hätte einschlägige Erfahrungen aus etlichen Schulaufführungen und würde ihr helfen. Ich freute mich schon auf trauliche Nachhilfestunden zu zweit in unserem Wohnzimmer mit passenden Weisen aus der Musiktruhe. Di *da* da, di *da* da... Hatte ich diese Melodie in dem Moment schon im Hinterkopf?

Ich schob es immer wieder auf, Father Stan den Text zu zeigen, mit der Begründung, wir seien immer noch am Umschreiben. Schließlich aber witterte er Unrat, beschaffte sich über einen der Mitwirkenden das Buch, und es gab einen fürchterlichen Krach. Eines Abends stand er, den zusammengerollten Text in der Hand wie einen Marschallstab, vor unserer Haustür. Zum Glück waren meine Eltern nicht da. Wütend fuchtelte er mir mit der Rolle unter der Nase herum. »Was soll dieser Schund? Wie kannst du es wagen, die fleckenlose Reinheit unserer Lieben Frau zu besudeln?«

Ich wußte natürlich, was er meinte – die Regieanweisung am Ende der ersten Szene des ersten Akts: *Joseph und Maria umarmen sich.*

Die Bibel gab für diese Stelle eingestandenermaßen nicht viel her, ich hatte meine Phantasie zu

Hilfe nehmen müssen, um anschaulich zu machen, was für ein Leben Maria während ihrer Verlobungszeit mit Joseph geführt hatte, bevor sie auch nur ahnte, daß sie die Muttergottes werden würde. Ich hatte mich um Modernität bemüht – ein Jahrzehnt später hatte man »Relevanz« gesagt – und versucht, statt frommer Platitüden und biblischer Altertümelei Alltagssprache und ungekünsteltes Benehmen auf die Bühne zu bringen. Mit einem Wort: etwas, das modernen Teenagern etwas zu sagen hatte. Ich stellte mir Maria in dieser Phase ihres Lebens als ein vergnügtes, temperamentvolles, ja ausgelassenes junges Mädchen vor, das mit einem recht gesetzten älteren Mann verlobt ist. Ich schrieb eine Szene, in der Maria zu Joseph in die Zimmermannswerkstatt kommt und versucht, ihn zu einem Spaziergang zu überreden, und es kommt zu einer harmlosen Kabbelei. Rasch aber vertragen sie sich wieder und besiegeln ihre Versöhnung mit einem Kuß.

Mehrere Mitspieler meldeten während der ersten Leseprobe bei dieser Szene Bedenken an. Für Verlobte, argumentierte ich, sei dieses Verhalten schließlich naheliegend, zumal sie zu diesem Zeitpunkt ja noch nicht wußten, daß sie den Messias in die Welt setzen würden. Dympna trug zu dieser Diskussion nichts bei, sie saß mit gesenktem Blick da, konnte sich aber wohl denken, aus welcher Motivation heraus diese Szene wirklich geschrieben worden war.

Nach zwei weiteren Leseproben fing ich mit dem eigentlichen Probieren an, aber als ich zum Schluß von Akt eins, Szene eins kam,

JOSEPH Ich kann dir nie lange böse sein, Maria.
MARIA Ich dir auch nicht.

verließ mich der Mut, und ich sagte nur: »Dann umarmen sich Joseph und Maria, und der Vorhang fällt.«

»Willst du den Kuß nicht proben?« fragte Magda Vernon, die sich freiwillig als Inspizientin zur Verfügung gestellt hatte. Sie war ein eigenartiges Mädchen, groß und mager, mit einer Brille, die ihr ständig von der Stupsnase rutschte, und schwarzem Wuschelhaar, das aussah, als sei sie gerade erst aufgestanden. Mit Vorliebe trug sie lange Pullover in dunklen Farben, an denen sie erbarmungslos zog und zerrte, bis sie aus der Form geraten waren, der Saum bis über die Hüften reichte und die Ärmel ihr wie Handschuhe über die Fingerspitzen gingen, als wollte sie sich darin verstecken. Es hieß, sie habe eine Art Nervenzusammenbruch gehabt und ausreißen wollen, und ihre Eltern hätten sie in den

Jugendklub geschickt, damit sie wieder in ein normales Leben zurückfand. Viel geholfen hatte es bisher noch nicht, das Krippenspiel war die erste Unternehmung, die einen Funken Interesse in ihr geweckt hatte. In der Diskussion über die Schicklichkeit der Kußszene hatte sie sich auf meine Seite geschlagen, und dafür war ich ihr dankbar, aber in diesem Moment war mir ihre Einmischung nicht sehr willkommen.

»In dieser Phase können wir noch nicht in alle Einzelheiten gehen«, sagte ich. »Wir kommen zur zweiten Szene...«

Aber als wir erneut die erste Szene probierten, brach ich kurz vor dem Kuß wieder ab.

»Ich finde, du solltest dich zumindest entscheiden, was für ein Kuß es werden soll«, beharrte Magda. »Ich meine – wer küßt wen? Und auf die Lippen oder auf die Wange?«

»Auf die Wange, was denn sonst«, sagte der Junge, der den Herodes spielte, »Father Stan flippt sonst aus.« Alles kicherte.

»Darüber habe ich noch gar nicht nachgedacht.« In Wirklichkeit dachte ich seit Tagen an kaum etwas anderes. »Das können wir immer noch entscheiden, wenn wir die Kostüme haben.«

Später, als die Mitwirkenden gegangen waren und ich mit Magda eine Liste der benötigten Requisiten durchging, warf sie mir einen durchtriebenen Blick zu. »Ich glaube, du weißt gar nicht, wie's geht.«

»Wie was geht?«

»Wie man ein Mädchen küßt. Wenn du willst, zeig ich's dir.«

»Danke, aber ich komme schon allein zurecht.«

Als ich später in der kalten Dezembernacht heimging, bereute ich, daß ich ihr Angebot ausgeschlagen hatte, und überlegte mir verschiedene Möglichkeiten, es im nachhinein doch noch anzunehmen. Am nächsten Tag aber kam es dann zu dem großen Krach mit Father Stan, meine erste Szene wurde ersatzlos gestrichen, und ich hatte keinen Vorwand mehr, bei Magda in die Lehre zu gehen.

Und so kam ich um meinen Kuß von Dympna Cassidy. Auf der Reise nach Bethlehem schaffte ich es zwar, ihr einen Arm um die Taille zu legen, aber sie war in dieser Szene so dick eingemummelt, daß ich nicht viel davon hatte. Außerdem war mir die Lust an Dympnas Körper inzwischen ziemlich vergangen. Was mich weit mehr beschäftigte, war ihr Mangel an schauspielerischen Qualitäten. Der geradezu manische Perfektionsdrang all jener, die Stücke auf die Bühne bringen, hatte auch mich erfaßt. Dympna vergaß ständig ihren Text oder leierte ihn mit kaum verständlicher Stimme herunter. Wenn ich sie kritisierte, war sie eingeschnappt und sagte, sie hätte sich nicht danach gedrängt, in meinem blöden Stück mitzuspielen. Eins mußte man ihr allerdings lassen: Sie sah wirklich umwerfend aus. Kurz entschlossen strich ich in ihrem Text herum, bis eine nahezu stumme Rolle mit Musikbegleitung daraus geworden war. Der Hirtengesang gefiel ihr offenbar, sie summte ihn oft vor sich hin, wenn sie gute Laune hatte, und deshalb sollte er nun bei jedem Auftritt von Maria als eine Art Leitmotiv erklingen, was Magda hinter den Kulissen einiges abverlangte, denn sie mußte das Koffergrammophon bedienen und gleichzeitig soufflieren, aber die Wirkung war durchschlagend. Durch Zufall hatte ich eine Hauptstütze des Musiktheaters entdeckt – die Reprise. Man braucht nicht lange zu rätseln, was die Zuschauer summten, als sie den Gemeindesaal verließen. Unser Stück war ein Hit. Ich brachte Magda nach Hause, und vor ihrer Haustür küßten wir uns, bis uns die Lippen weh taten.

Magda wurde meine erste Freundin; als wir im Jahr darauf anfingen zu studieren, trennten sich unsere Wege. Ich studierte Jura, wie vorgesehen, saß aber statt im Hörsaal meist im Theater- und Opernklub, bestand meine Prüfung mit Ach und

Krach und begann zum großen Verdruß meines Vaters sofort mit einer Ausbildung an der Schauspielschule. Der Zufall wollte es, daß auch Magda die Theaterleidenschaft erfaßt hatte. Sie studierte Theaterwissenschaften, arbeitete an verschiedenen Provinztheatern und produziert jetzt mit großem Erfolg Fernsehspiele. Hin und wieder sehen wir uns bei einschlägigen Veranstaltungen, und wenn wir Küßchen tauschen, wie das im Showbusiness üblich ist, zieht sie mich unweigerlich mit der Frage auf: »Lippen oder Wange, Schätzchen?«

Und Dympna? Sie ist weder Stenotypistin noch Verkäuferin geworden, hat weder ihre gute Figur ruiniert noch ihre Backenzähne verloren, sondern wurde als Fotomodell entdeckt und hatte Ende der fünfziger Jahre schöne Erfolge auf den Titelseiten von Frauenzeitschriften, bis der Jean-Shrimpton-Look ihr das Geschäft verdarb. Von meiner Mutter weiß ich, daß sie einen reichen Geschäftsmann geheiratet hat und nicht mehr als Fotomodell arbeitet. Sie wohnen in einem Herrenhaus bei Newmarket und haben mehrere Rennpferde. Ich überlege, ob ich ihnen nicht vorschlagen soll, etwas von ihrem Geld in die Produktion von *Cleo* zu stecken...

Doris Dörrie

Zimmer 645

Schwarze Fußspuren hinterlasse ich im jungfräulichen Schnee, und wie ein kleines Kind habe ich das überwältigende Gefühl, der allererste zu sein. Einmal erster sein. Im Augenblick bin ich überall der letzte. Der letzte in meinem Prüfungsergebnis im Steuerrecht, der letzte in der langen Schlange von Verehrern bei der schönen Monika und der letzte bei der Vergabe der Nikolauskostüme. Unter dem Massenandrang der Weihachtseinkäufer habe ich zwei U-Bahnen verpaßt, und das habe ich jetzt davon. Der rote Anzug kratzt und ist etliche Nummern zu groß, alle paar Schritte muß ich mir die Hose hochziehen, der Stoff riecht muffig nach Mottenkugeln, der Bart dafür nach Aftershave der Marke Macho oder Bullfight, die Mütze rutscht mir unangenehm über die Augen. Ich gebe eine reichlich lächerliche Figur ab als Nikolaus. Mißmutig ziehe ich meinen Sack und meine Rute hinter mir her, ich habe keine Lust, kleine Kinder im Auftrag ihrer Eltern zu erschrecken und dann am Ende ein paar armselige Geschenke aus meinem Sack zu ziehen.

Kaum erblicken mich die Leute, als ich in meiner Montur aus dem Hinterhof der Nikolausagentur auf die Straße trete, strahlen sie erwartungsvoll, als wäre in ihren Gesichtern ein Lämpchen angeknipst worden. Mütter zeigen lächelnd mit dem Finger auf mich, alte Frauen nicken mir zu, Geschäftsmänner grinsen wohlwollend, nur die Kinder betrachten mich mißtrauisch unter ihren verrutschten Strickmützen. Im Nikolausworkshop haben wir gelernt, uns immer vor die Kinder hinzuhocken, um sie nicht zu verschrecken, obwohl sich gerade das viele Eltern von uns wünschen. Ein dicker Maurer, der schon seit zwölf Jahren als Nikolaus unterwegs ist, erzählt mir, daß es jedes Jahr schlimmer wird. Immer öfter wird von den Eltern der Wunsch an ihn herangetragen, das Kind doch einmal so richtig zu verprügeln.

Eltern gibt es, sagt er und schnauft empört, Eltern gibt es, die gibt's gar nicht.

Meine erste Station ist Schwabing. Überteuerte Altbauwohnung, die Eltern in Pradaschuhen, die Mutter hat anthroposophische Zupfengel um den Adventskranz im Flur aufgehängt, und die Geschenke, die sie vorsichtig in meinen Sack befördert, sind in mattes Ökopapier eingewickelt. Die

Kinder heißen Josephine und Emanuel, so steht es auf meinem Zettel, und ich soll sie für ihre Selbständigkeit loben und sie sanft ob ihrer Unordentlichkeit tadeln. Geduldig und ein wenig mitleidig hören sich die Kinder meine kleine Rede an, mit unterdrückten Seufzern packen sie ihre garantiert plastikfreien und pädagogisch wertvollen Spielzeuge aus, der Vater drückt mir an der Haustür jovial fünfzig Mark in die Hand. Hinter ihm sehe ich die kleine Josephine, die mich nachdenklich ansieht und ein wenig müde die Hand zum Gruß hebt.

Nächster Stopp Milbertshofen. Eine türkische Familie, die sich dem Weihnachtsterror gebeugt hat. Ich ziehe brav die Schuhe an der Tür aus, bin selber Türke, aufatmend wechselt die Mutter ein paar Worte mit mir auf Türkisch und verzeiht mir meinen deutschen Akzent, sie weiß selbst nicht so genau, wie die Prozedur eigentlich abläuft, also ermahne ich die beiden Söhne mit Stentorstimme, sie sollen ihre Mutter besser behandeln, die Mutter nickt zustimmend, sie bekommen beide riesige Plastikpumpguns aus meinem Sack, und ich bekomme einen Raki.

Als ich wieder auf der Straße stehe, fängt es an zu schneien. Die Flocken tanzen im gelben Schein der Straßenbeleuchtung.

Ich klingle bei Ritter auf der Schleißheimerstraße, und durch die Sprechanlage fragt mich Frau Ritter, ob ich der bestellte Nikolaus sei und in meiner Kindheit Windpocken gehabt habe. Diese etwas seltsame Frage kann ich genau beantworten, denn auf meiner Nasenwurzel ist eine kleine Windpockennarbe zurückgeblieben. Dann ist gut, sagt Frau Ritter, dritter Stock links. Und erschrecken Sie nicht.

Es öffnet mir eine zierliche Blondine Mitte Fünfzig in einem langen hellblauen Nachthemd. Ihr Gesicht ist übersät von riesigen roten Pusteln. Aus hübschen braunen Augen sieht sie mich verlegen an. Ich sehe aus wie ein Monster, klagt sie und lacht unsicher. Ein bißchen, tröste ich sie.

Im Wohnzimmer schenkt sie mir einen Kaffee ein. Es ist sehr still. Ich sehe mich nach den Kindern um. Nein, sagt sie schnell, keine Kinder. Und mein Mann wohnt im Hotel. Im Holiday Inn. Wegen der Windpocken. Ich will nicht, daß er sich ansteckt. Er hatte sie nicht als Kind. Wir haben viel gemeinsam, müssen Sie wissen.

Sie lächelt ein wenig traurig und zerrt ein großes viereckiges Geschenk aus dem Schrank. Aber heute ist doch Nikolaus, sagt sie, und er ist so allein. In unserer ganzen Ehe waren wir keine Nacht getrennt, müssen Sie wissen.

Ich weiß nicht so recht, ob ich das wissen muß,

aber ich stecke das Geschenk in meinen Sack und nehme einen Zettel von ihr entgegen, auf dem steht in Schönschreibschrift: Ich muß dich wirklich loben für deine Einfühlsamkeit, Sanftheit und Geduld. Du solltest nur öfter den Abfall runtertragen.

Frau Ritter kichert und hält sich schüchtern die Hand vor den Mund. Im nächsten Augenblick weint sie. Jetzt weiß ich, wie es sich anfühlen wird, wenn man alt und allein ist, sagt sie. Sie gibt mir selbstgebackene Plätzchen und macht, während ich sie noch esse, den Fernseher an.

Mit meinem Sack auf dem Rücken trotte ich die Leopoldstraße entlang zum Holiday Inn. Schneematsch spritzt von den vorbeifahrenden Autos auf mein rotes Nikolauskostüm. Im Gehen schiebe ich den Bart unters Kinn. Von dem Geruch, dem Raki, Kaffee und den Plätzchen ist mir ein wenig übel.

Nicht anmelden, sage ich zu der jungen hübschen Frau an der Rezeption. Ich beschließe, sie anschließend nach ihrer Telefonnummer zu fragen.

Zimmer 645, sagt sie lächelnd, na, das wird ja eine Überraschung.

Es dauert, bis mir geöffnet wird. Herr Ritter ist in der Unterhose. Hinter ihm sehe ich ein Stück nacktes Frauenfleisch. Dann wird die Dusche aufgedreht. Ich schiebe ihm das Geschenk durch den Türschlitz. Sage ihm auf, was ich von Frau Ritters

Zettel auswendig gelernt habe: Ich muß dich loben für deine Einfühlsamkeit, Sanftheit und Geduld. Du solltest nur … Er schlägt mir die Tür vor der Nase zu.

Das war meine letzte Nikolaustat für heute. Im Fahrstuhl nehme ich mir den Bart ab, knöpfe die blöde kratzende Jacke auf. In der Lobby lachen ein paar betrunkene Vertreter über mich. Wie betäubt stehe ich in dem hellen Licht. Im Schaufenster der Hotelparfümerie steht ein großer Schokoladennikolaus mit einer goldenen Bürste in der Hand. Für sie, steht auf einem handgeschriebenen Schild darunter. Er kostet 38 Mark inklusive Bürste. Ich knöpfe mir die Jacke zu, schleppe den Sack die Leopoldstraße zurück zur Schleißheimerstraße.

Ja? sagt Frau Ritter zögerlich in die Gegensprechanlage.

Ich bin's noch mal, der Nikolaus.

Ach so, sagt sie und läßt den Türöffner schnarren.

Sie hat sich weißes Zeug auf die Pusteln getupft. Ängstlich nach vorn gebeugt, sitzt sie im Sessel. Ich muß dich loben für deine Langmut, deine Geduld und Sanftheit, sage ich. Zu tadeln finde ich nichts. Überhaupt nichts.

Sie strahlt. Mein Mann und ich sind uns sehr ähnlich, sagt sie und bürstet sich mit der goldenen

Bürste versuchsweise die blonden Locken. Man muß nur ab und zu ein bißchen streng mit ihm sein.

Ja, sage ich, das glaube ich auch. Und schöne Weihnachten noch. Sie nickt glücklich.

Auf der Straße schließe ich die Augen und halte mein Gesicht in den Schnee. Die Schneeflocken landen auf meinen Augenlidern, als wären sie allein schon immer ihr Ziel gewesen. Ich habe vergessen, die junge schöne Frau an der Rezeption nach ihrer Telefonnummer zu fragen. Vielleicht stapfe ich noch einmal durch den Schnee zu ihr zurück. Vielleicht.

Andrea De Carlo

Arcodamore

Meine Exfrau hatte eine Nachricht auf dem Anrufbeantworter hinterlassen: »Nichts weiter, ich wollte bloß wissen, wie wir es mit den Weihnachtsgeschenken für die Kinder machen.« Ich spulte das Band ein paarmal zurück, ohne zu erkennen, ob in ihrem Ton mehr Verärgerung oder Bedauern oder Groll oder verhaltene Herzlichkeit oder sonstwas lag. In den zehn Jahren, die wir zusammen verbracht hatten, war es mir nie gelungen, ihre Stimme oder ihren Blick oder ihr Verhalten wirklich zu entschlüsseln; sie war eine so wenig offenherzige Frau, versteckte sich hinter Wohlerzogenheit und Selbstbeherrschung. Als wir noch zusammenlebten, hatte das bei mir Zorn und das Gefühl des Ausgeschlossenseins und Trennungswünsche geweckt, jetzt, wo wir getrennt lebten, regte sich in mir nur noch ein aus Vorsicht und Zuneigung und Fremdheits- und Schuldgefühlen bestehendes Unbehagen. Wenn ich hörte oder sah, daß sie deprimiert oder verärgert war, fühlte ich mich immer noch dafür verantwortlich, und sie nutzte das aus, auf ihre verquere Art, die aus Zwischentönen und bedeutungsvollen Blicken bestand: Sie versuchte mich ständig auf Trab zu halten, benutzte die Kinder als Druckmittel.

Ich rief sie zurück, fragte: »Was gibt's?« in dem halb aggressiven, halb zerstreuten Ton, der ein Selbstschutz war.

»Ach nichts«, sagte sie. »Ich wollte nur wissen, wann du den Kindern die Geschenke bringst, wir fahren nämlich schon morgen nachmittag.«

»Na, dann gibt es ja nicht viele Alternativen«, sagte ich, während eine Welle von Ärger in mir hochschlug und meine Schuldgefühle erstickte. Sie wollten nach Marokko fahren, mit ihrem neuen Freund und dessen Sohn, aber wie immer hatte sie mich über die genauen Reisetermine bis zuletzt im ungewissen gelassen. Es gab da diese feine Alchimie aus ausgesprochenen und unausgesprochenen Dingen, Programmänderungen im letzten Moment, widerrufene Beschlüsse, wer die Kinder am Wochenende nehmen sollte; mir war nie klar, was dabei Strategie und was Zufall war, inwieweit es einfach an ihrem Wesen lag.

»Es gab Probleme mit dem Flug«, sagte sie. »Wir gehen etwas früher, um nicht in den großen Reiseverkehr zu geraten.«

»Ich komme heute abend«, sagte ich, von plötzlicher Müdigkeit überwältigt und zugleich aufgebracht.

»Aber bitte vor fünf«, sagte sie. »Wir wollen ein bißchen feiern, und sie legen größten Wert darauf, daß du dabei bist. Morgen müssen wir in aller Frühe aufstehen, wir haben noch tausend Dinge zu tun.«

»Schon gut, schon gut«, sagte ich voller Zorn, und in den Zorn mischte sich Traurigkeit bei dem Gedanken, daß die Kinder ohne mich in aller Frühe aufstehen und so weit wegfliegen würden.

Dann ging ich wieder an die Arbeit. Ich sollte Stühle fotografieren und mußte bis abends fertig sein und hatte kaum die Hälfte erledigt. Ich kam langsam voran, weil das Licht und die Einstellung immer wieder leicht verändert werden mußten; ich hörte mir dabei eine Platte mit E-Gitarren-Blues an. Ich brauchte mir nichts auszudenken, es waren nicht die Art Fotos, mit denen man jemanden verblüffen oder rühren oder amüsieren mußte; ich arbeitete vor mich hin, als würde ich einen Refrain, den ich auswendig kannte, ständig wiederholen, während mir immer die gleichen Gedanken im Kopf kreisten. Ab und zu machte ich ein paar Minuten Pause, schlug mit Fäusten und Füßen gegen den Punchingball. Ich dachte an meine Kinder in Marokko, an Antonella Sartoris großen leeren

Kühlschrank, an ihre Beine in den schwarzen Strümpfen, an das changierende Blau ihrer Augen, an den Blick meines Cousins, als er in der Bar mit mir sprach.

Gegen fünf kam die Art-Director-Assistentin des Stuhlherstellers, eine stämmige kleine Brünette, die auf ihre Art recht attraktiv war, und brachte mir noch einen Hocker zum Fotografieren. Wir sahen uns alle paar Monate aus beruflichen Gründen, einmal hatten wir uns an ihrem Auto beim Verabschieden aus Versehen auf den Mund geküßt. Jetzt trippelte sie um mich herum, während ich weiterarbeitete, rauchte und lachte und fragte mich, was ich an Weihnachten vorhätte; in ihren dunklen Augen und um die Winkel ihrer sinnlichen Lippen bemerkte ich den Anflug eines vielsagenden Lächelns. Vielleicht lag es an der so kontrollierten und infantilen Beziehung mit Antonella Sartori, daß ich dermaßen unter Spannung stand, oder an der Vorstellung, gewissermaßen solo und ungebunden zu sein, während die Feiertage näherrückten, oder einfach an Nadias Blick und an der Art, wie sie sich dicht neben mir bewegte; fest stand, daß sie auf mich eine Anziehung ausübte wie ein Elektromagnet auf ein Stück Eisen. Noch dazu waren die Lampen sehr warm und der Raum dicht vollgestellt mit Gegenständen.

Dann fragte sie mich unvermittelt: »Hast du schon meine Tätowierung gesehen?« Ich verneinte; sie knöpfte zwei Knöpfe ihrer Bluse auf und entblößte den Halsansatz. Dicht neben dem BH-Träger war ein kleiner blauroter Schmetterling eintätowiert: Ich strich mit zwei Fingern darüber, und ihre Haut war weiß und glatt und warm und bebte bei jedem Atemzug, und Nadia senkte nur einen Augenblick lang den Blick, dann preßte sie sich an mich, Lippen an Lippen, Brust an Brust, prall und elastisch wie Gummi. Und ich erlag ihrer Anziehung, ohne auch nur Zeit zum Nachdenken zu haben; ich packte Nadia am Hals und unter den Achseln und griff ihr in die Bluse und unter den Rock, wir glitten an die Wand und zu Boden. Keiner von beiden sagte etwas; wir rieben uns aneinander, gefangen von rein körperlichen Empfindungen, die sich in uns ausbreiteten und unsere Bewegungen immer wilder werden ließen; wir stießen mit den Knien und Ellenbogen und mit Kopf und Rücken gegen das Linoleum auf dem Fußboden. Ich war mir ihrer kaum bewußt, abgesehen von der Tatsache, daß sie mich an den Haaren zog, mich in die Ohren biß und sich in meine Hüften verkrallte, dort, wo sie entblößt waren; ich konnte ihr Gesicht kaum sehen, bis auf die Lippen und die halbgeschlossenen Augen. Es war, als würde ich es mit einer abstrakten Frau treiben, mit der Begierde schlechthin, die nichts zu tun hatte mit der feuchten Wärme zwischen ihren Schenkeln, mit ihrem immer schnelleren Atem.

Am Ende rollten wir uns auf die Seite wie zwei von einem mäßigen Sturm ans Ufer geschwemmte Schiffbrüchige, keuchend und mit roten Gesichtern, und wunderten uns, wie alles beinahe außerhalb unserer Kontrolle geschehen war. Nadia sagte: »Du lieber Himmel, was war denn in dich gefahren?«

»Und in dich?« fragte ich. Ich empfand nichts mehr für sie, jetzt, wo sich mein Herzschlag verlangsamte, und auch sie schien nichts für mich zu empfinden. Wir waren auf kein geheimnisvolles Terrain vorgestoßen, die gegenseitige Nähe hatte keinerlei Reiz mehr. Ich empfand nur ein vages Gefühl der Genugtuung bei dem Gedanken, wie einfach es war, ganz unverbindlichen Sex zu machen, ohne lange zu suchen und sich festzulegen, ohne Erklärungen und ohne eindeutige Entscheidung, nur weil man frei war und Lust hatte. Wir hatten nicht einmal unsere Kleider ausgezogen, wir strichen sie uns glatt und lachten, immer unbehaglicher, je mehr wir wieder bei klarem Verstand waren.

Dann machten wir uns nacheinander in dem

kleinen Badezimmer frisch; äußerten uns nicht mehr zu dem Vorgefallenen; wir taten, als sei nichts geschehen. Ich fotografierte die letzten Stühle, auch wenn mir die Knie ein wenig weich waren und es mir Mühe machte, mich auf die richtige Reihenfolge der Handgriffe zu konzentrieren. Nadia saß wenige Schritte von mir entfernt auf einem der bereits fotografierten Stühle, rauchte und sah mir mit ihren glänzenden dunklen Augen bei der Arbeit zu. Ab und zu sah auch ich sie an, und sie schien mir der kompakte und handfeste Beweis eines Mißverständnisses; jeder Atemzug von ihr und jedes Knirschen ihrer Schuhe weckte in mir Unbehagen und ein Gefühl der Leere; ich wünschte mir nur, daß sie verschwinden würde. Schließlich stand sie auf und sagte: »Ich gehe.« Ich sah auf die Uhr; es war schon sieben.

Panik ergriff mich, viel stärker als die Empfindungen von vorhin: Ich dachte an meine Kinder, die auf die Geschenke und den Vater warteten, an die Entfernung zwischen mir und ihnen und an die Zeit, die ich brauchte, um sie zu überwinden, ich sah den Weg von meinem Studio bis zu meiner früheren Wohnung vor mir, abwechselnd verkürzt und verlängert wie durch einen automatischen Zoom.

Ich schob Nadia mit ihrer kreisrunden Handtasche fast zur Tür hinaus, verabschiedete mich von ihr, während ich schon die Treppen hinunterrannte, durch den Hof und auf die Straße hinaus.

Draußen war der wenige Tage vor Weihnachten um sieben Uhr abends übliche Verkehr, mechanischer Lärm, ich sah die roten und weißen Lichter der Autos, verdichtete Abgase, hastende Leute auf den Bürgersteigen. Durch eine Seitenstraße rannte ich zur nächsten Parallelstraße, rannte dicht an den mit Dingen gefüllten Schaufenstern der Geschäftsstraße entlang, gegen den Strom der mit Päckchen und Paketen beladenen Käufer in ihren dunklen Mänteln und Pelzen, und die Straße schien mir voll scharfer Kanten und kalt und feindlich, ohne Sauerstoff und ohne Spielraum für Gedanken.

Ich sah in die dicht aufeinanderfolgenden Schaufenster, aber ich erinnerte mich nicht mehr, was ich meinen Kindern hatte schenken wollen. Meine Augen wanderten über Puppen und Kleider und Bücher und bunte Schachteln und Regale und Lichter, ohne irgendwo lang genug zu verweilen und ohne daß ich einen Eindruck vom anderen zu unterscheiden vermochte. Am Ende trat ich in ein Hi-Fi-Geschäft, der Zeitdruck saß mir im Nacken, ich kaufte das erste Keyboard und die erste tragbare Stereoanlage, die mir der Verkäufer zeigte, ließ mir zwei große Pappkartons geben, schleppte sie hinaus, schwer und unhandlich, wie sie waren, und lief zum Auto zurück.

Vor meiner früheren Haustür drückte ich auf die Taste der Gegensprechanlage mit dem Namen meiner ehemaligen Frau, sagte: »Ich bin's.« Aber am anderen Ende war die Babysitterin und erkannte meine Stimme nicht, fragte: »Wer ich?« Ich mußte »Leo Cernitori« sagen, ja fast schreien, bevor sie sich endlich entschloß, mir aufzumachen.

Ich trat aus dem Aufzug, und der kleine Terrier, den ich meinen Kindern gekauft hatte, begann hinter der Tür wütend zu kläffen. Als die Babysitterin die Tür öffnete, stürzte er sich auf mich. Mit den großen Geschenkpaketen, die mir fast aus den Händen rutschten, versuchte ich ihn wegzustoßen, sagte: »Scheißköter.« Jetzt erst erkannte er mich und sprang freudig an mir hoch – zu spät, um meine Laune zu bessern.

Auf dem Fußboden in der Diele lagen überall Krümel und Papierschlangen und Pappbecher und zusammengeknüllte Papierservietten herum. Die Babysitterin, ein dickes, blasses Mädchen, sammelte träge die Reste auf, sagte: »Hallo«, ohne mir auch nur ins Gesicht zu sehen; der Hund knabberte an meinem Bein, ich schaffte es, ihm einen Tritt zu geben, ohne die Kontrolle über meine Schachteln zu verlieren. Meine Exfrau stand mit einer anderen jungen Mutter gleichen Typs im Wohnzimmer, sie wandten sich zu mir und blickten mir beide mit den gleichen mißtrauischen Mienen entgegen. Ich ließ die Kartons auf das Sofa gleiten, fühlte mich aber kaum erleichtert. Ich war in Schweiß gebadet, und in der plötzlichen Wärme schwitzte ich noch mehr, zog aber meine Lederjacke trotzdem nicht aus. »Ich hab's einfach nicht eher geschafft«, sagte ich. Ich wußte, daß es ein Fehler war, mich zu rechtfertigen, und brachte trotzdem keinen anderen Tonfall zustande, die Schuldgefühle und die Angst, zu spät gekommen zu sein, ließen mich alle Spontaneität verlieren.

Meine Exfrau sagte nichts, aber anscheinend konnten sie und die andere Frau meine Gedanken lesen, denn auf ihren Gesichtern lag eine sonderbare, gespielt zerstreute Aufmerksamkeit, die mit der gleichen intermittierenden Frequenz wie die Lichter am Weihnachtsbaum, der hinter ihnen stand, ins Zimmer ausstrahlte.

In dieser Atmosphäre ging ich auf sie zu, um sie zu begrüßen, und jeder Schritt und jede Geste waren so mühsam, als würde ich bekleidet in einem See schwimmen; ich gab beiden mit dem gleichen Förmlichkeitsgrad die Hand. Sie musterten mich beide mit einer ähnlichen Mischung aus Distanziertheit und Neugier und Mißtrauen, ohne etwas zu sagen. Immer wenn ich in meine frühere Wohnung zurückkehrte, kam es zu diesem schiefen Austausch, zu diesem verstohlenen Erkunden, um herauszufinden, was sich unter der Oberfläche unserer Verhaltensweisen abspielte.

Dann kam meine Tochter mit einem anderen Kind ins Wohnzimmer gelaufen; als sie mich sah, hielt sie einen Augenblick mitten in der Bewegung inne, unsicher, ob sie weiterrennen oder zu mir kommen sollte. Sie kam zu mir, und eine Woge der Erleichterung stieg in mir auf, vermischt mit Unbehagen und neuen Schuldgefühlen, mit Gefühlen allgemeiner Unzulänglichkeit. Ich hob sie mit Schwung hoch und küßte sie, sagte: »Frohe Weihnachten Frohe Weihnachten Frohe Weihnachten«, in dem übertrieben begeisterten und kindlichen Ton, den ich ihr gegenüber anzuschlagen pflegte. Ich spürte den Blick meiner Exfrau auf mir und den Blick der unbekannten Mutter und die Blicke der Babysitterin und des Freundes meiner Tochter und den meines kleinen Sohns, der in diesem Augenblick hereinkam: Ich nahm mich wahr wie jemanden, den ich von außen beobachtete, ohne Anteilnahme und ohne große Sympathie, nur auf das achtend, was er falsch machte.

Meine Tochter versteifte sich fast sofort auf meinem Arm, sagte: »Laß mich runter«, vermutlich weil ihr Freund zusah. Ich hielt sie noch einen Augenblick lang fest, um ihr Gewicht im Vergleich zum letzten Mal festzustellen, dann ließ ich sie los und nahm den Kleinen auf den Arm. Auch er wollte nicht geknuddelt werden, und mit ihm war ich noch weniger vertraut, er strampelte mit den Beinen, sagte: »Laß mich.« Jedesmal, wenn ich die Kinder sah, auch wenn nur wenige Tage dazwischen lagen, kam es mir vor, als seien sie schon nicht mehr ganz die Menschen, die ich kannte, und jedesmal glaubte ich alle Phasen der Veränderung verpaßt zu haben. Ich ließ auch ihn hinunter, deutete auf die großen Schachteln auf dem Sofa: »Für euch.«

Meine Kinder betrachteten die Pakete, aber sie schienen von ihrer Größe eingeschüchtert, rührten sich nicht vom Fleck.

»Interessiert euch nicht, was es ist?« fragte ich, jetzt voller Wut, von Blicken eingekreist, Stirn, Achselhöhlen und Rücken schweißnaß.

Meine Tochter machte einen zaghaften Versuch, ihr Geschenk auszupacken, aber es war zu gut verpackt und die Schachtel zu unhandlich; sie bat mich: »Mach du auf.«

Also zog ich schließlich doch meine Jacke aus und versuchte die Schachtel zu öffnen, aber der Widerstand des Kartons steigerte meine Wut nur noch mehr; ich kämpfte mit der Schachtel wie mit einem trägen Tier. Voller Zorn riß ich das Paket auf, zerfetzte die Pappe und die Plastikfolie, brach die Styroporteile, die die Ecken schützten, in Stücke.

Nach wenigen Minuten war der Boden ringsum mit Kartonfetzen und weißen Kügelchen bedeckt, ich zerrte das große schwarze Keyboard heraus, stellte es vor meine Tochter auf das Sofa. Meine Exfrau sagte in ihrem förmlichsten Ton: »O wie schön«; und meine Tochter: »Ja, wirklich«, und es klang, als sage sie es vor allem, damit ich zufrieden war.

»Du kannst darauf alle Klänge spielen, die du willst. Geige, Saxophon, was du willst.«

»Ja?« antwortete sie, und als ich ihren Blick sah, wurde mir klar, daß es ein zu erwachsenes Geschenk für sie war, zu kalt und technisch und unpersönlich; mir war, als hätte ich ihr eine Waffe gebracht oder eine aus der Zukunft zurückkatapultierte unverständliche Botschaft.

Ich zerfetzte auch noch den Karton mit der tragbaren Stereoanlage für den Kleinen und hätte darin gern irgend etwas viel Einfacheres und Kindlicheres gefunden, ein Holzspielzeug oder eine Stoffpuppe oder sonst irgend etwas für einen Dreieinhalbjährigen Geeignetes. Statt dessen kam der unförmige Stereorecorder zum Vorschein, und ich gab ihn ihm, und auch dieser wirkte wie eine Waffe japanischer Herkunft, genau wie das Keyboard; ich hatte nicht einmal daran gedacht, auch eine Kassette mitzubringen, die er abspielen konnte, und der Verkäufer hatte mir keine Batterien gegeben; mein Sohn stellte das Ding auf den Boden und sah es an und wußte nichts damit anzufangen.

So schloß ich das Keyboard für meine Tochter ans Stromnetz an. Dutzende von kleinen roten und grünen Lämpchen leuchteten auf, wie im Cockpit eines Raumschiffs. Ich drückte zwei Tasten, produzierte konservierte Klaviertöne, die fast echt und doch nicht echt klangen. Ich drehte den Ton lauter, drückte andere Tasten, lockte synthetische Percussion und Streicher und Bläser hervor. Ich konnte nicht mehr aufhören, es war, als falle ich eine Treppe hinunter, und jede Stufe war steiler und scharfkantiger als die vorherige, jede Geste falscher. Ich drehte den Ton noch lauter, versuchte *Jingle Bells* zu spielen, traf aber die richtigen Noten nicht, ließ mit den Vibrationen der falschen Glocken und der falschen Orgelpfeifen die Fensterscheiben erzittern. Meine Exfrau sagte: »Dreh leiser!«; und meine Tochter rief »Wow«, aber sie war mehr daran interessiert, noch ein bißchen mit ihrem Freund zu spielen, bevor er gehen mußte. Ich schaltete alles aus, ließ das Ding stehen, ging ins Bad, das ich vor

Jahren ganz allein gekachelt hatte, und wusch mir das Gesicht.

Dann gingen der Freund meiner Tochter und seine Mutter; meine Exfrau befahl der Babysitterin, den Kindern die Schlafanzüge anzuziehen. Zu mir sagte sie: »Wir essen nicht mehr zu Abend, wir haben sowieso schon zuviel in uns hineingestopft. Wenn du was willst, der Kühlschrank ist noch voll.«

Ich sagte: »Nein danke«, aber zwei Minuten später holte ich mir doch einen großen Teller voller Minipizzen und Salzgebäck, aß am Tisch, während meine Exfrau das Wohnzimmer aufräumte und im Flur Schranktüren öffnete und wieder schloß.

»Und was hast du vor?« fragte sie, ohne innezuhalten, wie immer ohne offenes Interesse zu zeigen.

»In welcher Hinsicht?« fragte ich, wie immer in Abwehrhaltung.

»An Weihnachten«, sagte meine Exfrau.

»Weiß ich noch nicht«, sagte ich. »Kommt drauf an.«

Sie sagte: »Versuch dich zu amüsieren. Fahr in irgendeine exotische Gegend, du bist ja frei. Nach Brasilien zum Beispiel.« Sie schien mir viel besser in Form zu sein als in der Zeit, als wir noch zusammen waren, eleganter und dynamischer und selbstbewußter; ich hatte den Eindruck, daß unsere Trennung ihr letztlich gutgetan hatte.

»Mal sehen«, sagte ich. »Ich entscheide ganz kurzfristig.« Es ärgerte mich, daß sie mir vorschlagen wollte, was ich tun sollte, noch dazu in so vagem Ton; außerdem fühlte ich mich keineswegs so frei oder ruhig oder gleichgültig, wie ich sie glauben machen wollte. Ich hatte Angst; sobald ich das milchigtrübe Territorium unserer provisorischen Nähe verließ, war es eine permanente Gleichgewichtsübung, mich nicht von einem Schwindelgefühl erfassen zu lassen.

Sie deutete zum Kinderzimmer. »Sie freuen sich wahnsinnig auf die Reise, aber es tut ihnen schrecklich leid, daß sie am Heiligen Abend nicht mit dir zusammensein können.« Sie sprach in diesem lässigen Ton, dabei wußte sie ganz genau, daß sie mir einen empfindlichen Stich versetzte; es war ihre Art, eine gewisse Kontrolle über mich zu bewahren, die Wunden offenzuhalten, das Schwierige schwierig bleiben zu lassen. Sie wußte auch, daß ich immer darauf hereinfiel, daß ich auf dieser Ebene bereit war, mich ohne zeitliche Begrenzung erpressen zu lassen.

Martin Suter

Die Woche zwoundfünfzig

Schon seit Beginn der Woche achtundvierzig steht auf dem Empfangspult ein Adventsgebinde, das die Rezeptionistin möglicherweise selbst gesteckt hat. Möglicherweise alleinerziehende Mutter. Möglicherweise Waldspaziergang. Schläfli will es nicht wissen!

Zu Beginn der Woche neunundvierzig spiegelt sich dann auch prompt die erste Kerze so festlich in den erwartungsvollen Augen der Rezeptionistin, daß Schläfli nicht umhin kann, eine Bemerkung zu machen. »Ah, jede Kerze anders«, murmelt er und rettet sich in den Lift. Mein Gott, auch noch jede Kerze anders! denkt er angewidert. Für den Rest der Woche gelingt es ihm dann aber einigermaßen, die Anzeichen auf die Woche zwoundfünfzig zu ignorieren.

In der Woche fünfzig wird das schwieriger wegen der Festtagswünsche: Er erhält künstlerische Karten mit dem Hinweis, daß das Unternehmen des Absenders, statt Weihnachtsgeschenke zu verschicken, einen namhaften Betrag an eine wohltätige Organisation verschickt hat, und verschickt ebensolche, dieses Jahr Rolf Knie/Rotes Kreuz.

Am folgenden Montag brennt die dritte Kerze in der Rezeption. Eine unansehnliche feldgraue. Wahrscheinlich Kerzenziehen 1991. Zum ersten Mal konfrontiert er sich bewußt mit dem Wort »Weihnachtsgeschenke«, um die Wirkung zu testen, im Selbstversuch. Das Resultat ist beunruhigend, aber noch nicht verheerend. Es gelingt ihm ohne besondere Anstrengung, das Wort für den Rest des Tages zu verdrängen.

Am Freitagabend der Woche einundfünfzig begegnet ihm im Lift der erste Mann mit einem Weihnachtspäckchen. Von Frauen ist er sich diesen Anblick seit Woche fünfundvierzig gewohnt. Eine Frau mit einer Plastiktasche, aus der Päckchen mit Bändelchen und Mäschchen und Sternchen und Engelchen hervorblitzen, bedeutet noch nicht den Ernstfall. Aber Keller, ein an sich normaler, brauchbarer Abteilungsleiter ohne Illusionen, mit einem deutlich sichtbaren Geschenkpaket? Davor konnte er nicht mehr die Augen verschließen.

»Hat jemand Geburtstag?« fragt er ihn noch, ohne große Hoffnung. Keller lächelt höflich, wie wenn Schläfli eines seiner Vorgesetzter-im-Lift-Witzchen gemacht hätte, und antwortet: »Das letzte Weihnachtsgeschenk. Jetzt habe ich alle, Gott sei Dank.«

Noch im Lift ergreift Schläfli Panik. Lilly! Bis Ladenschluß rennt er kopflos vor glitzernden Auslagen auf und ab, ohne auch nur den Ansatz einer Idee, was er Lilly schenken könnte. Lilly, seiner Frau, die sich um alle Weihnachtsgeschenke kümmert. Außer um ihr eigenes. Lilly!

Am ersten Tag der Woche zwoundfünfzig, als zum ersten Mal vier Flämmchen in jedem Auge der Rezeptionistin leuchten, hat Schläfli die Idee: Er spricht mit Frau Hermann, seiner langjährigen Sekretärin. »Haben Sie eine Idee für meine Frau?« Frau Hermann schaut ohne Überraschung von ihrem Dossier auf. »Was haben wir für ein Budget? Letztes Jahr waren es dreitausend.«

Am nächsten Tag klingelt bei Lilly Schläfli das Telefon. »Ich fürchtete schon, er kauft dieses Jahr selber etwas«, sagt sie erleichtert, »wie hoch ist das Budget?«

»Dreidrei«, antwortet Frau Hermann.

»Ich hab was für dreisiebenfünfzig, das kriegen Sie durch.«

»Sein Budget für Sie, Frau Hermann, ist übrigens zweihundert, finden Sie da etwas?«

David Sedaris

Die WeihnachtsLand-Tagebücher

Ich saß in einem Imbiß und sah die Stellenanzeigen durch, als ich las: »Macy's am Herald Square, das größte Kaufhaus der Welt, bietet kontaktfreudigen, lebenslustigen Menschen von jeder Form und Größe, die mehr als nur einen Ferienjob wollen, die große Chance! Als Zwerg in Macy's WeihnachtsLand arbeiten, heißt, mittendrin sein, wo's aufregend ist…«

Ich malte einen Kringel um die Anzeige und lachte beim Gedanken daran laut auf. Der Mann neben mir drehte sich auf seinem Hocker zu mir herum, um zu überprüfen, ob ich sie noch alle hatte. Ich lachte leise weiter. Gestern hatte ich mich bei UPS um einen Job beworben. Die stellen in der Vorweihnachtszeit Helfer für die Fahrer ein, und ich ging voller Hoffnung in die UPS-Zentrale. Ich stand mit dreihundert weiteren Männern und Frauen Schlange, und meine Hoffnung schwand. Während des kurzen Einstellungsgesprächs wurde ich gefragt, warum ich für UPS arbeiten wolle, und ich antwortete, ich wolle für UPS arbeiten, weil mir die braunen Uniformen gefielen. Was hätte ich denn sonst sagen sollen?

»Ich würde gern für UPS arbeiten, weil mir das, meiner Meinung nach, die Möglichkeit bietet, die gesamte Bandbreite meiner beträchtlichen Führungsqualitäten in einer der besten Lieferfirmen zu zeigen, die dieses Land seit dem Pony Express gesehen hat!«

Ich sagte, die Uniformen gefielen mir, der UPS-Personalmann legte meine Bewerbung mit der Vorderseite nach unten auf seinen Schreibtisch und sagte: »Den Quatsch können Sie sich schenken.«

Als ich am Nachmittag nach Hause kam, hörte ich den Anrufbeantworter ab, ob eine Nachricht von UPS drauf ist, aber die einzige Nachricht war von der Firma, die mir mein Studentendarlehen gewährt, Sallie Mae. Sallie Mae hört sich an wie ein naives, barfüßiges Hinterwäldlermädchen, aber in Wirklichkeit sind die eine unbarmherzige und aggressive Ansammlung von Rüpeln in einem großen Klinkerbau irgendwo in Kansas. Ich stelle mir vor, es ist das größte Gebäude im ganzen Staat, und ich bin zu dem Entschluß gekommen, daß sie ihre Mitarbeiter direkt aus dem Knast weg einstellen. Es macht mir angst.

Die Frau bei Macy's fragte: »Wären Sie lieber Ganztagszwerg oder Abend- und Wochenendzwerg?«

Ich sagte: »Ganztagszwerg.«

Ich muß nächsten Mittwoch um zwölf hin.

Ich bin ein Mann von dreiunddreißig Jahren, der sich um einen Job als Zwerg bewirbt.

Ich sehe oft Menschen auf der Straße, die als Objekte verkleidet sind und Zettel verteilen. Ich neige dazu, keine Zettel zu nehmen, aber es bricht mir das Herz, wenn ich einen erwachsenen Mann sehe, der sich als Taco verkleidet hat. Wenn also eine Kostümierung im Spiel ist, neige ich nicht nur dazu, den Zettel zu nehmen, sondern ihn anmutig entgegenzunehmen, »Haben Sie recht herzlichen Dank« zu sagen und *Du bist ja so ein armes Schwein. Ich weiß nicht, was du hast, aber ich hoffe, daß ich es nie kriege* zu denken. Heute nachmittag habe ich auf der Lexington Avenue einen Zettel von einem Mann entgegengenommen, der als Camcorder verkleidet war. Hot Dogs, Erdnüsse, Tacos, Videokameras – diese Dinge machen mich traurig, weil sie nicht auf die Straße passen, außer vielleicht bei einer Parade, aber nicht nur so. Ich stelle mir vor, daß ich als Zwerg wenigstens am rechten Ort bin; ich werde mit all den anderen Zwergen im Dorf des Weihnachtsmanns sein. Wir werden in einem locker-duftigen Wunderland residieren, von Zukkerstangen und Honigkuchenhäuschen umgeben. Das ist immerhin nicht ganz so traurig, wie als Fritte verkleidet an einer Straßenecke zu stehen.

Ich versuche, es von der heiteren Seite zu betrachten. Vor drei Wochen bin ich mit hochgesteckten Erwartungen in New York angekommen, und diese Erwartungen erwiesen sich als trügerisch. In meiner Phantasie wäre ich direkt von der Penn Station in die Büros von »One Life to Live« gegangen, hätte dort mein Gepäck hingeschmissen und mich ein bißchen aufgerüscht, bevor ich mit Cord Roberts und Victoria Buchannon, den beiden größten Stars der Serie, einen Drink nehmen gegangen wäre. Wir hätten in einer plüschigen Nische in einer irrwitzig schicken Cocktailbar gesessen, meine neuen Promi-Freunde hätten mir mit ihren eisig beschlagenen Gläsern zugeprostet und gesagt: »Auf das Wohl von David Sedaris, dem besten Autor, den diese Serie je hatte!!!«

Ich hätte gesagt: »Laßt doch den Quatsch.« Ich hatte geplant, mich bescheiden zu geben.

Die Leute an den anderen Tischen würden uns anstarren und tuscheln: »Ist das nicht...? Ist das nicht...?«

Vielleicht hätte mich ihre Begeisterung abgelenkt, und dann hätte Victoria Buchannon ihre Hand auf meine Hand gelegt und gesagt, ich müsse mich allmählich daran gewöhnen, im Mittelpunkt der allgemeinen Aufmerksamkeit zu stehen.

Aber statt dessen bewerbe ich mich um einen Job als Zwerg. Noch schlimmer als die Bewerbung ist die sehr reale Möglichkeit, daß ich den Job nicht kriege, daß ich nicht mal als Zwerg Arbeit finden kann. Dann weiß man, daß man ein Versager ist.

Heute nachmittag saß ich im siebten Stock im *SantaLand*-Büro, und man sagte mir: »Gratuliere, Mr. Sedaris. Sie sind ein Zwerg.«

Um Zwerg zu werden, füllte ich ein zehn Seiten starkes Formular aus, unterzog mich einem *Multiple Choice*-Persönlichkeitstest, führte zwei Einstellungsgespräche und spendete Urin für einen Drogentest. Das erste Gespräch war allgemein gehalten und diente dazu, offenkundige Soziopathen auszusondern. Im Verlauf des zweiten Gesprächs wurden wir gefragt, warum wir Zwerge werden wollten. So was ist immer eine problematische Frage. Ich hörte zu, wie die Frau vor mir, eine frühere Kellnerin, die Frage beantwortete: »Ich möchte wirklich Zwergin werden? Weil ich finde, es hat mit Schauspielerei zu tun? Und davor habe ich in einem Restaurant gearbeitet? Und das wurde von dieser echt ganz wunderbaren Frau geführt, deren Traum es gewesen war, ein eigenes Restaurant zu eröffnen? Und da wurde mir klar, daß es echt... echt ganz wichtig ist... einen Traum zu haben?«

Alles, was die Frau sagte, jedes Satzglied, jeder Satz, war mit einem Fragezeichen interpunktiert, und die Personaltante hob nicht mal die Braue.

Als ich an der Reihe war, erklärte ich, ich würde gern Zwerg werden, weil das eine der erschrekkendsten Karriere-Optionen sei, mit denen ich je zu tun gehabt hätte. Die Personaltante hob den Blick von meiner Bewerbung und sagte: »Und...?«

Ich bin bestimmt im Drogentest durchgefallen. In meinem Urin schwammen Joint-Kippen und Stiele vom Hanfstrauch, aber sie haben mich trotzdem genommen, weil ich klein bin, 1,63 Meter. Fast alle, die sie genommen haben, sind klein. Einer ist Liliputaner. Nach dem zweiten Gespräch wurde ich ins Büro des Geschäftsführers gebracht, und dort zeigte man mir einen Grundriß vom Erdgeschoß. Wenn viel los ist, wird der Weihnachtsmann an einem einzigen Tag von zweiundzwanzigtausend Menschen besucht, und man sagte mir, das Los des Zwerges sei es, angesichts von Not und Qual fröhlich zu bleiben. Ich versprach, immer daran zu denken.

Ich verbrachte meinen Achtstundentag mit fünfzig Zwergen und einer munteren, wohlmeinenden Ausbilderin in einem riesigen Macy's-Klassenzimmer, dessen Wände mit NCR 2152s praktisch getäfelt waren. Eine 2152 ist, habe ich schließlich kapiert, eine Registrierkasse. In meiner Gruppe waren mehrere Zwerge, die bereits als Zwerge gearbeitet hatten, und ein paar Kassiererinnen mit Erfahrung, die mir zu helfen versuchten, indem sie Sachen sagten wie: »Du weißt noch nicht mal deinen persönlichen Identifizierungs-Kode? Manno, meinen hatte ich gegen zehn Uhr drauf.«

Alles an der Registrierkasse schüchtert mich ein. Jeder Vorgang erfordert eine Reihe von Kodes: verschiedene Zahlen für Barzahlung, Schecks und jede Sorte Kreditkarten. Das Wort *Betrag* mit nichts dahinter ist inzwischen zum schweinischsten Wort in meinem Wortschatz geworden. Beträge mit nichts dahinter sind ein Albtraum an Papierkram und kodierten Zahlen, alles in dreifacher Ausfertigung und vom Angestellten und seinem Vorgesetzten mit den Anfangsbuchstaben paraphiert.

Als ich heute abend das Gebäude verließ, konnte ich das Bild nicht abschütteln, das sich vor meinem geistigen Auge festgesetzt hatte, wie mich ungeduldige, wütende Kunden, deren Nerven von meiner totalen Unfähigkeit durchgewetzt sind, zu

Tode steinigen. Ich sage mir, ich werde einfach meine Kasse aufbrechen und alles akzeptieren, was sie mir geben wollen – Perlschnüre, Bargeld, Uhren, egal. Ich werde verhandeln und umtauschen. Ich werde ihre Kreditkarte durch die Mangel prügeln, »Schön, Sie kennengelernt zu haben!« auf die Quittung schreiben und es dabei bewenden lassen.

Alles, was wir im WeihnachtsLand verkaufen, sind Fotos. Die Menschen setzen sich dem Weihnachtsmann auf den Schoß und posieren für ein Bild. Der Fotozwerg gibt ihnen ein Stück Papier, auf das oben eine Zahl gedruckt ist. Ein anderer Zwerg füllt den Bestellschein aus, und Wochen später kommt das Bild mit der Post. Wir verkaufen also eigentlich nur die Idee eines Bildes. Eine Idee kostet neun Dollar, drei Ideen kosten achtzehn.

In meinem schlimmsten Albtraum stehen zweiundzwanzigtausend Menschen vor meiner Kasse. Kassierer möchte ich nicht immer sein müssen, nur hin und wieder. Das schlimmste ist, daß ich, nachdem ich dreihundert Dollar angehäuft habe, zweihundert entnehmen muß, ein halbes Dutzend Formulare ausfüllen und mit dem Umschlag voller Bargeld zur Sammelstelle in der Porzellanabteilung oder zum Tresorraum auf dem Balkon über dem Parterre hasten muß. Ich darf mich nicht vorher umziehen. Ich muß als Zwerg verkleidet gehen. Ein

Zwerg im WeihnachtsLand ist das eine, ein Zwerg in der Sportbekleidung ist ganz was andres.

Heute nachmittag haben wir uns Reden und Präsentationen in einem fensterlosen Konferenzsaal voller Schreibtische und Plastikstühle angehört. Wir erfuhren, daß das WeihnachtsLand in der zweiten Dezemberwoche Gastgeber der »Aktion Besonderes Kind« ist, und da sollen arme Kinder Geschenke kriegen, die vom Laden gespendet werden. Außerdem gibt es noch einen Vormittag speziell für schrecklich kranke und mißgestaltete Kinder. An dem Tag obliegt es dem Zwerg, das Kind beim Zauberbaum zu begrüßen und dann zum Haus zurückzujoggen, um unseren Weihnachtsmann zu wappnen.

»Das nächste Kind hat keine Nase«, oder: »Crystals Körper ist zu neunzig Prozent von Verbrennungen dritten Grades bedeckt.«

Keine Nase. Bei diesen Kindern muß der Weihnachtsmann aufpassen, daß er nicht fragt: »Und was wünschst du dir zu Weihnachten?«

Der Sicherheitschef hielt uns eine Vorlesung und erzählte uns, Macy's am Herald Square leide Jahr für Jahr unter Angestelltendiebstahl in Millionendollarhöhe. Folglich behandelt der Laden seine Angestellten wie Verbrecher mit einem langen Vorstrafenregister. Es werden Belohnungen in bar angeboten, wenn man Leute anzeigt, und jedesmal, wenn wir den Laden verlassen, werden unsere Taschen durchsucht. Man zeigte uns Videos, auf denen angebliche frühere Angestellte den Kopf hängen lassen und den Tag verwünschen, an dem es ihnen in den Sinn kam, jene Lederjacke zu stehlen. Die Schauspieler blickten in die Kamera, um zu erklären, wie sie sich mit ihrer Verhaftung Freundschaften und Familienleben ruiniert und letztlich die Zukunft verbaut haben.

Ein Typ starrte seine Hände an und seufzte: »Jetzt werde ich nie zum Studium der Jurisprudenz zugelassen. Jetzt nicht mehr. Nicht nach dem, was ich getan habe. Nichts zu wollen.« Er stockte und schüttelte voll unguter Erinnerungen den Kopf. »O Mann, danach nicht mehr. Nichts mehr zu wollen.«

Ein einsames, nachdenkliches Mädchen saß in einer Cafeteria, betrachtete seine leere Tasse und ächzte: »Ich weiß noch, wie ich mit all meinen Macy's-Freunden in den Feierabend trat. Gott, waren das schöne Zeiten. Ich habe diese Menschen geliebt.« Sie starrte ins Leere, bevor sie fortfuhr: »Nun, es erübrigt sich wohl zu sagen, daß diese Leute mich nicht mehr besuchen oder anrufen. Diesmal habe ich *echt* Mist gebaut. Warum habe ich das getan? Warum?«

Macy's hat zwei Gefängniszellen auf der Balkon-Etage und nimmt dreitausend Ladendiebe pro Jahr fest. Außerdem sollten wir im WeihnachtsLand noch die Taschendiebe im Auge behalten.

Taubstummen-Dolmetscher kamen und brachten uns bei, wie man in Zeichensprache »FROHE WEIHNACHTEN! ICH BIN EIN HELFER DES WEIHNACHTSMANNS!« sagt. Sie sagten uns, wir sollten während des Fuchtelns sprechen, und zwar mit lauter, klarer Stimme und strahlendem Gesichtsausdruck. Wir lernten die Zeichen für: »DU BIST EIN SEHR HÜBSCHER/S JUNGE/MÄDCHEN! ICH LIEBE DICH! MÖCHTEST DU EINE ÜBERRASCHUNG?«

Meine Schwester Amy wohnt über einem gehörlosen Mädchen und hat ziemlich viel Zeichensprache gelernt. Mir hat sie auch ein bißchen beigebracht, ich kann jetzt sagen: »DER WEIHNACHTSMANN HAT EINEN TUMOR VON DER GRÖSSE EINER OLIVE IM HIRN. VIELLEICHT GIBT SICH DAS BIS MORGEN, ABER ICH GLAUBE ES NICHT.«

Heute morgen hielten uns die Geschäftsführer vom WeihnachtsLand eine Vorlesung und stellten uns eine fotokopierte Broschüre voller Regeln vor, den »Zwergenführer«. Die meisten Geschäftsführer sind ehemalige Zwerge, die die Zuckerstangenleiter erklommen, sich aber lebhafte Erinnerungen an ihre Zeiten in Uniform bewahrt haben. Sie beschlossen das Meeting mit den Worten: »Vergessen Sie bitte eins nicht: SIE SIND, selbst wenn Sie an einem Wochenende mit viel Kundenverkehr als Fotozwerg eingeteilt sind, NICHT DER SKLAVE DES WEIHNACHTSMANNS.«

Am Nachmittag gab es eine Führung durch das WeihnachtsLand, und da kann man wirklich nicht meckern. Es ist wunderschön, ein richtiges Wunderland, mit zehntausend funkelnden Lichtern, falschem Schnee, elektrischen Eisenbahnen, Brükken, geschmückten Bäumen, mechanischen Pinguinen und Bären und echt großen Zuckerstangen. Man kommt rein und wandelt durch einen Irrgarten, auf einem Pfad, der einen von einer festlichen Umgebung in die nächste führt. Der Pfad endet beim Zauberbaum. Der Baum soll an verschlungenes Wurzelwerk erinnern, aber statt dessen sieht er aus wie ein maßstabsgetreues Modell des menschlichen Verdauungstrakts. Sobald man den Zauberbaum passiert hat, wird die Beleuchtung trüber, und ein Zwerg geleitet einen zum Haus des Weihnachtsmanns. Die Häuser sind behaglich und intim, mit Spielsachen vollgestopft. Man verläßt das Haus des Weihnachtsmanns und sieht sich einer Reihe von Registrierkassen gegenüber.

Wir schritten den Pfad ein zweites Mal ab, und man teilte uns die Kodenamen der verschiedenen Stationen mit, z. B. »Das Erbrecheralbum«, eine verspiegelte Wand beim Zauberbaum, wo ekelgeplagte Kinder gern ihren Mageninhalt von sich geben. Wenn sich jemand übergibt, soll der ihm am nächsten stehende Zwerg »VAMOOSE« brüllen, was der Name des Putz- und Scheuermittels ist, das der Laden verwendet. Wir wurden zur »O-mein-Gott-Ecke« geführt, eine Stellung in der Nähe der Rolltreppe. Die Ankommenden sehen die lange Schlange, sagen: »O mein Gott«, und der Zwerg muß sie beruhigen und ihnen erklären, daß es höchstens eine Stunde dauern wird, bis der Weihnachtsmann sie empfängt.

An einem x-beliebigen Tag kann man Eingangszwerg, Trinkwasserspenderzwerg, Brückenzwerg, Eisenbahnzwerg, Irrgartenzwerg, Inselzwerg, Zauberfensterzwerg, Notausgangszwerg, Ladentischzwerg, Zauberbaumzwerg, Zeigezwerg, Weihnachtsmannzwerg, Fotozwerg, Platzanweiserzwerg, Kassenzwerg, Rennzwerg oder Ausgangszwerg sein. Wir bekamen eine Demonstration der verschiedenen Stellen in Aktion, vorgeführt von ehemaligen Zwergen, die so angeregt und unerbittlich munter waren, daß ich mich vor Peinlichkeit kaum an ihnen vorbeiwagte. Ich weiß nicht, ob ich jemandem ins Auge blicken und »Ja, du meine Güte, ich glaube, ich seh den Weihnachtsmann!« oder »Kannst du die Augen schließen und dir was ganz Besonderes zu Weihnachten wünschen?« brüllen könnte. Alles, was diese Zwerge sagten, hatte hinten ein Ausrufungszeichen!!! Der Mund tut einem weh, wenn man mit diesem erzwungenen Frohsinn spricht. Ich fühle mich in die Ecke getrieben, wenn jemand so mit mir spricht. Geht das nicht jedem so? Ich bin bei Kindern lieber offen und ehrlich. Ich würde eher sagen: »Du mußt aber erschöpft sein«, oder: »Ich kenne eine Menge Leute, die einen Mord begehen würden, um so eine hübsche Taille zu kriegen wie du.«

Ich fürchte, ich werde mit der quälenden Begeisterung, die der Weihnachtsmann verlangt, nicht dienen können. Ich glaube, ich werde ein eher verhaltener Zwerg sein.

Heute war Zwergenkostümprobe. Die Spinde und Garderoben sind auf der siebten Etage, direkt hinter dem WeihnachtsLand. Die Zwerge haben sich während der letzten vier Trainingstage kennengelernt, aber sobald wir die Klamotten ausgezogen und die Uniformen angelegt hatten, war alles anders.

Die Gewandmeisterin wies uns unsere Minelle

zu und hielt uns einen Vortrag, wie man sein Zeug sauberhält. Sie hielt einen Kalender hoch und sagte: »Meine Damen, Sie wissen, was das ist. Benutzen Sie es. Ich habe genug Blut aus dem Schritt von Bundhöschen gekratzt; für ein Leben muß das reichen. Und kommen Sie mir nicht mit: ›Ich trage keine Schlüpfer; ich bin Tänzerin.‹ Sie sind keine Tänzerinnen. Wenn Sie echte Tänzerinnen wären, wären Sie nicht hier. Sie sind Zwerge, und wie Zwerge werden Sie Unterhosen anziehen.«

Mein Kostüm ist grün. Ich trage eine grüne Samt-Bundhose, einen gelben Rollkragenpullover, einen forstgrünen Samtkittel und eine kecke Zipfelmütze mit Pailletten. Das ist meine Arbeitskleidung.

Als Zwerg heiße ich Moppel. Wir durften uns unsere Namen selbst aussuchen und haben die Erlaubnis, sie, unserer jeweiligen Sicht der verschneiten Dinge entsprechend, abzuändern.

Heute war der offizielle Eröffnungstag vom WeihnachtsLand, und ich habe als Zauberfensterzwerg, als Weihnachtsmannzwerg und als Platzanweiserzwerg gearbeitet. Das Zauberfenster befindet sich in der »Nur ein rascher Blick«-Schlange für Erwachsene. Mein Job war, daß ich sagen sollte: »Steigen Sie auf den Zauberstern, werfen Sie einen Blick durch das Fenster, dann können Sie den Weihnachtsmann sehen!« Fünfzehn Minuten lang habe ich beim Zauberfenster gearbeitet, bevor ein Mann zu mir kam und sagte: »Sie sehen unheimlich bescheuert aus.«

Ich mußte zugeben, daß da was dran war. Ich hätte gern gesagt, ich werde wenigstens dafür bezahlt, daß ich bescheuert aussehe, während er das für umsonst macht. Aber ich kann so was nicht sagen, weil ich doch fröhlich sein soll.

Also sagte ich statt dessen: »Danke schön!«

»Danke schön!« als hätte ich mich verhört und gedacht, er hätte gesagt: »Sie sehen ganz bezaubernd aus.«

»Danke schön!«

Er war ein muskulöser Klugscheißer, mit Vinyljacke und Einkaufstüte vom Radio Shack. Ich hätte sagen sollen, echt laut: »Tut mir leid, aber mit Typen gehe ich nicht.«

Zwei Familien aus New Jersey kamen, um gemeinsam den Weihnachtsmann zu sehen. Zwei laute, häßliche Ehemänner, mit insgesamt zwei Frauen und vier Kindern. Die Kinder versammelten sich um den Weihnachtsmann und wurden geknipst. Als der Weihnachtsmann den zehnjährigen Jungen fragte, was er sich zu Weihnachten wünscht, rief sein Vater: »EINE FRAU! BESORG IHM EINE FRAU, WEIHNACHTSMANN!« Die Männer waren sehr rüde und irritierend, lachten ständig und rempelten sich an. Die zwei Frauen setzten sich dem Weihnachtsmann auf den Schoß, ließen sich knipsen, und jede bat den Weihnachtsmann um eine KitchenAid-Geschirrspülmaschine und einen anständigen Wintermantel. Dann setzten sich die Gatten beim Weihnachtsmann auf den Schoß, und als er gefragt wurde, was er sich zu Weihnachten wünscht, gellte der eine der Männer: »ICH WILL EINE SCHNALLE MIT DICKEN TITTEN.« Die kleinbusige Frau des Mannes verschränkte die Arme vor der Brust, betrachtete den Fußboden und knirschte mit den Zähnen. Der Sohn des Mannes versuchte zu lachen.

Heute vormittag mußte ich wieder am Zauberfenster Dienst schieben, was echt langweilig ist. Ich soll herumstehen und »Steigen Sie auf den Zauberstern, und Sie können den Weihnachtsmann sehen!« sagen. Das sagte ich eine Zeitlang, und dann fing ich an zu sagen: »Steigen Sie auf den Zauberstern, und Sie können Cher sehen!«

Und das erregte die Menschen. Also sagte ich: »Steigen Sie auf den Zauberstern, und Sie können Mike Tyson sehen!«

Ein paar Leute von der anderen Schlange, der Schlange, wo man beim Weihnachtsmann auf dem Schoß sitzen kann, brachen aus und drängelten vor, um auf meinen Zauberstern steigen zu können. Dann wurden sie wütend, als sie durch das Zauberfenster blickten und den Weihnachtsmann statt Cher oder Mike Tyson sahen. Was hatten sie denn wohl erwartet? Ist Cher so knapp bei Kasse, daß sie sich bei Macy's hinter einen durchsichtigen Spiegel stellen würde?

Die wütenden Leute müssen der Geschäftsleitung etwas gesagt haben, denn ich wurde vom Zauberstern abgezogen und auf die Zwergeninsel geschickt, was nun aber wirklich langweilig ist, weil man nur herumsteht und sich fröhlich gibt. Um zwölf kam ein Riesenschwung Behinderter, um den Weihnachtsmann zu besuchen. Sie waren geistig zurückgeblieben und kamen an mir vorbei, der ich auf meiner kleinen Insel stand. Diese Leute waren gründlich zurückgeblieben. Sie rollten die Augen und schlackerten mit der Zunge und taumelten in Richtung Weihnachtsmann. Es war eine große Gruppe Zurückgebliebener, und nachdem ich sie ein paar Minuten lang beobachtet hatte, war mir völlig schleierhaft, wo die Zurückgebliebenen endeten und die regulären New Yorker wieder anfingen.

Sobald man sich mal damit beschäftigt, sieht jeder zurückgeblieben aus.

Heute abend wurde ich zum Fotozwerg bestellt, ein Job, der mir die ersten paar Male richtig Spaß machte. Die Kamera ist im Kamin versteckt, und ich nehme das Bild auf, indem ich auf einen Knopf an einer Strippe drücke. Die Bilder kommen Wochen später mit der Post, und kein Zwerg könnte je identifiziert und zur Rechenschaft gezogen werden, aber immerhin, man möchte doch ein gutes Bild machen.

Beim Training hatte man uns mißlungene Fotografien gezeigt, verschwommene Rasereien mit winkendem Zwergenarm; ein Bild, von einem Stofftier verdeckt; Weihnachtsmann, gähnend. Nach jedem Foto muß der Zwerg die Nummer entfernen, die unten am Bild erscheint. Ein fauler oder dummer Zwerg könnte eine ganze Filmrolle ruinieren; eifrige Familien zahlen und kriegen dann später Fotografien von wildfremden Menschen.

Wenn man jemanden knipst, erfährt man schrecklich viel über ihn, mit der Betonung auf *schrecklich.* Wenn die Eltern dabei sind, verschlimmert das die Sache noch. Die Firmenpolitik vom WeihnachtsLand sieht vor, daß von jedem Kind ein Bild gemacht wird, welches die Elternteile dann bestellen oder ablehnen können. Die Leute dürfen ihre eigenen Kameras, Videorecorder, sonstwas, mitbringen. Die multimedialen Gruppen sind es, die mich fertigmachen. Das sind Eltern, die vor lauter Equipment vornübergebeugt sind, unnachgiebig in ihrem Drang nach Dokumentation.

Ich sehe sie mit ihren Videokameras im Irrgarten, wie sie ihre Kinder dazu anhalten, überrascht zu wirken. »Monica, Baby, kuck die elektrische Eisenbahn an und kuck dich dann um und sieh mich an. Nein, *mich* sollst du ansehen. Jetzt winken. Genau, und jetzt noch doller winken.«

Die Eltern halten die Schlange auf, und dem Irrgartenzwerg obliegt es, sie weiterzuscheuchen.

»Entschuldigen Sie, Sir, es tut mir leid, aber heute ist ziemlich viel los bei uns, und ich wäre Ihnen dankbar, wenn Sie bald fertig wären. Hinter Ihnen warten noch viele andere.«

Dann bittet einen der Vater, neben dem Kind zu stehen und zu winken. Ich tu's. Ich stehe neben einem Kind, winke in die Videokamera und frage mich, wo ich wohl enden werde. Ich sehe mich auf dem Fernsehschirm in einem getäfelten Zimmer in Wapahanset oder Easternmost Meadows. Ich stelle mir vor, wie die Familie sich um das Kommando über die Fernbedienung streitet, wobei der Fast-Forward-Knopf bedient wird. Das Winken des

Kindes wird zum zackigen Salut. Ich komme ins Bild, und jeder im Raum hegt denselben Gedanken: »Was hat dieses Arschloch auf unserem Weihnachtserinnerungsvideo zu suchen?«

Der Augenblick, auf den diese Menschen warten, ist das Zusammentreffen mit dem Weihnachtsmann. Als Fotozwerg beobachte ich, wie sie den Raum betreten und die Kontrolle übernehmen.

»Also gut, Ellen, ich möchte, daß du mit Marcus vor dem Weihnachtsmann stehst, und wenn ich ›jetzt‹ sage, möchte ich, daß du dich zu ihm auf den Schoß setzt. Jetzt sieh mich an. Sieh Daddy an, bis ich dir sage, daß du den Weihnachtsmann ansehen sollst.«

Er wird mit seiner Frau sprechen, die mit dem Fotoapparat arbeitet, und sie wird sich mit ihrem Belichtungsmesser und der Nikon mit zahlreichen Extras tief auf den Boden kauern. Die Ausrüstung ist schwer, und die Adern auf ihren Armen schwellen.

Dann gibt es die multimedialen Familien in Gruppen, die sagen: »Also gut, jetzt wollen wir noch eine Aufnahme von Anthony, Damascus, Theresa, Doug, Amy, Paul *und* Vanity –; kriegen wir die alle zusammen drauf? Weihnachtsmann, wie wär's, wenn Sie Doug huckepack nähmen, wäre das wohl möglich?«

Während dieser Besuche ist es den Kindern kaum je gestattet, ihre Wünsche mit dem Weihnachtsmann zu erörtern. Sie sind vollauf damit beschäftigt, von ihren Eltern inszeniert zu werden.

»Vanity und Damascus, kuckt hier herüber, nein, *hier* herüber.«

»Weihnachtsmann, kannst du den Arm um Amy legen und Paul gleichzeitig die Hand geben?«

»So ist es gut. So ist es schön.«

Ich habe Eltern gesehen, die ihr Kind auf den Schoß des Weihnachtsmanns setzen und sofort mit der Schönheitspflege beginnen: Haarekämmen, Saum zurechtzurren, Schlipsknoten prüfen. Ich habe einen Elternteil gesehen, der das Haar des Kindes einsprühte und dabei den Weihnachtsmann behandelte, als wäre er ein imitiertes Requisit aus Zement, und der Weihnachtsmann wandte sich ab und zuckte zusammen, als das Haarspray in seinen Augen brannte.

Junge Kinder, zwei bis vier Jahre alt, neigen dazu, vor dem Weihnachtsmann Angst zu haben. Sie sind nicht daran interessiert, daß ein Bild von ihnen geknipst wird, weil sie nicht wissen, was ein Bild ist. Sie sind nicht eitel, sie sind Babys. Sie sind Babys, und sie handeln entsprechend – sie weinen. Ein Fotozwerg kapiert, daß es, sobald ein Kind zu weinen anfängt, vorbei ist. Sie fangen im Haus des

Weihnachtsmanns an zu weinen und hören nicht wieder auf, bis sie mindestens zehn Straßen weiter sind.

Wenn das Kind anfängt zu weinen, wird der Weihnachtsmann zunächst tröstend eingreifen, und dann sagt er: »Vielleicht versuchen wir's nächstes Jahr noch mal.«

Die Eltern hatten geplant, die Fotos an Verwandte zu verschicken und in Alben zu kleben. Die haben länger als eine Stunde Schlange gestanden und sind nicht bereit, so leicht aufzugeben. Heute abend habe ich eine Frau gesehen, die ihre schluchzende Tochter schlug und schüttelte, wobei sie schrie: »Verdammtnochmal, Rachel, mach, daß du auf den Schoß dieses Mannes kommst, sonst geb ich dir einen Grund zum Flennen.«

Ich mache oft Fotos von weinenden Kindern. Noch grotesker ist es, wenn man ein Foto von einem weinenden Kind mit einer falschen Grimasse macht. Die Grimasse ist weniger ein Lächeln als der erzwungene Umriß eines Lächelns. Den Eltern gefällt es seltsamerweise.

»Braves Mädchen, Rachel. Jetzt aber nichts wie weg hier. Deine Mutter hat Kopfschmerzen, die nicht weggehen, bevor du einundzwanzig bist.«

Ein gutes Drittel der Leute, die den Weihnachtsmann besuchen, sind Erwachsene: Ehepaare und erstaunlich viele alleinstehende Männer und Frauen. Die meisten Alleinstehenden wollen sich nicht beim Weihnachtsmann auf den Schoß setzen; sie schauen nur mal so vorbei, um ihm die Hand zu geben und viel Glück zu wünschen. Oft sind es Ausländer, die zufällig gerade bei Macy's zum Einkaufen waren und sich vom Eingangszwerg in den Irrgarten haben scheuchen lassen, weil es zu den Aufgaben des Eingangszwergs gehört, die Leute anzukobern. Eben sieht der Ausländer sich noch Porzellan an, und schon steht er beim Zauberbaum, wo ihn ein Zwerg mit einer Schreibunterlage vor dem Bauch fragt, wie viele Mitglieder seine Gruppe umfaßt, die zum Weihnachtsmann will.

»Wie viele in Ihrer Gruppe?«

Der Ausländer antwortet: »Ja.«

»Wie viele in Ihrer Gruppe ist keine Ja-oder-Nein-Frage.«

»Ja.«

Dann führt ihn ein Weihnachtsmannzwerg zu einem Haus, wo sich der verwirrte und erschöpfte Ausländer einem bärtigen Mann in roter Kleidung gegenübersieht, und sagt: »Ja, okay. Ich gehe gut heute.« Er gibt dem Weihnachtsmann die Hand und rennt, aufgewühlt, zum Hinterausgang.

Heute nachmittag kam ein Mann, um den Weihnachtsmann zu besuchen, ein schlampiger, gutaussehender Mann Mitte Vierzig. Ich dachte, er wäre einer von diesen verwirrten Europäern, also beruhigte ich ihn, viele Erwachsene kämen, um den Weihnachtsmann zu besuchen, jeder sei willkommen. Eine Stunde später bemerkte ich denselben Mann, wieder da, um die Gesellschaft des Weihnachtsmanns zu suchen. Ich fragte, worüber er mit dem Weihnachtsmann spricht, und mit gebrochener und kläglicher Stimme antwortete er: »Spielsachen. Die vielen Spielsachen.«

Links hatte er eine Delle in der Stirn. In einer solchen Delle konnte man eine Eichel unterbringen. Er stellte sich hinten an und besuchte den Weihnachtsmann ein drittes Mal. Bei seinem letzten Besuch regte er sich so auf, daß er dem Weihnachtsmann auf den Schoß pinkelte.

Bisher habe ich im Weihnachtsland Simone aus »General Hospital«, Shawn aus »Alle meine Kinder«, Walter Cronkite und Phil Collins gesehen. Letztes Jahr wurde eine Zwergin vom Dienst suspendiert, nachdem sie Goldie Hawn um ein Autogramm für auf die Hand gebeten hatte. Wir wurden angewiesen, die Stars in Frieden zu lassen.

Walter Cronkite war sehr groß, und ich hätte ihn

wahrscheinlich nicht erkannt, wenn ihn mir nicht jemand gezeigt hätte. Phil Collins war klein und sehr gepflegt. Er erschien mit seiner Tochter und einem Gefolge von drei Mann. Mir ist Phil Collins in jeder nur möglichen Form ziemlich wurscht, aber ich habe mehrere Leute gesehen, denen er wahrscheinlich nicht wurscht war, und fand, es ist meine Pflicht, ihnen auf die Schulter zu klopfen und zu sagen: »Sehen Sie mal, da ist Phil Collins!«

Viele, die den Weihnachtsmann besuchen, sind von außerhalb und ergreifen freudig die Gelegenheit, einen Prominenten zu besichtigen, weil das ihr New-York-Erlebnis abrundet. Als ich auf Phil Collins deutete, quietschten die Menschen buchstäblich vor Entzücken. Da es mein Job ist, Menschen glücklich zu machen, hatte ich damit keinerlei Problem. Phil Collins wanderte durch den Irrgarten, nahm alles mit seinem Camcorder auf Video auf und amüsierte sich. Sobald er den Zauberbaum betreten hatte, konnte ihn das Irrgarten-Publikum nicht mehr sehen, und ich begann den Leuten zu sagen, wenn sie sofort den Irrgarten verlassen, die Halle runter und dann rechts, könnten sie wahrscheinlich noch Phil Collins erwischen, wenn er mit dem Weihnachtsmann durch ist. Die Leute taten, wie ihnen geheißen, und gingen weg. Als Phil Collins das WeihnachtsLand verlassen wollte, bat ihn eine Meute von zwanzig Menschen um ein Autogramm. Als die Geschäftsführer ankamen, um die Petze ausfindig zu machen, sagte ich: »Phil Collins? Wer soll das denn sein?«

Ich verbrachte ein paar Stunden im Irrgarten mit Schnuff, einem jungen Zwerg aus Brooklyn. Wir standen beim Dauerlutscherwald, als uns klarwurde, daß *Santa* ein Anagramm für *Satan* ist. Weihnachtsmann oder Teufel –: so nah und doch so fern. Anstelle vom *SantaLand* stellten wir uns ein *SatanLand* vor, in dem die Besucher durch dampfende Tümpel voller Blut und Fäkalien waten, bevor sie am Höllentor ankamen, wo ein boshaftes Teufelchen im versengten Samtkostüm sie bei der Hand nahm und zu Satan geleitete. Mit einem Ohr lauschten wir der Kundschaft und ersetzten das Wort *Santa* immer durch das Wort *Satan.*

»Was meinst du, Michael? Glaubst du, der bei Macy's ist der echte Satan?«

»Vergiß nicht, dich bei Satan für das Quietschebaby zu bedanken, das er dir letztes Jahr geschenkt hat.«

»Ich liebe Satan.«

»Wer nicht? Den Satan liebt doch jeder.«

Lieber würde ich mir Polsternägel ins Zahnfleisch hauen denn als Platzanweiserzwerg arbeiten. Der Platzanweiserzwerg steht vor dem Ausgang vom Weihnachtsmann und füllt die Bestellscheine für die Fotos aus. Es macht mir zwar Spaß zu raten, woher die Leute kommen, aber ich hasse es, wenn ich zuhören muß, wie Ehepaare darüber zanken, wie viele Abzüge sie wollen.

Beim erstenmal war es interessant, aber jetzt nicht mehr. Während die Eltern sich zu einer Entscheidung durchringen, muß der Platzanweiserzwerg die aufgeregten Kinder davon abhalten, beim Weihnachtsmann zur Hintertür hineinzuwitschen, um die Markennamen von drei oder vier Spielsachen zu rufen, die sie sich zu wünschen vergessen haben.

Wenn nicht viel los ist, steckt der Platzanweiserzwerg den Kopf hinein und beobachtet den Weihnachtsmann und seine Besucher. Heute nachmittag war nicht viel Betrieb, und ich beobachtete eine vierzig Jahre alte Frau mit ihrer steinalten Mutter, die auf einen kleinen Schwatz beim Weihnachtsmann reinschauten. Die Tochter trug ein kurzes rosa Kleid mit Spitzenbesatz – die Sorte Kleid, die ein kleines Mädchen tragen kann. Die Haare waren zu Zöpfchen geflochten, und sie hatte unordentlich hochgezogene Ringelsöckchen und

Lackschuhchen an. Dieses vierzigjährige Mädchen rannte zum Weihnachtsmann und umarmte ihn, wobei es ihm Rouge in den Bart schmierte. Sie sprach mit Babystimme, welche sie bald zu einem Flüstern senkte. Als sie gingen, fragte ich, ob sie das Foto käuflich erwerben wollten, und das größte kleine Mädchen der Welt flüsterte seiner Mutter etwas ins Ohr und hüpfte dann davon. Sie hüpfte. Ich sah, wie sie versuchte, mit den Bälgern zu kommunizieren, die um die Kasse herumstanden, bis ihre Mutter sie da wegzerrte.

Heute vormittag war ich eine Zeitlang beim Zauberfenster mit Klingglöckchen zusammen, einer Alleinunterhalterin, die gerade ein Musikvideo mit ihrer Girl-Group macht. Wir sprachen über dies und das, und sie sagte mir, sie habe schon in ein paar Fernsehserien mitgespielt, hauptsächlich in Soap-Operas. Ich fragte sie, ob sie auch schon mal in »One Life to Live« mitgewirkt hat, und sie sagte, ja, eine Komparsenrolle als Flamencotänzerin vor ein paar Jahren, als Cord und Tina zum zweitenmal geheiratet hatten und für die Flitterwochen nach Madrid fuhren.

Plötzlich erinnerte ich mich ganz deutlich an Klingglöckchen. In der Episode trug sie ein rotes Spitzenkleid und stampfte auf einem glänzenden

Nachtklubfußboden herum, bis Spaniens größter Stierkämpfer eintrat und Cord zum Duell herausforderte. Klingglöckchen intervenierte. Sie hörte auf zu tanzen und sagte zu Cord: »Ssie lieber nix mache, Señor. Ssie wäre duum ssu kämpfe mit Spaniens größter Stierkämpfer!«

Klingglöckchen erzählte mir, die Flitterwochen seien hier im New Yorker Studio gefilmt worden. Das überraschte mich, da ich wirklich angenommen hatte, sie wären in Spanien gedreht worden. Sie sagte, die Tanzszene sei am späten Vormittag aufgezeichnet worden, und danach sei Mittagspause gewesen. Sie war in der Studiokantine und hielt ihr Tablett, als Tina sie zu ihrem Tisch herüberwinkte. Klingglöckchen hatte mit Tina zu Mittag gegessen! Sie sagte, Tina sei ganz süß und habe mit ihr darüber gesprochen, wie sehr sie Smokey Robinson liebe. Ich hatte gelesen, Tina habe einen Keil zwischen Smokey und seine Frau getrieben, aber es war erregend, das von jemandem bestätigt zu bekommen, der die Fakten hatte.

Später an dem Tag wurde ich zur Kasse eingeteilt, wo mir Andrea, eine der Geschäftsführerinnen, sagte, ihre Freundin Caroline habe das Casting für »One Life to Live« unter sich. Caroline hatte die alte Tina durch die neue Tina ersetzt. Ich liebte die alte Tina und werde nie eine Ersatz-Tina akzeptieren, aber Andrea sagte ich, ich könne die neue Tina gut leiden, und sie sagte: »Das werde ich Caroline ausrichten. Das hört sie sicher gern!« Wir redeten noch, als Mitchell, ein weiterer Geschäftsführer, sagte, er sei siebenmal in »One Life to Live« aufgetreten. Er hatte vor fünf Jahren Clints Anwalt gespielt, als die ganze Familie Buchannon wegen des Mordes an Mitch Laurence vor Gericht stand. Mitchell kennt Victoria persönlich, und er sagt, im wirklichen Leben ist sie genau so süß und fürsorglich wie in der Serie.

»Im wesentlichen spielt sie sich selbst, wenn man von der multiplen Schizophrenie absieht«, sagte er und hielt inne, um zu überprüfen, was ein anderer Zwerg gerade in die Kasse eingetippt hatte. Er bat die Kundin um eine zusätzliche Identifikation zu ihrer Scheckkarte, und während die Frau fluchte und in ihrer Handtasche wühlte, erzählte mir Mitchell, Clint sei eher zurückhaltend, aber Bo und Asa seien echt gute Kumpels.

Ich kann es gar nicht glauben, daß ich so was zu hören kriege. Ich kenne Leute, die mit Tina, Cord, Nicki, Asa und Clint herumgesessen haben. Ich komme immer näher, ich kann es spüren.

Heute abend habe ich als Ladentischzwerg beim Zauberbaum gearbeitet, als ich eine Frau sah, die ihrem Sohn den Reißverschluß von seinem Hosenstall aufmachte, seinen Penis herausholte und ihn anwies, auf eine künstliche Schneeverwehung zu pinkeln. Er war noch ganz jung, vier, fünf Jahre alt, und er hat's gemacht, er hat gepinkelt. Urin tropfte von den Zweigen künstlicher Bäume und bildete auf dem Fußboden eine Pfütze.

Später machte ein Mann in einem der Weihnachtsmannhäuser seiner Freundin einen Heiratsantrag. Als der Weihnachtsmann ihn fragte, was er sich zu Weihnachten wünsche, zog er einen Ring aus der Tasche und sagte, er wünscht sich, daß diese Frau ihn heirate. Der Weihnachtsmann gratulierte beiden, und der Fotozwerg verschluckte sich und fing an zu weinen.

Ein geflecktes Kind besuchte den Weihnachtsmann, kletterte auf seinen Schoß und äußerte den Wunsch, bald keine Windpocken mehr zu haben. Der Weihnachtsmann sprang auf.

Ich habe Zwerge aus allen Schichten und Berufen kennengelernt. Die meisten sind aus dem Schaugeschäft, Schauspieler und Tänzer, aber erstaunlich viele hatten vorher richtige Jobs in Werbeagenturen und Maklerfirmen gehabt, bevor die Rezession zuschlug. Die Süßen hätten sich auch nie träumen lassen, daß die Zukunft ihnen ein Samtkostüm bringt. Das sind die echt bitteren Zwerge. Viele Zwerge sind jung, gehen noch auf die High School oder aufs College. Sie sind jung und hübsch, und eine der Vergünstigungen, die dieser Job mit sich bringt, ist, daß ich sie in der Unterwäsche zu sehen kriege. Die Umkleideräume befinden sich innerhalb der Mitarbeitertoiletten hinter dem WeihnachtsLand. Das Männerklo ist klein, und die Toiletten sind oft verstopft, so daß wir auf einer Insel aus Zeitungen stehen müssen, damit unsere Socken trocken bleiben. Die Weihnachtsmänner haben eine schöne Garderobe am anderen Ende des Ganges, aber einem Weihnachtsmann möchte man nicht beim Entkleiden zusehen. Mehrere Zwerge haben sich daran gewöhnt, sich im Gang neben ihren Spinden umzuziehen. Diese Zwerge tragen gern Badeanzüge unterm Kostüm. Ich mag keine Badeanzüge.

Der hübscheste Zwerg von allen ist ein Bursche aus Queens namens Schneeball. Schneeball übertreibt es gern mit den Kindern, manchmal kullert er mit ihnen regelrecht den Pfad zum Haus des Weihnachtsmanns entlang. Ich stehe dieser Art von Betragen eher ablehnend gegenüber, aber Schneeball ist auch die Wucht, wenn er gar nichts macht –; man möchte ihn einfach in die Tasche stecken und mitnehmen. Gestern arbeiteten wir als Weihnachtsmannzwerge zusammen, und ich fand es prickelnd, als er anfing, Sachen wie »Dir würde ich jederzeit zum Haus des Weihnachtsmanns folgen, Moppel« zu sagen.

Mir wurde ganz schwindlig von dem Geflirte.

Am Nachmittag war ich soweit, daß ich gegen Wände rannte. Als unsere Schicht zu Ende war, standen wir auf dem Klo und zogen uns um, als wir plötzlich von drei Weihnachtsmännern und fünf weiteren Zwergen umringt waren – alles Typen, mit denen Schneeball geflirtet hatte.

Schneeball macht einfach Zwerge scharf, Zwerge und Weihnachtsmänner. Schneeball spielt ein gefährliches Spiel.

Heute nachmittag mußte ich Fotozwerg beim Weihnachtsweihnachtsmann sein. Ich weiß nicht, wie er wirklich heißt; niemand weiß es. An den meisten Tagen tritt manchmal eine kleine Beruhigung ein, da kann man im Haus herumsitzen und mit seinem Weihnachtsmann klönen. Die meisten Weihnachtsmänner sind nett, wir sitzen herum und lachen, aber der Weihnachtsweihnachtsmann nimmt sich ein bißchen zu ernst. Ich fragte ihn, wo er wohnt, Brooklyn oder Manhattan, und er sagte:

»Na, am Nordpol mit der Weihnachtsfrau!« Ich fragte ihn, was er das übrige Jahr über so macht, und er sagte: »Ich mache Spielsachen für all die Kinder.«

Ich sagte: »Ja, aber womit verdienst du dein Geld?«

»Der Weihnachtsmann braucht kein Geld«, sagte er.

Der Weihnachtsweihnachtsmann sitzt und winkt und klingelt mit seiner Glöckchenschärpe, wenn sonst niemand da ist. Er hat sogar mal »Drauß' vom Walde komm' ich her« aufgesagt, und es waren nur wir beide im Haus, keine Kinder. Nur wir. Was macht man mit so einem Irren?

Er sagt: »Oh, kleiner Zwerg, kleiner Zwerg, stell für den Weihnachtsmann doch mal die Geschenke auf dem Kaminsims wieder richtig hin.« Ich erinnerte ihn daran, daß ich einen Namen habe, Moppel, und dann stellte ich die Stofftiere wieder richtig hin.

»Oh, kleiner Zwerg, kleiner Zwerg, bring doch mal dem Weihnachtsmann eine Halspastille.« Da habe ich ihm eine Pastille gebracht.

Der Weihnachtsweihnachtsmann hat eine ausgefeilte kleine Nummer, die er bei den Kindern abzieht. Er redet mit ihnen und lacht herzhaft und klingelt mit seinen Glöckchen, und dann sagt er, sie sollen ihm doch mal ihr Lieblings-Weihnachtslied nennen. Die meisten sagen »Rudolph, the Red-Nosed Reindeer«. Der Weihnachtsweihnachtsmann fragt dann, ob sie es ihm wohl mal vorsingen wollen. Die Kinder sind schüchtern und wollen nichts vorsingen, also sagt der Weihnachtsweihnachtsmann: »Oh, kleiner Zwerg, kleiner Zwerg! Hilf doch mal der kleinen Brenda beim Vorsingen ihres Lieblings-Weihnachtsliedes.« Dann stehe ich da und muß »Rudolph, the Red-Nosed Reindeer« singen, was ich hasse. In fünfzig Prozent der Fälle sind die Eltern der kleinen Brenda in meinem Alter, und das ist auch keine große Hilfe.

Heute nachmittag habe ich als Ausgangszwerg gearbeitet und den Menschen mit lauter Stimme verkündet: »AUS DEM WEIHNACHTSLAND HINAUS BITTE HIER ENTLANG.« Eine Frau stand an einer der Kassen, um ihre Idee von einem Foto zu bezahlen, während ihr Sohn zu ihren Füßen lag, um sich trat und sich auf dem Boden wälzte und einen Wutanfall auslebte.

Die Frau sagte: »Riley, wenn du dich nicht sofort benimmst, bringt dir der Weihnachtsmann *keins* der Geschenke, die du dir gewünscht hast.«

Das Kind sagte: »Bringt er mir doch, du lügst, hat er mir doch selbst gesagt.«

Die Frau packte mich am Arm und sagte: »Sie da, Zwerg, sagen Sie, hier, Riley, wenn er sich nicht sofort benimmt, ändert der Weihnachtsmann seine Meinung und bringt ihm statt dessen Briketts zu Weihnachten.«

Ich sagte, der Weihnachtsmann hat sich aus dem Kohlenhandel zurückgezogen. Statt dessen, wenn man unartig war, kommt er zu einem nach Hause und stiehlt Sachen. Ich sagte Riley, wenn er sich nicht benimmt, kommt der Weihnachtsmann und nimmt ihm den Fernseher und alle Elektrogeräte weg und läßt ihn im Dunkeln sitzen. »Alle Geräte, einschließlich des Kühlschranks. Dann vergammelt dein Essen und riecht schlecht. Und wo du bist, da wird es ganz kalt und gaaanz dunkel sein. Mann, Riley, du wirst ja sowas von leiden. Du wirst dir wünschen, nie den Namen Weihnachtsmann gehört zu haben.«

Die Frau bekam einen besorgten Gesichtsausdruck und sagte: »Gut, gut, das genügt.«

Ich sagte: »Er wird euch das Auto und die Möbel und alle Handtücher und Bettdecken wegnehmen, und dann stehst du mit gar nichts da.«

Die Mutter sagte: »Nein, das genügt jetzt aber wirklich.«

Ich verbringe den ganzen Tag damit, Leute anzulügen, indem ich sage: »Du bist so hübsch«, und: »Der Weihnachtsmann kann es gar nicht erwarten, dich zu besuchen. Ständig spricht er nur von dir. Ohne dich ist Weihnachten für ihn nicht Weihnachten. Du bist der Lieblingsmensch des Weihnachtsmanns von ganz New York, New Jersey und Connecticut.« Manchmal trage ich richtig dick auf: »Bist du nicht die Prinzessin von Rongowien? Der Weihnachtsmann hat gesagt, es komme ihn eine wunderschöne Prinzessin besuchen. Er hat gesagt, sie habe ein rotes Kleid an und sei zwar sehr hübsch, aber überhaupt nicht zickig oder verlogen. Das bist *du* doch, stimmt's?« Ich trage dick auf, und die Eltern bewegen stumm die Lippen zu den Worten »Danke schön« und »Gut gemacht«.

Zu einem Kind habe ich mal gesagt: »Du bist doch bestimmt ein Model?« Das Mädchen war vielleicht sechs Jahre alt und sagte: »Ja, ich arbeite als Model, aber ich schauspielere auch. Ich hab gerade den zweiten Anschlußauftrag für einen Fisher-Price-Werbespot gekriegt.« Die Mutter des Mädchens sagte: »Vielleicht erkennen Sie Katelyn von der ›Mein erster Sony‹-Kampagne wieder. Sie ist auf der Verpackung.« Ich sagte, klar, sowieso.

Ich bin ausschließlich mit Lügen beschäftigt, und das hat mich gegen Komplimente immunisiert.

Seit neuestem fühle ich mich ein bißchen trollig und habe meinen Zwergennamen von Moppel zu Bläschen umgewandelt. Bläschen –: Also, mir gefällt's.

Heute hat ein kleiner Junge zum Weihnachtsmann Ken gesagt, er wünscht sich seinen toten Vater zurück und einen Satz Teenage Mutant Ninja Turtles. Alle wollen sie diese Schildkröten.

Letztes Jahr entschied eine Frau, daß sie ein Foto von ihrer Katze auf dem Schoß des Weihnachtsmanns haben muß, und schmuggelte sie in einem Matchbeutel bei Macy's ein. Die Katze saß fünf Minuten lang auf dem Schoß des Weihnachtsmanns, dann schoß sie durch die Tür davon, und sechs Zwerge brauchten fünfundvierzig Minuten, bis sie sie in der Küche der Angestelltenkantine fanden.

Heute morgen kam ein Kind zum Weihnachtsmann, und seine Mutter sagte: »Also los, Jason. Sag dem Weihnachtsmann, was du dir wünschst. Sag ihm, was du dir wünschst.«

Jason sagte: »Ich wünsche mir ... Ich wünsche mir ... daß Prokton und ... Gamble ... Gamble mit ... mit den Tierversuchen aufhören.«

Die Mutter sagte: »Procter, Jason, Procter and Gamble heißt das. Und was machen sie mit den Tieren? Foltern sie die Tiere, Jason? Ist es das, was sie mit den Tieren machen?«

Jason sagte, ja, sie foltern sie. Er war wahrscheinlich sechs Jahre alt.

In dieser Woche ist mein absoluter Nichtlieblingszwerg ein Typ aus Florida, den ich »Das Walroß« nenne. Das Walroß hat einen Schnauzbart, kein Kinn und einen Hals vom Umfang meiner Hüfte. In der Garderobe gesteht er, er habe »einen ziemlichen Schlag bei Weibern«.

Das Walroß benimmt sich, als wäre das WeihnachtsLand eine Kontaktbar. Es ist peinlich, mit ihm zu arbeiten. Wenn wir beim Zauberfenster eingeteilt sind, zieht er Frauen beiseite, legt ihnen den Arm um die Schulter und sagt: »Ich weiß, daß Sie sich vom Weihnachtsmann kein gutes Aussehen wünschen werden. Das haben Sie nämlich schon, hübsche Dame. Aber holla, massenhaft.«

Er stellt sich vor, die Frauen seien völlig verzaubert, benommen von seinen Aufmerksamkeiten.

Ich nehme ihn mir vor und sage: »Das war eben eine *Mutter,* der du das angetan hast, eine verheiratete Frau mit drei Kindern.«

Er sagt: »Ich hab aber keinen Ring gesehen.«

Dann dreht er sich zur nächsten erreichbaren Frau um und pfeift: »Der Weihnachtsmann ist verheiratet, aber ich nicht. He, hübsche Dame, ich hab noch viel Platz auf dem Knie.«

Ich habe den ganzen Tag für verschiedene Weihnachtsmänner fotogezwergt, und plötzlich ist mir klargeworden, daß viele Eltern ihren Kindern nicht erlauben, überhaupt zu sprechen. Ein Kind sitzt beim Weihnachtsmann auf dem Schoß, und die Eltern sagen: »Also los, Amber, sag dem Weihnachtsmann, was du dir wünschst. Sag ihm, daß du dir ein Quietschebaby und die Ballett-Barbie und den Wintermantel aus dem Katalog wünschst.«

Die Eltern nennen die Geschenke, die sie bereits gekauft haben. Das Wort »Pony« oder »Fernseher« wollen sie nicht hören, deshalb quatschen sie während der gesamten Visite und legen dem Kind Wörter in den Mund. Wenn das Kind vom Schoß herunterhüpft, sagen die Eltern jedes einzelne liebe Mal: »Und was sagt man zum Weihnachtsmann?«

Das Kind sagt: »Danke, lieber Weihnachtsmann.«

Das ist traurig, weil es einem doch lieber wäre, wenn jeder Mensch verschieden wäre, und dann enttäuschen sie einen jedesmal, indem sie haargenau dasselbe sagen, sich die gleichen Sachen wünschen und genau denselben Text sprechen, als hätte man ihnen ein Drehbuch gegeben.

Alle Erwachsenen wünschen sich eine Gold Card oder einen BMW, und dann schütten sie sich aus vor Lachen, weil sie glauben, sie sind der erste Mensch, der die Stirn hat, sich solche Annehmlichkeiten zu wünschen.

Der Weihnachtsmann sagt: »Ich werde sehen, was ich machen kann.«

Paare über fünfzig sagen: »Ich will nicht bei dir auf dem Schoß sitzen, lieber Weihnachtsmann; ich hab Angst, dann geht er kaputt!«

Wie macht man denn wohl einen Schoß kaputt? Wie sind so viele Menschen auf die Idee gekommen, genau dasselbe zu sagen?

Ich war in einem Laden auf der Upper West Side. Dieser Laden ist wie ein Naturkundliches Museum, in dem man alle Exponate kaufen kann: Jedes ausgestopfte oder skelettierte Tier, das über den Erdball streunt, ist in diesem Laden vertreten, und deshalb ist der Laden so beliebt. Ich bin letztes Wochenende mit meinem Bruder hingegangen. Bei der Kasse stand eine Schüssel mit Glasaugen und einem Schild dran: »HALTEN SIE SICH DIESE GLASAUGEN NICHT ZU NAH VOR DIE EIGENEN AUGEN: DER RAUHE STIEL (NACHBILDUNG DES SEHNERVS) KANN VERLETZUNGEN VERURSACHEN.«

Ich sprach mit dem Burschen hinterm Ladentisch, und er sagte: »Es ist jedesmal dasselbe. Erst halten sie sich die Augen vor, und dann setzen sie sich die Hörner auf. Ich habe es ja so satt.«

Es störte mich, daß mein erster Impuls, bevor ich das Schild las, gewesen war, mir diese Augen vor die Augen zu halten. Ich hatte angenommen, das wäre zum Schreien komisch.

Wir alle ziehen Stolz und Vergnügen aus der Tatsache, daß wir einmalig sind, aber ich fürchte, daß letztlich doch die Polizei recht behält: Verschieden sind nur die Fingerabdrücke.

Im Madison Square Garden war eine riesenhafte »Sesamstraße live«-Ausstattungsrevue, also beschlossen Tausende von Menschen, daß sie's jetzt aber wissen wollten, und dachten, sie hängen den Weihnachtsmann noch schnell an die Sesamstraße dran. Heute hatten wir ein volles Haus, gerammelt voll, und alle hatten schlechte Laune. Wird die Schlange zu lang, verteilen wir sie auf vier neue Schlangen, denn jeder, der einigermaßen bei Trost ist, haut ab, wenn er weiß, daß es über zwei Stunden dauert, bis er den Weihnachtsmann zu sehen kriegt. Zwei Stunden –: In zwei Stunden könnte man einen Film sehen. Wenn sie in einer Zwei-Stunden-Schlange stehen, befürchten die Menschen plötzlich, nicht in einem demokratischen Land zu leben. Die Menschen stehen zwei Stunden lang Schlange, dann drehen sie durch. Ich wurde in den Korridor geschickt, um die zweite Phase der Schlange zu dirigieren. Der Korridor war voller Leute, und alle schienen mich mit einer Frage aufzuhalten: Wo geht es zur Abwärts-Rolltreppe, wo geht's zum Aufzug, wo zum Innenhof-Restaurant, zur Geschenkverpackung, zur Damentoilette, zum Baumschmuck leichtgemacht. Es gab eine Schlange für den Weihnachtsmann und eine Schlange für die Damentoilette, und eine Frau fragte, nachdem sie bereits ein Dutzend Fragen gestellt hatte: »Wo ist denn die Schlange für die Damentoilette?« Ich schrie, es sei die mit den ganzen Damen drin.

Sie sagte: »Ich werde Sie melden; dann werden Sie gefeuert.«

Das haben heute schon zwei Leute zu mir gesagt: »Ich werde Sie melden; dann werden Sie gefeuert.« Nur zu, lassen Sie sich von mir nicht stören. Ich trage ein grünes Samtkostüm; sehr viel schlimmer kann es nicht mehr werden. Was glauben denn diese Menschen, wer sie sind?

»Ich werde Sie melden; dann werden Sie gefeuert!« Und ich hätte mich gern vorgebeugt und leise und deutlich gesagt: »Ich werde Sie melden; dann werden Sie umgebracht.«

Im Irrgarten, auf dem Weg zum Haus des Weihnachtsmanns, kommt man an kleinen Inszenierungen vorbei – elektrischen Eisenbahnen, tanzenden Bären, dem Zuckerstangenwald und den Pinguinen. Die Pinguine sind in ihrem eigenen eisigen Wunderland. Sie stehen vor ihrem Iglu und fahren Schlitten und laufen Schlittschuh und braten sich Fisch in einer Pfanne. Aus irgendeinem Grund verspüren die Menschen den Zwang, Münzen in die Pinguin-Anlage zu werfen. Ich steige beim besten Willen nicht durch, warum sie das tun –; sie werfen kein Geld gegen den Geschenkebaum oder die mechanischen Zwerge oder den Briefkasten, aber sie leeren ihre Taschen für die Pinguine. Ich fragte, was mit dem Geld geschieht, und ein Geschäftsführer sagte mir, es werde für wohltätige Zwecke eingesammelt, aber das glaube ich nicht. Die Zwerge nehmen die Vierteldollars für den Münzfernsprecher, die Putzfrauen nehmen die Zehncentstücke, und ich habe Besucher gesehen, die kein Geld werfen, sondern es aufsammeln, so schnell sie können.

Heute habe ich beim Ausgang gearbeitet. Ich soll sagen: »Aus dem WeihnachtsLand hin*aus* geht es hier entlang«, aber das bringe ich nicht über mich, weil es wirkt, als wollte ich die Leute los sein. Sie warten eine Stunde auf den Weihnachtsmann, sie werden um Fotogeld angehauen, und dann scheucht sie jemand hinaus. Ich sage: »Aus dem WeihnachtsLand hin*aus* ginge es hier entlang, falls Sie entschieden haben sollten, daß es vielleicht an der Zeit ist, nach Hause zu gehen.«

»Sie können hier hinaus, wenn Ihnen danach ist.«

Außerdem sollen wir die Menschen dazu anhalten, draußen zu warten, während der Elternteil mit dem Geld ein Bild bezahlt. »Wenn Sie auf jemanden warten, der ein Foto erwirbt, warten Sie *außerhalb* der Doppeltüren.«

Ich sage: »Wenn Sie auf jemanden warten, der ein Bild erwirbt, möchten Sie vielleicht *außerhalb* der Doppeltüren warten, wo es angenehm ist, und das Licht ist auch viel vorteilhafter.«

Heute nachmittag hatte ich eine Gruppe Kinder, die auf ihre Mutti warteten, daß sie mit dem Fotoszahlen fertig wird, und eins der Kinder langte in die Hosentasche und warf ein Fünfcentstück nach mir. Der Junge war vielleicht zwölf Jahre alt, in bezug auf den Weihnachtsmann voll abgeklärt, und er warf seine fünf Cent; die Münze traf meine Brust und fiel auf den Fußboden. Ich hob sie auf, räusperte mich und gab sie ihm zurück. Wieder warf er. Als wäre ich ein Pinguin. Ich gab sie zurück, und diesmal warf er höher und traf mich am Hals. Ich hob den Nickel auf, wandte mich an ein anderes Kind und sagte: »Hier; das hast du fallen lassen.« Der Junge überprüfte die Münze, steckte sie in die Tasche und haute ab.

Gestern hatte ich frei, als die Beladenen kamen, um den Weihnachtsmann zu besuchen. Heute nachmittag habe ich für Weihnachtsmann Ira fotogezwergt, und er hat mir alles berichtet. Es waren schwerstbehinderte Kinder, die auf Tragbahren und Rollstühlen ankamen. Der Weihnachtsmann konnte sie nicht auf den Schoß nehmen, und oft konnte er sie auch nicht verstehen, wenn sie ihre Wünsche äußerten. Immerhin bestand er darauf, jedes Kind bei der Hand zu nehmen und zu fragen, was es sich zu Weihnachten wünscht. Das hielt er durch, bis er an ein Kind ohne Hände geriet. Das machte ihn befangen, und er begann, den Kindern eine Hand aufs Knie zu legen, bis er an ein Kind ohne Beine geriet. Danach beschloß er, nur noch zu nicken und zu schmunzeln.

Heute nachmittag hatte ich wieder den Weihnachtsweihnachtsmann am Hals und mußte drei Stunden lang singen und bringen. Am späten Nachmittag sagte ein Mädchen, es wisse nicht, welches sein Lieblings-Weihnachtslied sei. Der Weihnachtsweihnachtsmann fragte: »›Rudolph‹? ›Jingle

Bells‹? ›White Christmas‹? ›Morgen kommt der Weihnachtsmann‹? ›Das Kind in der Krippen‹? ›Stille Nacht‹?«

Das Mädchen willigte bei ›Stille Nacht, heilige Nacht‹ ein, wollte es aber nicht singen, weil es den Text nicht kannte.

Der Weihnachtsweihnachtsmann sagte: »Oh, kleiner Zwerg, kleiner Zwerg, sing doch mal ›Stille Nacht‹ für uns.«

Ich fand es ungerecht, daß ich ein Solo singen sollte, und ich sagte ihm, ich könne den Text nicht.

Der Weihnachtsweihnachtsmann sagte: »Natürlich kannst du den Text. Na los, sing schon!«

Also sang ich das Lied so, wie Billie Holliday es gesungen hätte, wenn sie je ein Weihnachts-Album herausgebracht hätte, besonders die Stelle mit »... holder Knabe im lockigen Haar«.

Der Weihnachtsweihnachtsmann hat mich nicht bis zu Ende singen lassen.

Heute nachmittag haben wir alle Rekorde gebrochen, indem wir in einer Stunde eintausendvierhundert Menschen durch das WeihnachtsLand gehetzt haben. Die meisten waren Schulgruppen in Klumpen zu dreißig oder mehr. Mein Weihnachtsmann richtete folgendermaßen das Wort an sie: »Also gut, ich werde bis drei zählen, und bei drei möchte ich, daß ihr alle schreit, was ihr euch zu Weihnachten wünscht, und zwar so laut ihr könnt.«

Dann zählte er bis drei, und der Krach war ohrenbetäubend. Daraufhin hielt sich der Weihnachtsmann die Ohren zu und sagte. »Na gut – dann möchte ich, daß ihr mir nacheinander sagt, was ihr dem Weihnachtsmann am Heiligen Abend als kleine Stärkung hinlegen wollt.«

Er ging vom einen zum andern, und die Kinder nannten verschiedene Kekssorten, und er sagte: »Und was ist mit Stullen? Was ist, wenn der Weihnachtsmann vielleicht mal was Herzhafteres braucht als immer nur Kekse?«

Was dem Weihnachtsmann heute nachmittag den Antrieb gab, war die Langeweile seiner seit neun Jahren andauernden Beziehung. Zum Abschied winkte er den Kindern nach, drehte sich dann zu mir um und sagte: »Ich wünsch mir eine Affäre, verdammtnochmal – nur eine kleine Liebschaft, damit ich die nächsten vier bis fünf Jahre durchstehe.«

Manche Kinder werden kurz vor ihrem Besuch beim Weihnachtsmann nervös. Sie gehen auf und ab und ringen die Hände und starren den Fußboden an.

Sie benehmen sich, als hätten sie gleich ein Einstellungsgespräch. Ich sage: »Mach dir keine Sorgen, der Weihnachtsmann wird kein Urteil über dich fällen.

Er sieht das alles sehr gelassen. Früher hat er immer gern Urteile gefällt, aber da haben die Leute ihn getriezt, und seitdem macht er das nicht mehr. Das kannst du mir ruhig glauben; du hast nichts zu befürchten.«

Heute abend war ich Fotozwerg für den ältesten Weihnachtsmann. Meistens steht ihr Name auf dem Wasserbecher, den sie auf dem Kaminsims hinter den Geschenken versteckt haben. Hin und wieder ruft ein Weihnachtsmann nach Wasser, und sein Zwerg hält dann den Becher, während sein Herr durch einen Strohhalm trinkt. Auf diesem Becher stand kein Name. Heute abend hatten wir gut zu tun und keine Zeit, uns vorzustellen. Dies war ein überragender Weihnachtsmann, wild, aber warmherzig. Sobald eine Familie geht, fängt dieser Weihnachtsmann, der spürt, wie eine neue Familie sich vor seiner Schwelle zusammenknäult, an zu singen.

Er singt: »Ein schönes Mädchen ... ist wie 'ne Melodie.«

Die Eltern und Kinder kommen rein, und wenn ein Mädchen dabei ist, sieht der Weihnachtsmann es kurz an, hält sich die dick behandschuhten Hände an die Brust und markiert einen massiven Herzinfarkt; er läßt sich gegen das Kissen in seinem Rücken fallen und stöhnt vor lauter Entzücken und Schmerz. Dann erholt er sich langsam davon und sagt: »Zwerg, Zwerg... Bist du da?«

»Ja, Weihnachtsmann, ich bin da.«

»Zwerg, ich habe gerade geträumt, das schönste Mädchen der Welt stünde vor mir. Direkt hier vor mir, in meinem Haus.«

Dann sage ich: »Das war kein Traum, lieber Weihnachtsmann. Mach die Augen auf, mein Freund. Sie steht direkt vor dir.«

Der Weihnachtsmann reibt sich die Augen und schüttelt den Kopf, als wäre er ein Gemeindepriester, dem gerade Jesus Christus erschienen ist. »Oh, himmlischer Tag«, sagt er, an das Kind gewandt. »Du bist das schönste Mädchen, das ich in sechshundertsiebzehn Jahren gesehen habe.«

Dann packt er sie sich auf den Schoß und schmeichelt jedem Aspekt ihres Charakters. Das Kind deliriert. Der Weihnachtsmann wedelt in Richtung Mutter des Kindes und fragt: »Ist das da deine Schwester, die da in der Ecke steht?«

»Nein, das ist meine Mutter.«

Der Weihnachtsmann ruft die Frau näher heran und fragt, ob sie eine gute Mutter gewesen ist.

»Sagen Sie Ihrer Tochter, daß Sie sie lieben? Sagen Sie ihr das jeden Tag?«

Die Mütter werden immer rot und sagen: »Ich versuch's, lieber Weihnachtsmann.«

Der Weihnachtsmann sagt dem Kind, es soll der Mutter einen Kuß geben. Dann wendet er sich an den Vater und wünscht sich auch von ihm, daß er dem Kind sagt, wie sehr er es liebt.

Zum Schluß der Visite sagt der Weihnachtsmann: »Vergeßt es bitte nie, am wichtigsten ist, daß ihr immer versucht, die Menschen so sehr zu lieben, wie sie euch lieben.«

Die Eltern kriegen einen Kloß im Hals, und oft weinen sie sogar. Sie ergreifen den Weihnachtsmann bei der Hand und, im Hinausgehen, mich auch noch. Sie sagen, die Warterei hat sich gelohnt. Die schwersten Fälle öffnen das Portemonnaie und stecken dem Weihnachtsmann ein paar Dollar zu. Wir sollen zwar kein Trinkgeld nehmen, aber die meisten Weihnachtsmänner nehmen das Geld, zwinkern und stopfen es sich in den Stiefel. Dieser Weihnachtsmann sah das Geld an, als wäre es ein vollgerotztes Kleenex. Er schloß die Augen und bereitete sich auf die nächste Familie vor.

Bei Jungen setzt dieser Weihnachtsmann aufs Hirn: Jeder einzelne ist der schlauste Junge der Welt.

Das Tolle an diesem Weihnachtsmann ist, daß er nicht einmal fragt, was die Kinder sich wünschen. Meistens bindet er die Eltern so sehr ein, daß sie den Drang zur Dokumentation nicht mehr verspüren. Sie legen ihre Videorecorder hin und feiern mit ihm dies Festival der Liebe.

Heute nachmittag war ich wieder Zeigezwerg, einer meiner Lieblingsjobs. Der Zeiger steht im Zauberbaum und teilt verfügbare Weihnachtsmannzwerge verschiedenen Besuchergruppen zu, damit sie sie zu den Häusern der Weihnachtsmänner führen. Besucher, die zum erstenmal kommen, sind begeistert, freuen sich, weil sie in wenigen Augenblicken den Weihnachtsmann zu sehen kriegen. Andere, die schon mal da waren, haben beschlossen, nichts dem Zufall zu überlassen.

Von allen Weihnachtsmännern sind zwei schwarz, und beide sind so hellhäutig, daß man, mit Bart und Schminke, Schwierigkeiten hätte, sich rassisch festzulegen.

Letzte Woche regte sich eine schwarze Frau auf, als sie, nachdem sie einen »Weihnachtsmann mit etwas Farbe« verlangt hatte, zu Jerome geschickt worden war.

Nachdem sie ins Haus geführt worden war, verlangte sie mit der Geschäftsführerin zu sprechen.

»Er ist kein Schwarzer«, beschwerte sich die Frau.

Bridget versicherte der Frau, Jerome sei ganz bestimmt ein Schwarzer.

Die Frau sagte: »Aber nicht schwarz genug.«

Jerome ist ein schwieriger Weihnachtsmann, launisch und unberechenbar. Er verbringt viel Zeit damit, ins Leere zu starren und die Summe auf seinem Gehaltsstreifen gegen die Stunden aufzurechnen, die er schon abgearbeitet hat. Wenn ein Geschäftsführer den Kopf reinsteckt und ihn ermuntert, er könne ruhig ein bißchen schneller machen, sagt Jerome: »Hören Sie zu, ich spiele hier eine Rolle. Verstehen Sie? Eine Rolle wie auf dem Theater, die viel Vorbereitung erfordert, also kommen Sie mir nicht ständig mit Begriffen wie ›Zeit‹.«

Jerome scheint seinen eigenen bizarren Stundenplan zu haben. Wenn die Kinderlein kommen, betrachtet er seine Stiefel und hält ihnen eine Vorlesung, in deren Verlauf er ihnen einen Vortrag über eine Karriere auf dem Gebiet der Entomologie hält.

»Entomologie, wißt ihr, was das ist?«

Er sagt, das Zeug, das die Stinkwanze zu ihrer Verteidigung versprüht, enthält vielleicht medizinische Wirkstoffe, die eines Tages die Menschheit von übertragbaren Krankheiten heilen können.

»Wißt ihr, was holistische Medizin ist?« fragt er.

Der Fotozwerg macht ein Foto von gähnenden Kindern.

Der andere schwarze Weihnachtsmann arbeitet an Werktagabenden, und ich habe ihn nie kennengelernt, aber er ist, höre ich, ein echter Entertainer, bei Fotozwergen und Kindern beliebt.

Als ich letztesmal Zeigezwerg war, kam eine Frau nah an mich ran und flüsterte: »Wir hätten gern einen *traditionellen* Weihnachtsmann. Ich bin sicher, Sie wissen, was ich meine.«

Ich habe sie zu Jerome geschickt.

Gestern gab Schneeball den Zeiger, eine Frau nahm ihn beiseite und sagte: »Letztes Jahr hatten wir einen Schokoladenweihnachtsmann. Sorgen Sie dafür, daß so was nicht noch mal passiert.«

Heute habe ich das alles selbst erlebt. Ich war noch keine fünf Minuten Zeigezwerg, als ein Mann flüsterte: »Sorgen Sie dafür, daß wir dieses Jahr einen weißen kriegen. Letztes Jahr hatten wir einen schwarzen am Hals.«

Eine Frau berührte mich am Arm und formte die Worte: »Weiß –, weiß wie *wir.*«

Ich sage einem Weihnachtsmannzwerg, dem ersten in der Schlange, Bescheid und übergebe ihm diese Leute. Wer weiß, wohin es sie verschlagen wird? Die Kinder haben Hummeln im Hintern, sind aufgeregt; sie wollen endlich den Weihnachtsmann sehen. Die Kinder sind süß. Die Eltern sind manipulierbar und sollten an das A&S, zwei Straßen weiter, verwiesen werden. Bei A&S arbeiten nur zwei Weihnachtsmänner gleichzeitig – ein weißer Weihnachtsmann und ein schwarzer Weihnachtsmann, und der Fall ist klar: Weiße in die eine Schlange und Schwarze in die andere.

Bei mir gingen Wünsche von beiden Seiten ein. Weißer Weihnachtsmann, schwarzer Weihnachtsmann – ein Zeigezwerg ist angewiesen, die Schultern zu heben, den Unwissenden zu markieren und zu sagen: »Es gibt nur einen Weihnachtsmann.«

Heute wurde mein Registrierkassenalbtraum wahr. Die eigentlichen finanziellen Transaktionen waren gar nicht so schlimm; die habe ich inzwischen kapiert. Das Schlimme sind die Nullbuchungen. Ein Kunde möchte bar zahlen, und dann, wenn ich das in die Wege geleitet habe, untersucht er sein Portemonnaie und sagt: »Wissen Sie was, ich glaub, ich laß das doch lieber von meiner Karte abbuchen.«

Das erfordert Nullbuchungen und Unterschriften von der Geschäftsleitung.

Ich kümmere mich um den Papierkram, nehme ihren Foto-Bestellschein entgegen und klammere ihn an die Quittung. Dann ist es mein Job zu sagen: »Die heute aufgenommenen Bilder werden Ihnen am 12. Januar mit der Post zugeschickt.«

Das Beste an dem Job ist, wenn man sieht, wie die Gesichter länger werden. Diese Bilder werden zum Entwickeln in ein Labor geschickt. Das braucht seine Zeit, die vielen Bilder, so kurz vor den Feiertagen. Wenn sie wollen, daß ihre Bilder vor Weihnachten ankommen, sollen sie in der ersten Woche kommen, wenn WeihnachtsLand frisch eröffnet hat. Viele wollen ihr Geld zurück, wenn sie erfahren, daß ihre Bilder nach Weihnachten kommen werden, im Januar, wenn Weihnachten längst vergessen ist. Nullbuchung.

Heute war viel zu tun, und damit es ein bißchen mehr Spaß macht, habe ich die Transaktion beendet, indem ich dem Kunden eine Quittung überreichte und sagte: »Ihre Fotos werden Ihnen am 10. August mit der Post zugeschickt.«

August ist viel komischer als Januar. Wie ich diesen Gesichtsausdruck liebe, wenn der Mund ein perfektes O bildet.

Heute war mein letzter Arbeitstag. Man hatte uns gesagt, Heiligabend sei wenig zu tun, aber heute war der Tag, auf den die Woche Grundausbildung uns vorbereiten sollte. Es war ein Tag der Nonstop-Action, ein Tag, den die Geschäftsführer zu einem guten Teil mit ihren Sprechfunkgeräten verbrachten.

Ich wurde Zeuge eines Faustkampfs zwischen zwei Müttern und beobachtete, wie eine Frau einen ernsten, beklemmungsbedingten Angst-Anfall erlitt: Sie fiel zu Boden und rang nach Luft und fuchtelte mit den Armen, als wolle sie Fledermäuse verscheuchen. Ein Vater aus Long Island nannte den Weihnachtsmann eine Schwuchtel, weil der nicht die Zeit gehabt hatte, seinem Kind »Morgen, Kinder, wird's was geben« zu deklamieren. An der Tête langer Schlangen hinterließen Eltern Wegwerfwindeln vor der Haustür des Weihnachtsmanns. Es war die ruppigste Menge, die ich je gesehen habe, und wir hatten nicht genug Zwerge, weil viele einfach nicht gekommen waren oder sich krank gemeldet hatten. Unsere Mittagspause wurde halbiert, und die Kaffeepausen wurden ganz gestrichen. Viele Zwerge beklagten sich bitterlich, aber wir anderen sahen plötzlich den Moment gekommen, auf den wir nur gewartet hatten. Es war wir gegen sie. Es war Zeit, Frontschwein zu sein, und ich brachte mich voll ein. Mein Weihnachtsmann und ich hatten sie rauf auf den Schoß, runter vom Schoß in sage und schreibe fünfundvierzig Sekunden. Wir waren eine leistungsfähige Maschine, von Chaos umgeben. Der Feierabend kam und ging für uns beide, und wir verschwendeten keinen Gedanken daran. Mein Flugzeug sollte um acht starten, und ich blieb bis zum letzten Augenblick, im Geiste die Fahrzeit zum Flughafen überschlagend. Widerstrebend meldete ich mich bei der Geschäftsführerin ab und sagte, jetzt müsse ich aber wirklich los. Sie saß an der Kasse und schrie eine Kundin an. Sie nannte doch tatsächlich diese Kundin eine Zicke. Ich berührte sie am Arm und sagte: »Ich muß jetzt aber.« Sie legte mir die Hand auf die Schulter, drückte sie sanft und setzte ihre Konversation fort: »Sagen Sie dem Vorstandsvorsitzenden von Macy's nicht, daß ich Sie eine Zicke genannt habe. Sagen Sie ihm, ich habe Sie eine ganz beschissene Zicke genannt, denn genau das sind Sie. Und jetzt verschwinden Sie aus meinem Blickfeld, bevor ich etwas tue, was wir beide bereuen.«

Dino Buzzati

Zu viel Weihnachten

Entsinnst du dich noch«, fragte im Paradies der Tiere die Seele des Eselchens die Seele des Ochsen, »entsinnst du dich noch zufällig jener Nacht vor vielen Jahren, als wir in einer Art Hütte standen, und gerade dort in der Krippe...?«

»Laß mich nachdenken! Ja richtig«, bestätigte der Ochse, »in der Krippe lag ein neugeborenes Kind. Wie hätte ich das vergessen können? Es war ein so schönes Kind.«

»Seit damals, wenn ich nicht irre«, sagte nun das Eselchen, »weißt du, wie viele Jahre seit damals vergangen sind?«

»Wo denkst du hin, ich mit meinem Ochsengedächtnis.« – »Eintausendneunhundertsechzig.« – »Was du nicht sagst!«

»Und im übrigen, weißt du übrigens, wer das Kind gewesen ist?«

»Wie soll ich das wissen? Es waren doch Leute auf der Durchreise. Gewiß ein wunderschönes Kind. Merkwürdig, daß es mir nie aus dem Sinn gekommen ist, und dabei schienen seine Eltern doch ganz gewöhnliche Menschen. Sag mir, wer war es?« Das Eselchen flüsterte etwas ins Ohr des Ochsen. »Aber nein«, sagte dieser verblüfft. »Wirklich? Du scherzt doch wohl nur?«

»Nein, es ist die reine Wahrheit. Ich schwöre... übrigens hatte ich es schon damals sofort verstanden.«

»Ich nicht, ich gebe es zu«, sagte der Ochse, »aber du bist eben intelligenter als ich. Ich habe es nicht einmal geahnt. Obwohl es wirklich ein wunderschönes Kind war.«

»Nun gut, seit damals feiern die Menschen jedes Jahr ein großes Fest zu seinem Geburtstag. Es gibt keinen schöneren Tag für sie. Wenn du sie nur sehen könntest. Es ist eine Zeit allgemeiner Heiterkeit, der Seelenruhe, der Sanftmut, des Friedens, der Familienfreuden, des Sich-gerne-Habens. Selbst Mörder werden zahm wie Lämmer. Weihnacht nennen es die Menschen. Übrigens, mir kommt ein guter Gedanke. Da wir schon davon sprechen, soll ich sie dir zeigen?«

»Wen?«

»Die Menschen, die Weihnachten feiern.«

»Wo?« – »Unten auf der Erde.«

»Warst du schon einmal dort?«

»Jedes Jahr mache ich einen Sprung hinunter. Ich

habe einen besonderen Passierschein. Aber ich denke, du wirst auch einen bekommen, denn nach allem könnten wir zwei wohl auch auf etwas Anerkennung Anspruch erheben.«

»Weil wir das Kind damals mit unserem Atem wärmten?«

»Komm, beeile dich, wenn du nicht das Beste versäumen willst. Heute ist Heiliger Abend.«

»Und mein Passierschein?«

»Sofort gemacht, ich habe einen Vetter im Paßamt.«

Der Passierschein wurde bewilligt. Sie setzten sich in Bewegung, und unendlich leicht, wie es körperlosen Säugetieren eigen ist, schwebten sie vom Himmel auf die Erde. Bald entdeckten sie ein Licht und hielten darauf zu. Aus einem wurden Tausende, es war eine riesenhafte Stadt.

Und da durchwanderten nun Eselchen und Ochse, unsichtbar, die Straßen des Zentrums. Da es sich um Geister handelte, fuhren Autobusse, Automobile, Straßenbahnwagen durch sie hindurch, ohne Schaden anzurichten, und selbst durch Mauern war es ihnen gegeben zu gehen, als ob sie Luft wären. So vermochten sie alles nach Herzenslust zu betrachten.

Es war wirklich ein eindrucksvolles Schauspiel: Tausende von Lichtern in den Schaufenstern, Blumengewinde, Girlanden, unzählige Tannenbäume; die ungeheure Stauung der Wagen, die sich abmühten, durch enge Straßen zu fahren, und das wirblige Gewimmel und Hin und Her der Menschen, die sich in den Läden drängten, hinein- und wieder herausströmten, sich mit Paketen und Paketchen beluden und alle gespannte Gesichter hatten, als würden sie gejagt. Das Eselchen schien bei diesem Anblick wie verzückt, während der Ochse sich voller Entsetzen umsah.

»Höre, Freund Eselchen, du hast mir gesagt, daß du mir Weihnachten zeigen wolltest! Du hast dich wohl geirrt. Ich sage dir, hier ist doch Krieg!«

»Siehst du denn nicht, wie zufrieden alle sind?«

»Zufrieden? Mir kommen sie wie Wahnsinnige vor. Sieh doch auf ihre besessenen Gesichter, ihre fiebrigen Augen.«

»Du bist eben ein Provinzler, mein lieber Ochse, und bist nie aus dem Paradies herausgekommen. Du verstehst die modernen Menschen nicht. Um sich zu unterhalten, um sich zu freuen, um sich glücklich zu fühlen, haben sie es nötig, ihre Nerven zu ruinieren.«

Laufburschen auf Fahrrädern, die gefährlich große Paketbündel balancierten, zogen vorbei; Lieferwagen wurden be- und entladen; riesige Mengen von Süßigkeiten und Berge von Blumen lösten sich unter dem Ansturm keuchender Menschen auf; Lampen blitzten und erloschen; seltsame Lieder, die Schreien ähnelten, dröhnten von allen Seiten. Dank seiner körperlosen Natur flog der Ochse neugierig zu einem Fenster im siebten Stock hinauf. Das Eselchen folgte gutmütig.

Sie sahen in ein reichmöbliertes Zimmer, wo eine sorgenvolle Dame vor einem Tisch saß. Linker Hand lag ein Haufen von fast einem halben Meter farbiger Karten und Kärtchen aufgebaut und rechts von ihr ein Stoß weißer Billette. Die Dame, sichtlich bemüht, keine Minute zu verlieren, nahm hastig ein farbiges Kärtchen, betrachtete es einen Augenblick lang, sah in einem dicken Buch nach und schrieb sodann etwas auf eines der weißen Billette, steckte es in einen Umschlag, schloß den Umschlag, dann nahm sie vom linken Stoß ein neues buntes Kärtchen und wiederholte die ganze Prozedur. Ihre Hände bewegten sich so schnell, daß man ihnen kaum folgen konnte. Aber der Haufen bunter Kärtchen hatte einen eindrucksvollen Umfang. Wie lange würde sie wohl brauchen, um alles zu erledigen? Man sah es der Unglücklichen an, daß sie fast nicht mehr konnte, und dabei war sie erst am Anfang.

»Hoffentlich bezahlen sie sie wenigstens gut für solche Schufterei«, sagte der Ochse.

»Bist du naiv, lieber Freund! Das ist eine außerordentlich reiche Dame aus der besten Gesellschaft.«

»Und warum arbeitet sie sich dann zu Tode?«

»Sie arbeitet sich gar nicht zu Tode, sie antwortet nur auf Glückwunschkarten.«

»Glückwunschkarten? Was nutzen die?«

»Nichts, absolut nichts. Aber wer weiß warum, die Leute haben jetzt eine besondere Vorliebe dafür.«

Sie sahen in ein anderes Zimmer hinein. Auch da saßen Leute mit Schweißperlen auf der Stirn und in Aufregung und schrieben Glückwünsche auf Glückwunschkarten. Überall, wo die beiden Tiere hineinschauten, richteten Männer und Frauen Päckchen, schrieben Adressen, liefen ans Telefon, eilten blitzschnell von einem Zimmer ins andere, Schnüre, Bänder, Kärtchen, Gehänge tragend, während junge Dienstboten mit von Müdigkeit gezeichneten Gesichtern weitere Päckchen, weitere Schachteln, weitere Blumen und neue Stöße von Briefen, Rollen, Kärtchen und Bogen herbeischleppten. Und alles war Hast, Aufregung, Verwirrung, Mühe und eine schreckliche Anstrengung.

Überall, wo sie hinkamen, zeigte sich ihnen dasselbe Schauspiel. Kommen und Gehen, Kaufen oder Verpacken, Absenden oder Empfangen, Einwickeln, Auswickeln, Rufen und Antworten. Und alle blickten immer nach der Uhr, alle hasteten, alle keuchten, von Furcht besessen, nicht zur Zeit fertig zu werden, jemand brach zusammen, schnappte nach Luft unter der immer größer werdenden Flut der Pakete, Päckchen, Kärtchen, Kalender, Geschenke, Telegramme, Briefe, Karten, Billette und so weiter.

»Du hast mir doch gesagt«, bemerkte der Ochse, »daß es ein Fest der Heiterkeit, des Friedens und der Seelenruhe sei.«

»Tja«, antwortete das Eselchen, »einmal war es auch so. Aber was soll ich dir sagen, seit einigen Jahren scheinen die Menschen beim Nahen des Weihnachtsfestes wie von einer geheimnisvollen Tarantel gestochen und verstehen rein gar nichts mehr. Hör ihnen doch zu.«

Verwundert hörte der Ochse hin. In den Straßen, den Geschäften, den Büros, den Fabriken sprachen die Menschen schnell miteinander und wechselten, wie Automaten, monotone Redensarten: »Fröhliche Weihnachten« – »Gesegnete Weihnachten« – »Danke, auch Ihnen« – »Fröhliche Weihnachten« – »Gesegnete Weihnachten« – »Danke« – »Fröhliche Weihnachten« – »Fröhliche Weihnachten«.

Es war ein Geflüster, das die ganze Stadt füllte.

»Glauben sie denn daran?« fragte der Ochse. »Meinen sie es wirklich so? Lieben sie ihren Nächsten?«

Das Eselchen schwieg.

»Wollen wir nicht etwas abseits gehen«, schlug der Ochse vor, »der Kopf brummt mir, und ich habe Sehnsucht nach dem, was du Weihnachtsstimmung nennst.«

»Im Grunde auch ich«, gab das Eselchen zu.

So schlüpften sie durch die wirbelnden Schleusen der Wagen, entfernten sich ein wenig vom Zentrum, von den Lichtern, dem Lärm, der Raserei.

»Du, der mehr davon versteht als ich«, begann der Ochse, immer noch wenig überzeugt, »sag mir doch, bist du wirklich sicher, daß das dort keine Verrückten sind?«

»Nein, nein, es ist eben einfach Weihnachten.«

»Dann ist dort zu viel Weihnachten. Erinnerst du dich noch damals in Bethlehem an die Hütte, die Hirten und das schöne Kind? Auch dort war es kalt, aber welcher Frieden, welche Zufriedenheit. Wie anders war es damals.«

»Ja, und die fernen Klänge des Dudelsacks, die man nur ganz leise hörte.«

»Und das sanfte Flügelschlagen auf dem Dach. Was für Vögel das wohl waren?«

»Vögel? Aber nein doch, Engel waren es.«

»Und die drei reichen Herren, die Geschenke brachten, entsinnst du dich noch ihrer? Wie wohlerzogen sie waren, wie leise sie zusammen sprachen, welch vornehme Leute. Könntest du dir sie heute in diesem Rummel vorstellen?«

»Und der Stern? Denkst du noch an den hellen Stern, der damals gerade über der Hütte stand? Ob es ihn wohl heute noch gibt? Sterne haben doch meist ein langes Leben.«

»Ich fürchte nein«, sagte der Ochse skeptisch, »es sieht so wenig nach Sternen hier aus.«

Sie hoben ihre Köpfe, und wirklich, man sah nichts. Über der Stadt lag eine Decke dichten Nebels.

Garrison Keillor

Weihnachten in Vermont

Es war Heiligabend in Vermont, und durch den heulenden Schneesturm kämpfte sich der kurzsichtige junge Ausreißer Jim, das rotkarierte Hemd am Rücken angefroren, die dürren Arme schlapp vom Schleppen seines großen Golden Retriever, Tony, der naß und daher sehr viel schwerer war als bei warmem, sonnigem Wetter. Jim war heute morgen von zu Hause weggelaufen, weil seine Eltern davon gesprochen hatten, am Silvesterabend zu einer Volkstanzveranstaltung zu gehen und ihn mit den Bediensteten allein zu lassen, und nun fielen die dicken, feuchten Flocken so dicht, daß er die eigene Nase nicht mehr sehen konnte – und Jim hatte ein stattliches Riechorgan. »Ich kann nicht mehr, Tony«, wimmerte das kurzsichtige Kind erschöpft. Der Tod war nahe. Wenn er sich nur einen Schafwollmantel angezogen oder Basil gebeten hätte, ihn mit der Limousine zu fahren! Und plötzlich lief er mit einem lauten *Wums* und einem *Uff* gegen eine kleine Statue oder etwas

Ähnliches und fiel hin und Tony auf ihn drauf. Es war eine alte geschnitzte Holzfigur, ein Fischer! Er war vor dem Haus von seiner Mama und seinem Papa! Er war im Kreis durch den Schneesturm zurück zur Hickory Avenue in Redford und zum palastartigen Kolonialhaus seiner wohlhabenden, unüberwindlichen Eltern gelaufen. Er klopfte leise mit seinen kleinen pummeligen Händen an die Tür.

Bevor die Tür aufgeht, lassen Sie mich Ihnen mitteilen, daß diese Geschichte zum Teil mit der finanziellen Unterstützung der Leute von Bert & Willy's Eiscreme und den vierundvierzigtausend Abnehmern von Bert & Willy-Eiscreme ermöglicht wurde. Bert & Willy waren zwei dopebesessene Hippies, die 1968 in einem gestohlenen, mit Dynamit beladenen Wagen nach Vermont fuhren, wo sie vorhatten, Büros von Musterungskommissionen in die Luft zu jagen, aber statt dessen kauften sie ein paar gebrauchte Eismaschinen und stellten hundert Kilo Vanille-Crunch her und verkauften sie für drei Dollar das Kilo an Touristen, was zeigt, welche Wirkung Vermont auf die Leute haben kann. Bert & Willy wurden Multimillionäre, aber mit schlechtem Gewissen, und sie legten beide Wert darauf, wie gewöhnliche Menschen in kleinen häßlichen Häusern zu wohnen und ihr Geld auf nützliche

Weise auszugeben, indem sie zum Beispiel Geschichten subventionierten. Eine Geschichte auszuarbeiten kann sehr teuer sein. Diese zum Beispiel wurde 1983 von einem Ehepaar in Plainfield erdacht, dann an eine Belletristik-Gesellschaft in Montpelier verkauft, dann von Vermont Strom & Licht erworben, die 1987 daraus eine Belletristik/Skiressort/Lederwaren/Hausmacherkonserven-Tochtergesellschaft machten. Zu diesem Zeitpunkt war die Geschichte nichts weiter als eine Skizze – reicher Junge entdeckt wahre Bedeutung von Weihnachten und stirbt mit Hund in Schneesturm –, aber sie hatte einen geschätzten Wert von sechshunderttausend Dollar. Bert & Willy kauften die Option für fünfundsiebzigtausend und übergaben sie mir zur Ausarbeitung. Danke, Jungs!

Die große Redwoodtür mit dem geschnitzten Gesicht von John Muir drauf öffnete sich, und da stand Sarah, Jims Mutter, Konfektionsgröße 42, in einem schlichten Kattunkleid aus Italien oder irgendwoher. »Jim! Na so was!« sagte sie. »Du bist draußen! Sharon hat gesagt, du wärst im Solarium und würdest an der Skimaschine trainieren.«

(Sharon! Warum sollte sie seiner Schwester Sharon glauben, die eine Liedermacherin war und übermäßig viel Glühwein trank?)

»Ich bin vor elf Stunden von zu Hause fortgelaufen, Mama!«

»Oh. Wer ist das?«

»Das ist mein alter Hund Tony. Ich hatte ihn schon als Welpen.«

»Oh – ich dachte, du hättest ein Pony.«

Jims Mama war eine vielbeschäftigte Frau, die sich mit Quiltnähen, Hymnengesang nach Mensuralnotation, Geschichtenerzählen, Shaker-Tänzen, der Restaurierung eines alten Shaker-Filmtheaters und mit Shaker-Backkunst beschäftigte, so daß sie nicht immer auf dem laufenden war, was ihre beiden Kinder betraf. Sie war keine klammernde Mutter, sie half ihnen lieber, ihre eigenen Prioritäten zu setzen, und ließ ihnen dann viel Spielraum für ihre Persönlichkeitsentfaltung.

»Ich hatte in meinem ganzen Leben noch kein Pony, Mama«, sagte Jim empört.

In dem riesigen Haus im traditionellen Baustil funkelte die handgearbeitete Weihnachtsbeleuchtung, die sie von einheimischen Kunsthandwerkern erworben hatte, und das fußballfeldgroße, rustikal getäfelte Wohnzimmer war hübsch mit Tannenzweigen geschmückt, die sie, gälische Sonnwendlieder singend und Ahornpunsch trinkend, zusammen mit einer traditionellen Zweigsammelgruppe gesammelt hatte. Wie reich an Traditionen Vermont ist! Die roten Navajo-Luftschlangen, die kleinen Engel mit den Köpfen aus getrockneten Äpfeln und den Haaren aus silbrigen Maisfäden, die franko-kanadischen Girlanden, die über dem breiten Shaker-Kamin aufgehängt waren, in dem das importierte englische Weihnachtsscheit loderte und die Brühe aus freilaufenden Hühnern in einem antiken Topf brodelte. Im Eßzimmer war der Tisch mit grüner irischer Tischwäsche, schwedischen Kerzenleuchtern, wunderschönem, von einem Kollektiv blinder Lesbierinnen gefertigtem Keramikgeschirr und Kristallpokalen aus Mexiko gedeckt. So viel Volkstümliches! So viele Werte! Solche Vielfalt! Und durch den großen Bogen in der Wand konnte er den zehn Meter hohen, in der Amisch-Rotunde stehenden Weihnachtsbaum sehen, den schönsten auf der ganzen Welt! Es war ein Shaker-Weihnachtsbaum, schlank und spitzwinklig und geschmackvoll, mit Lichterketten behängt, und jede Kette blinkte in einem anderen Rhythmus, ein kontrapunktischer Baum, der viertausend Dollar gekostet hatte.

»Er sieht hübsch aus. Jervis hat gute Arbeit geleistet. Ich mag ihn traditionell«, sagte Jim, obwohl er so kurzsichtig war, daß der Baum wie ein gekentertes Schiff aussah. Seine Mama ließ das Haus an Weihnachten immer professionell schmücken.

Letztes Jahr hatte sich Jervis auf einen Georgia-O'Keefe-Look verlegt mit Sand, Kakteen, Steinen, gebleichten Knochen und Weihnachtskugeln in Kuhschädeln, und das Jahr davor war es finnisch gewesen. Dann bemerkte Jim, daß der Tisch für fünfzehn Personen gedeckt war. Aber wir sind doch nur vier, dachte er.

Wie bereits erwähnt, übernimmt Bert & Willy's Eiscreme den Großteil des Honorars für das Schreiben von »Weihnachten in Vermont«, aber die Beteiligung eines Unternehmens kann unmöglich die gesamten Autorenkosten decken. Das Umschreiben, zum Beispiel, um eine Geschichte außergewöhnlich gut zu machen – der erste Absatz mit dem Jungen, der sich mit dem Hund auf dem Arm durch den Schneesturm kämpft, hat beinahe *drei Monate* in Anspruch genommen. Es war harte Arbeit, und mittendrin mußte ich nach Sumatra fahren und eine bedrohte Spezies in dem großen Regenwald, den sie dort haben, retten, und deshalb wende ich mich direkt an Sie, meine Leser, und bitte um Ihre Unterstützung. Nur Ihre großzügigen Spenden werden sicherstellen, daß Sie noch viel mehr Geschichten von solcher Qualität werden lesen können und daß ich diese Tiere nicht sterben lassen muß. Es dauert nur eine Minute.

$ 10 (einfacher Spender) ______________
$ 25 (Mäzen) ______________________
$ 50 (Wahre Stütze) _________________
$ 100 (Guter Nachbar) ______________
$ 500 (Echter Kumpel) ______________
$ 1000 (Tennispartner) ______________
$ 5000 (Bester Freund; begrenzt auf sechs) ___
Visa ___ Master ___ Am Ex ___ Andere ___
____
Ablaufdatum ____________________
Unterschrift ____________________

VIELEN DANK FÜR IHRE UNTERSTÜTZUNG!

»Wieso fünfzehn? Wer kommt außer uns noch zum Abendessen?« fragte Jim. Seine Mama zuckte mit den Schultern. »Ein paar Leute, die wir kennengelernt haben. Ich weiß nicht. Vermonter. Geschichtenerzähler. Leute von Public Television. Sie wirkten nett. Ein paar Spendensammler für gute Zwecke, unser Kaffeehändler und sein Geliebter, Bert, und Dr. Will, der Ganzheitsmediziner. Er war im letzten Herbst auf der Kreuzfahrt zum Wale-Beobachten dabei.«

»Tonys Husten ist ziemlich krächzend«, sagte Jim. »Meinst du, Dr. Will könnte ihm eine Spritze geben?«

»Ganzheitsmediziner geben keine Spritzen, Tony. Sie arbeiten mit Ernährung und Entspannung.«

»Aber Tony ist krank. Bitte hilf ihm. Ich bin vollkommen kaputt. Ich brauche ein bißchen Schlaf.« Er schleppte den armen alten Köter die breite Treppe hinauf in Sharons großes Schlafzimmer, dekoriert mit riesigen Matisse-Drucken und kunterbunt eingerichtet mit weißen, skandinavischen Bücherregalen, antiken viktorianischen Stühlen und Tischen und einem eleganten Shaker-Kamin mit Kochstelle. Er hievte den Hund in ihr Himmelbett. Tony stöhnte. Wie ironisch, daß der Hund womöglich an Weihnachten sterben würde, hier in diesem überladenen Kolonialstil-Schlafzimmer von der Größe einer Turnhalle!

Einen Moment später ging die Tür auf, und es erschien Sharon, Jims große, gertenschlanke, Lieder schreibende Schwester in den Armen von Vince, ihrem Freund, einem Töpfer, der an dem Schulterband ihres blauen Trägerkleides zerrte, um an ihren Busen ranzukommen. »Verzieh dich, Jim«, fauchte er und hob die Faust, um sie auf das Kind niedersausen zu lassen. Vince formte Töpfe und Teller, und sein rechter Arm war so stark wie ein Vorschlaghammer.

»Grrrrrrr«, knurrte Tony und versuchte, unter

der Bettdecke hervorzuspringen, aber er war zu schwach.

Gerade, als Jim drauf und dran war, von Vince verdroschen zu werden, spazierte Jims Vater, Jack, herein. »Tag, Kinder«, sagte er. »Hallo, Tony. Wie geht's?« Er roch nach Koriander-After-shave und sah jung, gebräunt, straff und überaus fit aus. Tatsächlich wirkte er jünger als seine Kinder. Er lächelte unbeschwert. »Seht mal, was ich gerade aus meinem Brennofen geholt habe!« rief er.

»Was ist das?« fragte Sharon.

Jack grinste sie an. »Das ist ein Untersetzer«, sagte er.

Da die Kosten für Literatur jedes Jahr steigen, wird es für Autoren immer schwieriger, ihre Geschichten den Lesern zu einem vernünftigen Preis anzubieten. Der Vermonter Weihnachtskatalog ist eine Möglichkeit, wie Sie mir helfen können, meine Preise stabil zu halten. Wenn Sie eins der folgenden Geschenke erwerben, wird ein Teil des Preises für Literatur abgezweigt:

FARBENFROHE KACHELUNTERSETZER. Diese handgemachten Tonkacheln aus Vermont sind eine bezaubernde Ergänzung für jeden Küchentresen. 15 x 15: $ 40 das Stück.

STECHPALMENKRÄNZE AUS GUTER ALTER ZEIT. Ein traditionelles Weihnachtsfest ist Ihnen sicher mit einem Vorrat an wohlriechenden Stechpalmenkränzen, Sprays und Girlanden aus dem nördlichen Vermont, geerntet von traditionellen Moriskentänzern, deren Berghütte seit 1981 ein Zentrum für Traditionspflege ist. Eine große Kiste: $ 164.

SAFTÄPFEL. Eine Auswahl der besten Äpfel aus Vermont. Ein Dutzend: $ 15.

SHAKER-ZWEISITZER. Wunderschön gearbeitet aus weißer Birke. Die klassische Einfachheit dieses Erbstückes wird Ihrem Heim oder Büro einen besonderen Charme verleihen. $ 1900.

»Ich glaube, Tony stirbt an Lungenentzündung«, sagte Jim.

»Das ist ein Jammer. Wir werden ihm die beste medizinische Betreuung besorgen, die wir kriegen können, egal, was es kostet«, sagte Jack. »Ich glaube, Dr. Will kommt heute abend zum Essen. Vielleicht kann er ihn retten. Wir haben ihn bei den Woffats kennengelernt. Er wirkte sehr nett. Er macht jeden Samstag von halb zwei bis drei eine Sendung im Public Radio, wo er Renaissancemusik spielt und Geschichten erzählt. Ich werde ihn bitten, Tony zu untersuchen.«

Unten klingelte es – *dingggg, dongggg.* Die Tür

ging auf, und es erklang Gemurmel, und Sarah schrie die Treppe rauf: »Entwarnung. Es ist nur der Weinmensch.«

Tonys Augen waren geweitet und rot, die Nase war trocken und schuppig. Seine Zunge war weißlich. Jim stand neben dem Bett und fragte sich, ob selbst das unermeßliche, unrechtmäßig erworbene Vermögen seiner Eltern seinen Hund wieder gesund machen konnte. Tränen liefen ihm über die Wangen. »Wieso sind wir nach Vermont gekommen?« schluchzte er. »Wieso sind wir nicht in New York geblieben, wo es ganz hervorragende Tierärzte gibt?«

Jack setzte sich auf die Bettkante. Er hatte einen Workshop über männliche Intimität besucht und wußte, wie er mit der Situation umgehen mußte. Er berührte Jim, um ihn zu bestätigen, und anstatt Jim aufzufordern, den Mund zu halten und mit der Heulerei aufzuhören, fragte er ihn, ob er darüber reden wolle.

»Ja, natürlich will ich darüber reden! Warum sollte ich sonst davon anfangen?« schrie Jim.

»Ich habe volles Verständnis für deinen Zorn, und ich bin dankbar, daß du mich daran teilhaben läßt«, sagte Jack.

Jim spuckte seinen ganzen Haß auf Vermont aus. All die weißen Holzhäuser mit grünen Fensterläden, die Lattenzäune und Ahornbäume, die perfekt aufgeschichteten Holzhaufen, der weiße Turm der Kongregationalistenkirche, der Friedhof mit lauter Jareds und Obadiahs und Samuels, der Schnee, die Kerzen im Fenster und die Geister von Emerson, Thoreau, John Adams, Robert Frost, die mit ihren ausgeprägten Wangenknochen, breitem Kinn, blitzenden blauen Augen und großen weißen Schneidezähnen umherwanderten. So viel Rechtschaffenheit! »Ich hasse das ewige Moralgehämmer! Das erzeugt in mir den Wunsch, in den Armen einer fetten, verschwitzten Frau zu liegen«, sagte Jim weinend.

»Mir war nicht klar, daß du etwas von fetten, verschwitzten Frauen weißt«, sagte sein Vater.

»Ich lese andauernd pornografischen Kram. Unanständige Bücher mit nackten Mädchen drin. Das ist mein größtes Vergnügen im Leben«, schluchzte der Junge. Und er langte in seine Tasche und zog eine Ausgabe von *Schäkert, Shaker-Babys* heraus mit einem Bild von Frauen mit eckiger Figur vorne drauf, deren selbstgewebte schwarze Kattunkleider um ihre Knöchel drapiert liegen und deren schlichte, geschmackvolle Shaker-Brüste stolz auf dem hageren Brustkorb thronen und die, Hand in Hand, sagen:

Wer einfach und schlicht lebt, ist frei und munter,
drum ziehn wir im Notfall die Höschen runter
und hocken uns hin und machen dort Pi
und ziehn uns den Rest aus und tanzen bis früh.
Wir kochen mit Knoblauch viel Shrimps und so 'n Kram
und trinken uns dußlig und lachen uns lahm
und schnappen uns Fremde und tanzen verrückt,
und dann schlaf ich ein, fest an dich gedrückt.

»Ich möchte brüllen. Ich möchte feiern. Ich möchte herunterkommen«, sagte Jim. »Es gibt zu viele Werte hier oben, zuviel Holzrauch, zuviel Zimt. Es ist wie Iowa mit Landschaft, gnadenlos guter Geschmack ohne Ende. Frisch gemahlener Kaffee und Baguette und Sonnenuntergänge und Kolonialbauten – Papa, ich vermisse Rock 'n' Roll. Ich vermisse Schmiere.«

»Aber es gibt doch ein McDonald's hier«, sagte sein Papa.

»Er sieht aus wie eine Versammlungsstätte der Quäker. Die goldenen Bögen sind in ein auf antik getrimmtes Holzschild geschnitzt, und das Gold ist stumpf und rissig, es ist patiniert. Der Big Mac wird auf einem Eichenbrettchen serviert, und die Leute essen ihn mit Messer und Gabel und trinken

Wein dazu. Und es gibt ein Verkaufsfenster, an dem man mit Skiern vorfahren kann. Das ist kein echter McDonald's. Das ist Vermont.«

Ihre Unterhaltung wurde durch das plötzliche Eintreffen von Dr. Will unterbrochen, einem freundlichen Mann mit einem offenen Gesicht, der einen blauen Trainingsanzug anhatte und durch und durch gesund aussah. »Jim, Jack – freue mich«, sagte er. »Sarah hat mich gebeten, einen Blick auf Tony zu werfen. Was hat er?«

»Er ist todkrank.«

»Na. Sehen wir uns das mal an. Hmmmm. Laß mich seine Augen untersuchen. Nnnhnnn. Ziemlich rot. Hornhautentzündung, fürchte ich. Aber kein Prob, Bob. Wir machen einfach eine Hornhautakupunktur. Keine Bange.« Er holte eine Handvoll Nadeln und ein Taschentuch raus. »Wir stecken nur diese Nadeln in die Energieknotenpunkte der Hornhäute, und er ist im Nu wieder gesund.«

»Nein, bitte. Nicht«, sagte Jim. Er schaute gequält weg.

»Es wird ein wenig weh tun, aber keine Bange. Solange er nicht blinkert, wird es nicht sehr bluten.«

Du lügst, willst mich nur beruhigen, dachte Jim, und dann hörte er zwei kleine Piekser, als die Augäpfel seines Hundes mit langen Nadeln durchstochen wurden. Tony stöhnte.

»War nicht schlimm, Jim«, sagte Dr. Will. »Jetzt reiben wir ihm noch ein bißchen von diesem Luzernenbalsam drauf. Und dann steck ich noch zwanzig Nadeln in ihn rein.«

Haben Sie jemals daran gedacht, eine Winterkreuzfahrt zu machen, aber nicht mit Tausenden von grantigen Senioren, die mißmutig durch die Tropen tattern? Begleiten Sie uns auf der S. S. *Burlington.* Ein zehntägiger Segeltörn durch die leuchtendblaue, sonnendurchflutete Karibik mit Leuten, wie Sie es sind: jung, körperlich fit, nachdenklich. Leute aus Vermont. Leser. Keine John-Jakes- oder Danielle-Steel- oder Stephen-King-Leser. Meine Leser. So wie Sie zum Beispiel. Menschen meines Schlags. Ich hoffe dabeizusein, und vielleicht können wir lange aufbleiben und reden und reden, einfach reden, ich und Sie.

Ab $ 4500, Doppelzimmer.

»Wir werden Tony in ein Heim für blinde Hunde bringen müssen. Es gibt ein sehr schönes in Middlebury, eine Farm. Es wurde von einem der Peabodys gestiftet«, sagte Mama. »Er wird dort glücklicher sein als hier bei dir, so schwer das auch zu akzeptieren ist. Er wird über die Wiesen und durch die Wälder laufen, und du wirst bald nach Yale gehen, Schatz, und das Leben wird schön für euch beide sein.«

»Du lügst. Ihr wollt ihn in einer Gaskammer umbringen lassen!«

»Ich verspreche dir, daß wir Tony in ein Ausbildungszentrum für sehbehinderte Hunde schicken, wo er lernen wird, mit einem Blindenvogel zu arbeiten und ein nahezu normales Leben zu führen. Sie benutzen Kanarienvögel, die auf den Schultern des Hundes sitzen und in ihrem Schnabel lange, an den Hautlappen befestigte Zügel halten.«

Jim sah hinunter zu seinem armen alten Freund; ein Verband verhüllte Tonys Kopf bis auf seine trockene braune Nase und die großen Schlappohren und die Sabberschnauze. Ein sehr notdürftig angelegter Verband, wie er feststellen mußte. Das Heftpflaster so draufgeklatscht, wie ein Postbeamter es machen würde. Unten plauderte Dr. Will mit den anderen Gästen über dampfenden Bechern mit heißem Apfelwein. Das Haus hallte wider von dem unbekümmerten melodischen Gelächter der Wohlhabenden. »Zum Essen gibt es Fleisch von Freilandschweinen. Es ist köstlich. Wieso kommst du nicht mit zu uns?« sagte seine Mama. Aber Jim konnte Tony nicht alleine lassen.

Oder konnte er doch? Das Essen klang ganz nach seinem Geschmack, und vielleicht hatte seine Mutter recht; er konnte für seinen Hund kein Hundeleben führen, oder? Ein Blindling wie dieser mußte lernen, selbständig zu werden und keine Gefälligkeiten anzunehmen. Viele blinde Hunde liegen heutzutage einfach nur rum und werden fett und faul. Das ist eine ziemlich jämmerliche Einstellung. Vielleicht sollte er Tony allein lassen und hinuntergehen und mit Dr. Will und den anderen einflußreichen Gästen reden, in der Hoffnung, Empfehlungen für eine zukünftige Stelle, für die Universität und so weiter zu erhalten. Vielleicht sollte er Tony vollkommen ignorieren, damit er emotional unabhängig wurde.

PULLOVER VON VERMONTER WALDBEWOHNERN. Gestrickt von echten alten Landfrauen aus 100% unbearbeiteter Wolle mit natürlichem Fettgehalt im Jahrhunderte alten »Fischnetz«-Muster. Dieses hübsche Kleidungsstück mit traditionellem Schalkragen ist garantiert absolut einzigartig und unterscheidet sich von allem, was Ihre Freunde je gesehen haben. Größe angeben. Schwarz oder marineblau: $ 215.

ANTIKE KUPFERBADEWANNE. Diese erstklassig gearbeitete Nachbildung einer Vermonter Badewanne aus dem neunzehnten Jahrhundert mit filigranen Verzierungen, Schildkrötenklauen-Füßen und persönlicher Widmung auf der Unterseite kann zum Baden benutzt werden oder um Kaminholz zu lagern oder einfach als Kunstwerk. 130 x 70 x 90: $ 2800.

FICHTENHOLZ-AKTENKOFFER. Handgearbeitet mit Messinggriffen, gepolsterter Innenverkleidung und rundum mit geschnitzten, volkstümlichen Figuren verziert. Dieses prachtvolle Stück ist den Koffern nachempfunden, die von Anwälten im ländlichen Vermont benutzt werden. Sein Investitionswert ist verbürgt: $ 18500.

Ich möchte mit einem großen Dankeschön an Bert & Willy's schließen und ihren glücklichen Angestellten ein frohes Weihnachtsfest wünschen und denen meinen aufrichtigen Dank aussprechen, die mich in so großzügiger Weise beim Schreiben unterstützt haben, und den Leuten auf unserer Kreuzfahrt *bon voyage* wünschen (ich kann mich leider nicht freimachen, um mich Ihnen anzuschließen, bedaure!) und allen, die etwas aus dem Weihnachtskatalog bestellt haben, danken. Rechnen Sie mit acht Wochen Lieferzeit. Tony ist übrigens auf die Farm für blinde Hunde gekommen, und Jims Familie wurde durch die Krise eng zusammengeschweißt und lernte die wahre Bedeutung von Weihnachten kennen, die nicht im *wieviel*, sondern im *wie gut* liegt. Die Zeichen der Zeit stehen auf Lebensqualität. Jim ist auf dem Weg aufs College und strebt eine Laufbahn als Theologe an, Sharon hat sich von Vince getrennt, der ein Rohling war, trotz der entscheidenden Rolle, die er für das Wiederaufleben neuenglischer Keramik spielte, und – wie soll ich das sagen? – sie wird mich am Mittwoch morgen heiraten. Es war eine stürmische Romanze, und nach den Flitterwochen auf St. Bart's kehren wir heim nach Plainfield in unsere Achtzehn-Zimmer-Redwoodhütte am Rand eines vier Hektar großen Naturschutzparks. Man könnte sich hierher zurückziehen und nie wieder gesehen werden.

Alfred Polgar

Bescherung

In der Woche vor Weihnachten kam der alte Mann auf die Idee, durch Verkauf von Christbäumen etwas Geld zu verdienen. Er ging weit hinaus in den winterlichen Wald und kehrte mit einem Bündel von Nadelbäumen auf dem Rücken in sein Asyl zurück, einen Schuppen, wo die Straßenarbeiter ihr Werkzeug aufzubewahren pflegen. Ein Recht, dort zu nächtigen, hatte der Mann nicht, er hatte auch gewiß kein Recht, Bäume aus dem Wald fortzutragen. Doch machte er sich darüber wenig Gedanken. Er war ein ehrlicher Mensch, und eben um das zu bleiben, mußte er für sich den Begriff des moralisch Zulässigen etwas weitherziger auslegen. Seine Not sagte nicht, sie kenne kein Gebot; aber sie war aus taktischen Gründen gezwungen, die Bekanntschaft hie und da zu verleugnen. Der alte Mann hatte nichts, nicht Besitz noch Arbeit, noch irgendwen, der den Mittler hätte machen wollen zwischen ihm und der Welt, damit er diese nicht als völlig sinnlose Zumutung empfände und ablehnte. Zuweilen, das kam vor, fragte er sich deshalb, wozu er denn eigentlich lebe, und fand keine andere Antwort als diese: dazu, um mir den Kopf zu zerbrechen, wovon ich leben soll. Immerhin ist auch solches Kopfzerbrechen eine Art von Tätigkeit und Beschäftigung – und solange der Mensch derlei hat, hat er etwas, das ihn ans Dasein bindet. Man weiß gar nicht, wie sehr manchen nur die Schwierigkeit, zu leben, noch am Leben hält. Der Mann bot also seine Tannenbäume in der Stadt zum Verkauf an. Auch dazu hatte er natürlich kein Recht. Und damit Konkurrenz und Polizei ihm nicht in den Handel pfuschten, wählte er als Standort eine entlegene Straße im entlegenen Bezirk. Dort wohnten freilich nur ganz arme Leute, aber nur für solche auch hätten die Christbäume des guten Alten getaugt, denn es waren klägliche Bäume in zerschlissenem Nadelkleid, unterernährt, dünn, rachitisch wie die Kinder, für deren Weihnachtstisch allein derlei Tannen-Ausschuß in Betracht kommen konnte. Nur ein einziges Stück war darunter, das hatte Kraft und Haltung. Für dieses zimmerte der Mann auch ein hölzernes Bodenkreuz. Und damit der Sturm dem Prachtstück nichts anhaben könne, nagelte er das Holzkreuz fest an den Boden, steifte der Tanne noch durch technische Maßnahmen das Rückgrat. Sie sah jetzt wirklich nach einem richtigen Christbaum aus. Und solchen Eindruck verstärkte der Mann noch dadurch, daß er abends eine kleine Laterne mit rotem Schutzglas an die Spitze des Stammes hängte. Sie war dem Werkzeugschuppen der Straßenarbeiter entlehnt und diente sonst zur Nachtzeit als Warnung vor Löchern im aufgerissenen Pflaster.

Der Mann hatte seine Freude an dem Baum und die Vorübergehenden vielleicht auch.

Aber niemand kaufte das preiswerte Stück, und niemand kaufte eins von den anderen Bäumchen. Es war sechs Uhr abends, am 24. Dezember, und fünfzehn Grad Celsius unter Null. Durch die entlegene Straße im entlegenen Bezirk ging niemand mehr als der eisige Wind, der das Laternchen schaukeln machte, was so aussah, als gäbe der Baum, wie das die Männer von der Eisenbahn tun, irgendwem irgendwohin Signal. Doch niemand beachtete es. Aus Fenstern da und dort schimmerte Kerzenlicht, überall schon war das himmlische Kind geboren worden und die diesjährige Konjunktur der Christbäume also endgültig vorüber.

Der alte Mann dachte wiederum einmal darüber nach, wozu er lebe, und gab sich wiederum die gewohnte Antwort. Aber war es Kummer über die Entwertung seiner Ware auf Null, war es eine durch Kälte, Hunger und Einsamkeit gesteigerte

Oppositionslust, kurz, diesmal genügte dem Frager die bewährte Antwort nicht. Er geriet vielmehr in ausgesprochen lebensfeindliche Stimmung. Es kränkte ihn über die Maßen, daß sein stattlicher, mit so viel Müh beschaffter und betreuter Baum weihnachtlich ungenutzt bleiben sollte. Mitleid überwältigte sein Herz, Mitleid sowohl mit sich selbst wie auch mit dem Baum, der doch wirklich allen Anspruch darauf hatte, Lichter zu tragen und mit schmückendem Zeug behängt zu werden.

Und wie der Mann grübelte, was er vielleicht doch noch für sich und für den Baum tun könne, fand er eine Lösung. Er hängte seine Kleiderlumpen an die Äste, legte sich auf die steif gefrorene Erde und überließ das weitere den fünfzehn Graden unter Null.

Der Polizist, der den Tannenbaum mit dem wunderlichen Aufputz und darunter das schon aus seinen Hüllen genommene Weihnachtsgeschenk als erster sah und entsprechend amtshandeln mußte – obwohl er gerne schon wieder in der Wachstube gesessen wäre, wo auch ein Christbäumchen stand, zwischen Gummiknüppeln, Rosinenstollen, Notizbüchern, Punsch und Handfesseln –, brummte: »Schöne Bescherung!«

Er meinte das aber nicht im rechten festtäglichen Sinn.

Robert Louis Stevenson

Markheim

Ja«, sagte der Händler, »die Wechselfälle unseres Geschäfts sind vielfältig. Es gibt unwissende Kunden, und dann profitiere ich durch mein größeres Wissen. Es gibt auch Unehrliche«, hier hielt er den Leuchter in die Höhe, daß das Licht voll auf seinen Besucher fiel, »und in diesem Fall«, fuhr er fort, »ziehe ich aus meiner Tugend Gewinn.«

Markheim kam gerade erst aus dem Tageslicht der Straße; seine Augen hatten sich noch nicht an das Gemisch von Licht und Dunkel in dem Laden gewöhnt. Bei diesen vielsagenden Worten und angesichts der Nähe der Flamme blickte er schmerzlich blinzelnd beiseite.

Der Händler kicherte. »Sie kommen am Weihnachtstage zu mir«, redete er weiter, »obwohl Sie genau wissen, daß ich allein im Hause bin, die Läden heruntergelassen habe und streng darauf halte, Geschäften aus dem Wege zu gehen. Nun, Sie werden dafür zahlen müssen; Sie werden dafür zahlen müssen, daß ich jetzt Zeit versäume, während ich über meinen Rechnungsbüchern sitzen sollte; Sie müssen außerdem für ein gewisses Benehmen zahlen, das mir heute an Ihnen ganz besonders auffällt. Ich bin die Diskretion selbst und stelle keine unliebsamen Fragen; aber wenn mir ein Kunde nicht ins Auge sehen kann, muß er dafür zahlen.« Wieder kicherte der Händler und fuhr dann im üblichen Geschäftston, wenn auch mit einem Schatten von Ironie, fort: »Sie können natürlich wie gewöhnlich klar angeben, wie Sie in den Besitz des Gegenstandes gelangt sind? Wieder mal aus Ihres Onkels Kabinett? Ein hervorragender Sammler, Herr!«

Der kleine, blasse Händler mit dem krummen Rücken stellte sich fast auf die Zehenspitzen, guckte über seine goldenen Brillengläser hinweg und schüttelte mit allen Zeichen des Unglaubens den Kopf. Markheim erwiderte seinen Blick in grenzenlosem Mitleid und leisem Grauen.

»Diesmal«, sagte er, »befinden Sie sich im Irrtum. Ich bin nicht gekommen, um zu verkaufen, sondern um zu kaufen. Ich will keine Raritäten losschlagen; meines Onkels Kabinett ist bis zu den Wänden geplündert; aber selbst wenn es noch intakt wäre, würde ich nichts verkaufen wollen. Ich habe an der Börse Glück gehabt und würde die Sammlung daher eher vergrößern als vermindern; mein heutiges Anliegen ist die Einfachheit selbst.

Ich suche ein Weihnachtsgeschenk für eine Dame«, fuhr er mit wachsender Geläufigkeit fort, je mehr er sich für die Rede, die er sich zurechtgelegt hatte, erwärmte, »und sicherlich schulde ich Ihnen dafür, daß ich Sie in einer so geringfügigen Angelegenheit störe, eine Genugtuung. Aber ich habe die Sache gestern versäumt; ich muß meine kleine Aufmerksamkeit heute beim Essen anbringen; wie Sie genau wissen, darf man eine reiche Heirat nicht vernachlässigen.« Eine Pause folgte, in der der Händler diese Erklärung ungläubig abzuwägen schien. Das Ticken zahlreicher Uhren, die unter dem fremdartigen Trödel des Ladens verborgen waren, und das ferne Rollen der Wagen aus einer der benachbarten Verkehrsstraßen füllten die kurze Stille.

»Gut, Herr«, sagte der Händler, »es sei. Schließlich sind Sie ja ein alter Kunde; und wenn sich Ihnen wirklich, wie Sie sagen, die Gelegenheit zu einer vorteilhaften Heirat bietet, will ich der letzte sein, der sich Ihnen irgendwie in den Weg stellt. Hier habe ich etwas Hübsches für eine Dame«, fuhr er fort, »einen Handspiegel – fünfzehntes Jahrhundert, garantiert echt; stammt überdies aus einer guten Sammlung, wenn ich auch den Namen im Interesse meines Kunden verschweigen muß, der ganz wie Sie, verehrter Herr, der Neffe und einzige Erbe eines hervorragenden Sammlers ist.«

Der Händler hatte sich, während er in seiner trockenen, bissigen Art zu schwatzen fortfuhr, gebückt, um den Gegenstand von seinem Platz zu holen; währenddessen fuhr ein Zittern durch Markheims Glieder, ein Zucken von Hand und Fuß, und plötzlich jagte ein Sturm aufrührerischer Leidenschaften über sein Gesicht. Der Anfall verging so rasch, wie er gekommen war, und ließ keine Spur zurück, ausgenommen ein gewisses Beben der Hand, die jetzt den Spiegel in Empfang nahm.

»Ein Spiegel«, sagte er heiser und wiederholte deutlicher nach einer Pause, »ein Spiegel? Zu Weihnachten? Das ist doch nicht Ihr Ernst?«

»Warum denn nicht?« rief der Händler, »warum keinen Spiegel?«

Markheim blickte ihn mit undefinierbarem Ausdruck an. »Sie fragen mich, warum ich keinen Spiegel will?« sagte er. »Sehen Sie her – sehen Sie selbst hinein – sehen Sie sich an! Lieben Sie es, sich zu betrachten? Nein! Ich auch nicht – und ich wüßte niemanden, der es täte.«

Das Männchen war zurückgeschnellt, als Markheim ihm so plötzlich den Spiegel hinhielt; jetzt aber, da er erkannte, daß er nichts Schlimmeres in der Hand hatte, kicherte er. »Ihre Zukünftige muß recht stiefmütterlich vom Schicksal bedacht sein«, meinte er.

»Ich bitte Sie um ein Weihnachtsgeschenk«, sagte Markheim, »und Sie geben mir dieses da – diesen verdammten Herold der Zeit, der von Sünden und Torheit spricht – diesen Handmahner des Gewissens! War das Ihre Absicht? Hatten Sie dabei einen Hintergedanken? Reden Sie. Sie tun gut daran. Kommen Sie und erzählen Sie mir von sich selbst. Ich rate aufs Geratewohl: im Grunde Ihres Herzens sind Sie ein recht mildtätiger Mann?«

Der Händler musterte seinen Besucher scharf. Seltsam, Markheim schien nicht zu lachen; auf seinem Gesicht leuchtete etwas wie erwartungsvolle Hoffnung, aber keine Lustigkeit.

»Wo wollen Sie hinaus?« fragte der Händler.

»Nicht mildtätig?« entgegnete düster der andere. »Nicht mildtätig; nicht fromm; nicht gewissenhaft; lieblos, ungeliebt; eine Hand zum Gelderraffen, eine Kassette für dessen Aufbewahrung. Ist das alles? Du großer Gott, Mensch, ist das alles?«

»Ich will Ihnen sagen, was ist«, begann der Händler mit einiger Schärfe und brach dann mit einem Kichern ab. »Aber ich sehe ja, daß dies eine Liebesheirat ist, und Sie haben auf der Dame Gesundheit getrunken.«

»Ah«, rief Markheim mit seltsamer Neugier. »Ah, sind Sie je verliebt gewesen? Erzählen Sie mir davon.«

»Ich«, rief der Händler, »ich, verliebt? Habe nie die Zeit dazu gehabt, und habe auch heute keine Zeit für diesen Unsinn. Wollen Sie nun den Spiegel?«

»Wozu die Eile?« entgegnete Markheim. »Es steht und plaudert sich hier doch recht angenehm; und das Leben ist so kurz und unsicher, daß ich keiner Freude entrinnen möchte, selbst einer so unschuldigen wie dieser nicht. Wir sollten vielmehr an allem, was uns gegeben ist, festhalten, festhalten wie einer, der über einem Abgrund schwebt. Jede Sekunde stellt einen Abgrund dar, wenn man's recht bedenkt – einen schwindelnd tiefen Abgrund –, tief genug, um uns bis zur Unkenntlichkeit unseres Menschentums zu zerschmettern. Und daher ist es besser, sich angenehm zu unterhalten. Wir wollen voneinander reden; wozu diese Maske? Lassen Sie uns gegenseitig Vertrauen fassen. Wer weiß, vielleicht werden wir noch Freunde?«

»Ich habe Ihnen gerade noch ein Wort zu sagen«, erklärte der Händler, »entweder Sie erledigen Ihren Einkauf oder Sie scheren sich aus meinem Laden!«

»Wahr, sehr wahr«, sagte Markheim. »Genug der Torheiten. Zur Sache. Zeigen Sie mir etwas anderes.«

Der Händler bückte sich ein zweites Mal, um

den Spiegel auf das Brett zurückzulegen; sein dünnes blondes Haar fiel ihm über die Augen. Markheim trat, die eine Hand in der Tasche seines schweren Mantels vergraben, ein wenig näher. Er straffte sich zu seiner vollen Länge, und seine Lungen sogen sich voll Luft. Gleichzeitig malten sich die verschiedenartigsten Empfindungen auf seinem Gesicht: Furcht, Grauen und Entschlossenheit, faszinierte Aufmerksamkeit und physischer Widerwillen, und unter der verzerrten Oberlippe wurden seine Zähne sichtbar.

»Vielleicht ist dies etwas Passendes«, bemerkte der Händler; und während er sich aufrichtete, stürzte sich Markheim von hinten auf sein Opfer. Die lange, schmale Klinge blitzte auf und traf. Der Händler zappelte wie eine Henne, stieß mit der Schläfe gegen das Wandbrett und sank in einem Häufchen zu Boden.

Die Zeit hatte wohl ein Dutzend feiner Stimmen in jenem Laden, gewichtige und gemessene, wie es dem hohen Alter zukommt, schwatzhafte und eilige, und alle zählten im verworrenen Ticktack die Sekunden. Von der Gasse her durchbrach das hastige Getrappel von Knabenfüßen auf Pflastersteinen den Chor der schwächeren Stimmen und erweckte Markheim zum Bewußtsein seiner Umgebung. Er blickte sich furchtsam um. Die

Kerze stand auf dem Ladentisch; mahnend zuckte die Flamme im Luftzug, und diese fast unmerkliche Bewegung füllte den ganzen Raum mit stummem Leben und wogender Unruhe wie das Meer: Die steilen Schatten nickten, die schweren, massigen Dunkelheiten wuchsen und schrumpften wie atmende Wesen, die Gesichter der Porträts und der chinesischen Porzellangötter wandelten sich und verschwammen wie Spiegelbilder im Wasser. Die innere Tür stand offen und spähte in das Heer der Schatten mit einem langen, schmalen Streifen Tageslicht, der einem gestreckten Zeigefinger glich.

Von ihren Irrfahrten kehrten Markheims furchtbefallene Augen zu dem Körper seines Opfers zurück, wie er buckelig, mit gespreizten Gliedern, unglaublich klein und unendlich viel erbärmlicher als im Leben dalag. In den ärmlichen Kleidern eines Geizhalses und in jener plumpen Stellung war das Ganze nicht viel mehr als ein Häufchen Lumpen. Markheim hatte sich vor seinem Anblick gefürchtet, und siehe! Es war ein Nichts. Und dennoch, wie er es so betrachtete, begannen in diesem blutbesudelten Bündel alter Kleider beredte Stimmen laut zu werden. Dort mußte es liegen; niemand war, der die geschickt gearbeiteten Angeln und Scharniere spielen ließ, der das Wunder der Bewegung dirigieren konnte. Dort mußte es liegen, bis es gefunden wurde. Gefunden! Ja, und dann? Dann würde aus diesem toten Leib ein Schrei aufsteigen, von dem ganz England widerhallen mußte. Das Echo der Jagd würde die ganze Welt erfüllen. Ja, tot oder lebendig, hier lag der Feind. »Zeit war, da der gehemmte Geist entwich« – fuhr es ihm durch den Sinn, und das erste Wort zündete in seinem Hirn. Die Zeit, die für das Opfer ausgelöscht war, war nun, da er die Tat vollbracht, für den Mörder unaufhaltsam, ungeheuerlich bedeutungsvoll geworden.

Dieser Gedanke erfüllte ihn noch ganz, als erst die eine und dann die andere Uhr, in jeder möglichen Variation von Takt und Stimme, tief wie die Glocke einer Kathedrale, leicht und hell wie der Auftakt zu einem Walzer, die dritte Nachmittagsstunde zu schlagen begann.

Der plötzliche Ausbruch so zahlreicher Stimmen in dem stummen Raum traf ihn wie ein Fausthieb. Er setzte sich in Bewegung, schritt, die Kerze in der Hand, hin und her, unablässig von gleitenden Schatten verfolgt und zu Tode erschrokken von zufälligen Betrachtungen. Aus zahlreichen prunkvollen Spiegeln, teils heimischen Ursprungs, teils aus Venedig oder Amsterdam, blickte ihm sein Gesicht in vielfältigen Wiederholungen gleich einem Heer von Spionen entgegen; seine eigenen Augen stellten ihn in der Begegnung, und seine eigenen Schritte schreckten trotz ihrer Leichtigkeit die umgebende Stille auf. Und noch während er seine Taschen füllte, warf ihm sein Hirn mit unablässiger, tödlicher Monotonie die tausend Fehler seines Planes vor. Er hätte eine ruhigere Stunde wählen, sich ein Alibi beschaffen sollen; er hätte kein Messer gebrauchen, hätte vorsichtiger sein sollen. Es hätte genügt, den Händler zu binden und zu knebeln, statt ihn zu töten; er hätte verwegener sein und sich auch noch des Dienstboten entledigen sollen; alles hätte er anders machen sollen: brennendes Bedauern, zehrender, nimmer endender Kreislauf der Gedanken, um das zu ändern, was nicht zu ändern war; zweckloses Planen, Baumeister der unwiderruflichen Vergangenheit zu werden. Und im Hintergrunde dieses fiebrigen Denkens füllten tierische Schrecken, wie das Scharren und Rascheln der Ratten auf dem öden Dachboden, die geheimsten Kammern seines Gehirns mit Aufruhr; die Hand des Konstablers fiel schwer auf seine Schulter, und seine Nerven zuckten wie der Fisch am Angelhaken; oder es jagten Gerichtsschranken, Gefängnis, Galgen und der schwarze Sarg an seinem Innern vorbei. Furcht vor den Leuten auf der Straße belagerte ihn wie eine Armee die Festung. Unmöglich, daß nicht irgendwie der Kampf ruchbar geworden war und ihre Neugier aufgestachelt hatte. Jetzt sah er sie in den Nachbarhäusern sitzen, regungslos, die Ohren gespitzt – die Einsamen, die dazu verurteilt waren, Weihnachten allein mit ihren Erinnerungen zu feiern, durch seine Tat aus zärtlichen Gedanken aufgeschreckt; glückliche Familien um den Tisch versammelt und zu Schweigen erstarrt, die Mutter mit erhobenem Finger: Menschen jedes Standes, jedes Alters, jeder Laune, aber alle am eigenen Herde versammelt, und alle spähend, lauschend und den Strick flechtend, der ihn henken sollte. Mitunter war es ihm, als könne er nicht leise genug gehen; das Klirren der hohen böhmischen Gläser tönte laut wie eine Glocke, und durch das sonore Ticken erschreckt, fühlte er sich versucht, die Uhren abzustellen. Und wieder, in wechselndem Entsetzen, schien ihm das Schweigen selbst voller Gefahr: Es mußte den Passanten auffallen, sie erstarrend an die Stelle fesseln. Und sofort vermehrte er die Sicherheit seines Auftretens, machte sich geräuschvoll in dem Laden zu schaffen und ahmte mit studierter Leichtigkeit das Treiben eines geschäftigen Mannes nach, der sich zwanglos in seinem eigenen Hause bewegt.

Jetzt aber fühlte er sich von so vielfachen Ängsten zerrissen, daß sein Gehirn dem Wahnsinn nahe war und doch wieder wachsam und schlau auf der

Lauer lag. Der Nachbar, der sein bleiches Gesicht gegen die Scheiben preßte, der Passant, den eine grausige Ahnung stehenbleiben hieß, konnten schlimmstenfalls nur Vermutungen hegen; wissen konnten sie nichts. Die Ziegelmauern und geschlossenen Fensterläden ließen nur Geräusche hindurch. Aber war er hier im Hause auch wirklich allein? Er wußte, daß er es war; er hatte das Dienstmädchen in dem armen Feiertagskleid fortgehen sehen, dem Schatz entgegen, ›Ausgang‹ in jeder Rüsche, in jeder lächelnden Falte ihres Gesichts. Ja, er war allein, natürlich war er allein; dennoch hörte er ganz genau über sich in der weiten Leere des Hauses zarte Tritte – er war sich einer fremden Gegenwart vollauf bewußt, auf rätselhafte Art bewußt. Ja, bestimmt; seine Phantasie schlich ihr in jedes Zimmer, in jeden Winkel nach, und jetzt war es ein Ding ohne Gesicht, aber mit Augen, die sahen, und dann war es ein Schatten seiner selbst, und wieder war es das Abbild des toten Händlers, zu neuem Haß und neuer Tücke auferweckt.

Mit Überwindung blickte er von Zeit zu Zeit nach der offenen Tür, vor der seine Augen trotzdem zurückprallten. Das Haus war sehr hoch, das Oberlichtfenster klein und schmutzig, der Tag von Nebel blind. Das Licht, das nach dem Erdgeschoß durchsickerte, war außerordentlich trüb und zeichnete sich nur matt auf der Ladenschwelle ab. Und doch – lauerte nicht ein schwanker Schatten dort in dem schmalen Dämmerstreifen?

Plötzlich fing ein äußerst jovialer Herr an, unter Schreien und Scherzen und fortgesetzten Wiederholungen des Namens des Händlers von draußen her mit seinem Stock gegen die Ladentür zu pochen. Markheim blickte, zu Eis erstarrt, den Toten an. Nein, der lag ganz still, weit außerhalb der Hörweite dieses Klopfens und Rufens, in einem Ozean des Schweigens versunken, und sein Name, der ehedem für seine Ohren das Toben des Sturms übertönt haben mochte, war ein leeres Geräusch geworden. Und nach einer Weile hörte der joviale Herr mit seinem Klopfen auf und ging seiner Wege.

Das war ein deutlicher Wink, mit dem, was es noch zu tun gab, nicht zu säumen; sich auf und davon zu machen aus dieser anklagenden Umgebung, unterzutauchen in die Millionen Londons und, jenseits des Tages, jenen Hafen der Sicherheit und scheinbaren Unschuld zu erreichen – das Bett. Ein Besucher hatte sich bereits gemeldet; jeden Augenblick konnte ihm ein zweiter, hartnäckigerer folgen. Nach vollbrachter Tat um ihre Früchte betrogen zu werden wäre zu furchtbar gewesen. Das

Geld, das war jetzt Markheims vornehmste Sorge, und, als Mittel dazu: die Schlüssel.

Er warf einen Blick über die Schulter nach der offenen Tür, wo nach wie vor zitternd der Schatten weilte. Ohne klaren psychischen Widerwillen, aber unter körperlichem Schaudern näherte er sich der Leiche seines Opfers. Der menschliche Charakter war ganz von ihr gewichen. Mit gespreizten Gliedern und gekrümmtem Rumpf glich sie einem lose mit Sägemehl ausgestopften Kleiderbündel; dennoch stieß das Ding ihn ab. Trotz der nichtssagenden Dürftigkeit des Anblicks fürchtete er sich vor der beredteren Sprache der Berührung. Er faßte die Leiche an den Schultern und legte sie auf den Rükken. Sie war seltsam leicht und geschmeidig, und die Arme und Beine nahmen dabei, wie gebrochen, die sonderbarsten Stellungen an. Das Gesicht war ohne jeden Ausdruck, aber wachsbleich, und die eine Schläfe entsetzlich mit Blut beschmiert. Das war das einzige, was Markheim Widerwillen einflößte. Im Nu war er in ein Fischerdorf zurückversetzt, an einem gewissen Jahrmarktstag: ein grauer Himmel, ein pfeifender Wind, eine Volksmenge auf den Straßen, Blechmusik, Trommelwirbel, und die näselnde Stimme einer Bänkelsängerin, dazu ein Knabe, der, zwischen Furcht und Interesse zerrissen, im Gedränge untertauchte und sich hin und her bewegte, bis er auf dem Hauptrummelplatz eine Bude mit einer ungeheuren Plakatwand entdeckte: Elendigliche, roh gemalte, schreiende Bilder, die Brownrigg mit ihrem Lehrling, die Mannings mit ihrem ermordeten Gast, Weare mit der Mörderfaust Thurtells an der Kehle, und ein Dutzend anderer berühmter Verbrechen waren hier dargestellt. Das Ganze war so lebendig wie eine Fata Morgana; wieder war er der kleine Junge, wieder betrachtete er mit dem gleichen körperlichen Widerwillen diese gemeinen Bilder; wieder schlug der Trommellärm betäubend an sein Ohr. Einige Takte der damals gehörten Musik huschten ihm durch den Sinn, und hierbei überkam ihn zum ersten Male ein Ohnmachtsgefühl, eine Welle der Übelkeit, eine plötzliche Schwäche in den Kniegelenken, die es augenblicks zu bekämpfen und zu überwinden galt.

Er hielt es für klüger, seinen Betrachtungen standzuhalten, als ihnen zu entfliehen. Fest sah er dem Toten ins Gesicht und zwang sich, die Art und Größe seines Verbrechens zu begreifen. Wie lange war es her, daß sich auf diesem Antlitz jedes wechselnde Empfinden gespiegelt, daß dieser Mund geredet, dieser Körper geglüht hatte von feurigster, lenksamer Energie? Und jetzt war durch seine Tat jenes Stückchen Leben angehalten worden, wie der Uhrmacher mit gestrecktem Finger das Räderwerk der Uhr zum Stehen bringt. So suchte er sich vergeblich zu überzeugen; vergeblich suchte er sich zu reuigerem Bewußtsein aufzupeitschen; dasselbe Herz, das vor den Abbildern des Verbrechens zurückgeschreckt war, blieb unberührt hier vor der Wirklichkeit. Im besten Fall fühlte er ein schwaches Bedauern für dieses Wesen, dem umsonst ein gütiges Schicksal alle Gaben in die Wiege gelegt hatte, die die Welt in einen Zaubergarten verwandeln, und das, ohne je gelebt zu haben, jetzt gestorben war. Von Reue aber keinen Hauch.

Damit schüttelte er diese Gedanken von sich ab; er fand die Schlüssel und schritt auf die offene Tür zu. Draußen hatte es heftig zu regnen angefangen, und das Geräusch der auf das Dach fallenden Tropfen hatte das Schweigen verbannt. So wie in gewissen Höhlen das ständig rieselnde Wasser ein nie enden wollendes Echo weckt, so füllte sich das Haus mit ihrem Widerhall, der sich mit dem Ticken der Uhren vermischte. Im Näherschreiten war es Markheim, als antwortete seinen behutsamen Tritten ein anderer, fremder Tritt, der sich vor ihm die Treppe hinauf zurückzog. Immer noch zitterte der Schatten auf der Türschwelle. Mit dem Zentnergewicht seines Willens zwang er seine Muskeln zum Gehorsam und schob die Tür vollends zurück.

Das schwache, dunstige Tageslicht schimmerte

trübe auf dem kahlen Fußboden und der Treppe, auf der blinkenden Ritterrüstung, die mit aufgepflanzter Hellebarde auf dem Treppenabsatz stand, auf die dunklen Holzschnitzereien und gerahmten Bilder, die sich von der gelben Holzbekleidung der Wände abhoben. Die prasselnden Regentropfen hallten so laut im Hause wider, daß Markheim in ihnen vielfältige Stimmen und Geräusche zu unterscheiden vermeinte. Fußtritte und Seufzer, der schwere Schritt eines in der Ferne marschierenden Regiments, das Klingen von Goldmünzen auf dem Ladentisch, das Knarren von Türen, die von heimlicher Hand offengehalten wurden, mischten sich, schien's, in das Geräusch des klatschenden Regens auf der Dachkuppel und in das Rauschen des Wassers in den Leitungsrohren. Das Bewußtsein fremder Gegenwart brachte ihn dem Wahnsinn nahe. Von allen Seiten umlagerten und verfolgten ihn unsichtbare Wesen. Er hörte sie sich in den oberen Räumen bewegen; vom Laden her spürte er den Toten sich aufrichten und lebendig werden, und als er sich mit starker Überwindung anschickte, die Treppe hinaufzusteigen, flohen Füße geräuschlos vor ihm her und schlichen ihm heimlich nach. Wäre er nur taub, fuhr es ihm durch den Sinn, wie sicher würde er Herr seiner Seele sein. Und wieder horchte er auf und segnete jenen immerwachen

Sinn, der auf Vorposten stand und als zuverlässige Schildwache sein Leben beschirmte. Unablässig drehte und wendete er den Kopf; seine Augen, die aus ihren Höhlen hervorzutreten schienen, spähten und schweiften nach allen Seiten, und von allen Seiten her ward ihnen ein halber Lohn durch ein namenloses Etwas, dessen schwindende Spur sie erhaschten. Die vierundzwanzig Stufen zum oberen Stockwerk waren vierundzwanzig Höllenstrafen. Auf diesem Flur gähnten ihm drei Türen entgegen, drohende Hinterhalte, die wie drei Kanonenmündungen seine Nerven erschütterten. Er fühlte es, nichts war stark genug, um ihn fortan gegen die spähenden Augen der Menschen zu stählen und zu wappnen. Er sehnte sich danach, zu Hause zu sein, hinter festen Mauern, in den Bettüchern vergraben, unsichtbar vor allen, außer vor Gott. Bei diesem Gedanken wunderte er sich ein wenig, in Erinnerung an die vielen Geschichten von anderen Mördern, die angeblich vor der Rache des Himmels gezittert hatten. Sie stimmten nicht, wenigstens was ihn betraf. Er fürchtete sich vor den Gesetzen der Natur, daß sie in ihrem gefühllosen und unabänderlichen Ablauf eine vernichtende Spur seines Verbrechens festhalten könnten. Mit zehnfachem sklavischen, abergläubischen Grauen fürchtete er irgendeinen Riß in der Kontinuität der menschlichen Erfahrungen, irgendeinen willkürlichen Bruch der Naturgesetze. Er spielte ein Spiel der Geschicklichkeit, das von den Regeln, den berechneten Wirkungen bestimmter Ursachen abhing. Wie, wenn nun die Natur, wie der besiegte Tyrann das Schachbrett, ihre Gesetzesfolge zertrümmern sollte? Das gleiche hatte Napoleon betroffen, als der Winter den Zeitpunkt seines Eintreffens änderte. Das gleiche konnte Markheim treffen: Die festen Mauern konnten durchsichtig werden und sein Treiben enthüllen wie das Treiben von Bienen in einem gläsernen Stock. Die starken Dielen konnten wie trügerischer Flugsand nachgeben und ihn umklammern; ja alltäglichere Ereignisse konnten ihn vernichten. Wie, wenn nun das Haus einfiel und ihn zusammen mit dem Leichnam seines Opfers einsperrte? Oder wenn in dem Nachbarhause Feuer ausbräche und ringsum die Feuerwehr auf ihn eindränge? Das waren die Dinge, die er fürchtete, die Dinge, die man gewissermaßen die Hand Gottes nennen konnte, die Er der Sünde entgegenreckt. Vor Gott selbst fürchtete er sich nicht; gewiß, seine Tat war eine Ausnahmetat, aber ungewöhnlich waren auch seine Entschuldigungsgründe, die Gott allein kannte. Bei ihm, nicht aber bei den Menschen, war er der Gerechtigkeit sicher.

Nachdem er unbehelligt in das Wohnzimmer eingedrungen war und die Tür hinter sich geschlossen hatte, fühlte er seine Furcht von sich weichen. Die Einrichtung war völlig aufgelöst; der Teppich fehlte, statt dessen standen zahlreiche Packkisten und Möbelstücke in wüstem Durcheinander; dazu verschiedene hohe Spiegel, in denen er sich von allen möglichen Seiten erblickte, wie ein Schauspieler in verschiedenen Bühnenposen, viele Bilder, gerahmt und ungerahmt, mit der Vorderseite gegen die Wand gelehnt, eine schöne Sheraton-Anrichte, ein eingelegter Sekretär und ein mächtiges altes Bett mit schweren Vorhängen. Die Fenster gingen auf den Hof hinaus, aber zum Glück verbargen ihn die heruntergelassenen Läden vor den Nachbarn. Markheim rückte also eine der Kisten vor den Sekretär und begann nacheinander die Schlüssel zu erproben. Es war ein langwieriges und angreifendes Geschäft, denn vielleicht war der Sekretär auch leer, und die Zeit drängte. Indes ernüchterte ihn die angespannte Arbeit. Er schielte dabei zur Tür – ja mitunter blickte er sie gerade an, wie ein belagerter Kommandant, der sich freut festzustellen, daß seine Verteidigungsmaßnahmen in gutem Zustand sind. In Wahrheit war er jetzt ganz ruhig. Das Plätschern des Regens auf der Straße klang wieder natürlich und angenehm in seinen Ohren. Nach einer Weile drangen aus der entgegengesetzten Richtung die Töne eines Klaviers zu ihm herüber, die sich der Melodie eines Chorals anschmiegten, und zahlreiche Kinderstimmen nahmen die Weise und die Worte auf. Wie majestätisch und trostreich klang die Melodie, wie frisch waren die jugendlichen Stimmen. Markheim lauschte lächelnd, während er die Schlüssel ordnete; in seinem Geiste drängten sich sprechende Bilder und Gedanken: Kinder auf dem Wege zur Kirche und Orgelgebraus, Kinder auf der Wiese, Badende am Bachesrand, kleine Beerenleser im Gemeindewäldchen, jugendliche Drachenspieler unter einem windigen, wolkenreichen Himmel; und bei der nächsten Kadenz war er wieder in die Kirche zurückversetzt, in die schläfrige Hitze eines Sommersonntags, hörte die hohe, vornehme Stimme des Geistlichen (die ihm in der Erinnerung noch ein leises Lächeln entlockte) und sah die gemalten Jakobitengrabmäler sowie die matten Buchstaben der Zehn Gebote an der Kanzel.

Und noch während er so geschäftig und abwesend zugleich dasaß, riß es ihn plötzlich auf die Füße. Ein Strahl von Eis und ein Strahl von Feuer, eine Woge pochenden Blutes, und er stand angenagelt, jeder Nerv gespannt. Ein langsamer, fester Schritt kam die Treppe herauf, und nach einer

Weile legte eine Hand sich auf die Türklinke, das Schloß klirrte und die Tür öffnete sich.

Furcht hielt Markheim wie mit Eisenklammern. Er wußte nicht, was war; ob der Tote auferstanden war, ob die offiziellen Häscher der menschlichen Justiz ihn greifen wollten, ob ein zufälliger Zeuge hier blind hineinstolperte, um ihn dem Galgen zu überliefern. Als jedoch ein Gesicht sich durch die Öffnung schob, im Zimmer umherblickte, ihm wie in freundschaftlichem Erkennen zunickte und lächelte und sich dann wieder zurückzog, brach seine Furcht in einem heiseren Schrei durch. Bei diesem Laut kehrte der Besucher wieder um.

»Haben Sie mich gerufen?« fragte er freundlich, und mit diesen Worten trat er, die Tür hinter sich schließend, ins Zimmer.

Markheim stand und starrte ihn krampfhaft an. Vielleicht lag ein Schleier über seinen Augen, aber es war ihm, als ob die Konturen des Ankömmlings sich wandelten und verschwammen, wie die der Götzen in dem unruhigen Kerzenlicht des Ladens. Mitunter kam er ihm bekannt vor, dann wieder schien er ihm selbst zu gleichen; und dabei lastete unablässig, gleich einem schweren Stein und voll lebendigsten Entsetzens, die Überzeugung auf seiner Brust, daß das Wesen dort nicht von dieser Welt und auch nicht vom Himmel sei.

Und dennoch – das Geschöpf sah seltsam alltäglich aus, wie es so dastand und Markheim lächelnd ansah, und als es gar hinzufügte: »Sie suchen, soviel ich weiß, das Geld?« waren seine Worte in dem üblichen Ton eines höflichen Mannes.

Markheim antwortete nicht.

»Ich muß Sie darauf aufmerksam machen«, fuhr der andere fort, »daß das Dienstmädchen sich heute früher als gewöhnlich von seinem Schatz getrennt hat und bald hier sein wird. Sollte Herr Markheim hier im Hause gefunden werden, so brauche ich ihn wohl nicht erst auf die Folgen hinzuweisen.«

»Sie kennen mich?« rief der Mörder.

Der Besucher lächelte. »Seit langem gehören Sie zu meinen ganz besonderen Freunden«, sagte er, »und schon lange habe ich Sie beobachtet und Ihnen helfen wollen.«

»Wer sind Sie?« rief Markheim, »der Teufel?«

»Wer ich bin«, erwiderte der andere, »hat nichts mit dem Dienst zu tun, den ich Ihnen leisten möchte.«

»Nein«, rief Markheim, »nein! Mir von Ihnen helfen lassen? Niemals; von Ihnen nicht. Noch kennen Sie mich nicht; dem Himmel sei Dank, mich nicht.«

»Ich kenne Sie«, entgegnete der Gast in gleichsam freundlich-strengem oder festem Ton. »Ich kenne Sie bis auf den Grund Ihrer Seele.«

»Mich kennen!« rief Markheim, »wer kann das? Mein Leben ist nichts als eine Travestie, eine Verleumdung meiner selbst. Ich habe gelebt, um meine Natur Lügen zu strafen. Alle Menschen tun das; alle Menschen sind besser als die Maske, die sie tragen, die ihnen anwächst und sie erstickt. Sehen Sie nicht, wie das Leben sie packt und mit sich reißt, wie einen Menschen, den Räuber in einen Mantel hüllen und mit sich schleppen? Könnten sie, wie sie wollten – könnten Sie ihre Gesichter sehen, sie wären ganz anders; sie würden als Heroen und Heilige erglänzen. Ich bin schlimmer als die meisten; trage eine ärgere Verkleidung; meine Entschuldigung kennen nur Gott und ich allein. Hätte ich Zeit dazu, ich würde mich enthüllen.«

»Sich mir enthüllen?«

»Ihnen vor allem«, entgegnete der Mörder. »Ich hielt Sie für intelligent. Ich glaubte – da Sie wirklich existieren –, Sie verstünden im Herzen zu lesen. Und doch wollen Sie mich nach meinen Taten beurteilen! Überlegen Sie, was das heißt, nach meinen Taten! Ich bin unter Riesen zur Welt gekommen, habe unter Riesen gelebt; Riesen haben mich, von dem Tage meiner Geburt an, bei der Hand genommen und fortgeschleppt – die Riesen des Zufalls, der Umgebung. Und Sie wollen mich nach meinen Taten beurteilen! Können Sie denn nicht in mein Inneres hineinsehen? Können Sie denn nicht begreifen, daß ich das Böse hasse? Erkennen Sie denn nicht in meinem Innern die klare Schrift des Gewissens, die keine willkürlichen Sophismen auszulöschen vermochten, wenn ich sie auch gar zu oft unbeachtet ließ? Erkennen Sie mich denn nicht als ein Wesen, das so weit verbreitet ist wie die Menschheit selbst – als den Sünder wider Willen?«

»Alles, was Sie sagen, klingt sehr schön«, lautete die Antwort, »geht mich aber nichts an. Fragen der Charakterstärke fallen nicht in mein Gebiet, und es ist mir ganz gleichgültig, durch welchen Zwang Sie sich haben mitreißen lassen, vorausgesetzt, daß es in der richtigen Richtung war. Aber die Zeit fliegt; das Dienstmädchen hat es zwar nicht eilig; sie sieht sich die Volksmenge an und die Bilder an den Anschlagsäulen, aber sie rückt doch immer näher, und vergessen Sie nicht, daß es ist, als käme der langbeinige Galgen selbst durch die festlichen Straßen auf Sie losgeschritten! Soll ich Ihnen helfen, ich, der ich alles weiß? Soll ich Ihnen sagen, wo das Geld zu finden ist?«

»Um welchen Preis?« fragte Markheim.

»Ich schenke Ihnen diesen Dienst als Weihnachtsgabe«, versetzte der andere.

Markheim mußte lächeln, wie in bitterem Triumph. »Nein«, sagte er, »ich will nichts aus Ihren Händen; und wenn ich vor Durst stürbe und Ihre Hand hielte den Wasserkrug an meine Lippen, ich hätte dennoch den Mut, ihn zurückzuweisen. Vielleicht bin ich zu leichtgläubig, aber ich will nichts tun, um mich dem Bösen zu verschreiben.«

»O bitte, ich habe nichts gegen eine Reue auf dem Totenbett«, bemerkte der Besucher.

»Weil Sie an ihre Wirksamkeit nicht glauben«, rief Markheim.

»Das will ich nicht sagen«, erwiderte der andere; »aber ich betrachte diese Dinge von einer anderen Seite, und mit dem Leben erlischt auch mein Interesse. Der Mensch hat gelebt, um mir zu dienen, um unter der Flagge der Religion Bosheit und Übelwollen zu verbreiten, oder um, wie Sie, in einem Dasein voll willfähriger Schwäche gegenüber seinen Trieben, Unkraut ins Weizenfeld zu säen. Jetzt, da er sich dem Tor zur Freiheit nähert, vermag er seinen Dienst nur um die eine Tat noch zu bereichern – er bereut, stirbt lächelnd und baut in den furchtsameren unter meinen Anhängern Hoffnung und Zuversicht auf. Ich bin kein harter Herr. Versuchen Sie es mit mir. Nehmen Sie meine Hilfe an. Bedienen Sie sich im Leben, wie Sie es bisher getan haben; greifen Sie noch reichlicher zu, brauchen Sie

Ihre Ellbogen an der Tafel; und wenn die Nacht sich niedersenken und der Vorhang fallen will, wird es Ihnen sogar ein leichtes sein, sich mit Ihrem Gewissen zu versöhnen und mit Gott einen Frieden auf Gegenseitigkeit zu schließen. Dessen kann ich Sie zu Ihrem Troste versichern. Eben erst komme ich von solch einem Totenbett; das Zimmer war voll ehrlicher Leidtragender, die alle den letzten Worten des Mannes lauschten, und als ich in jene Augen blickte, die sich jeder mitleidigen Regung gegenüber zu Stahl verhärtet hatten, fand ich sie voll lächelnder Hoffnung.«

»Und halten Sie mich wirklich für ein solches Geschöpf?« fragte Markheim. »Glauben Sie wirklich, ich kennte kein höheres Ziel, als zu sündigen, wieder zu sündigen und immerfort zu sündigen, um mich zuletzt durch die Hintertür in den Himmel zu schleichen? Mein Herz bäumt sich auf bei dem Gedanken. Sind das Ihre Erfahrungen mit der Menschheit, oder setzen Sie eine solche Schlechtigkeit in mir voraus, weil meine Hände rot von Blut sind? Und ist dies Verbrechen des Mordes denn wirklich so ruchlos, daß es die Quelle des Guten selbst versiegen läßt?«

»Mord ist für mich keine besondere Kategorie«, versetzte der andere. »Alle Sünden sind Morde, so wie das ganze Leben ein Krieg ist. Ich sehe Ihresgleichen, gleich hungernden Seeleuten auf einem Floß, die Brotkrusten dem Hunger selbst aus den Händen reißen und einander gegenseitig verschlingen. Ich gehe der Sünde nach bis über den Moment ihrer Entstehung und sehe, daß ihre Folge überall der Tod ist. In meinen Augen trieft das hübsche Mädchen, das am Vorabend eines Balles mit gewinnendem Liebreiz die Mutter hintergeht, nicht weniger von Menschenblut als der eigentliche Mörder. Sagte ich, daß ich der Sünde nachgehe? Ich gehe auch der Tugend nach; sie unterscheiden sich voneinander nicht um Haaresbreite. Beide sind Sicheln in der Hand des Mähers Tod. Das Böse, für das ich lebe, wurzelt nicht im Handeln, sondern im Charakter. Ich liebe den schlechten Menschen, nicht die schlechte Tat, deren Früchte, könnten wir sie nur weit genug in ihrem Sturz hinab den sausenden Katarakt der Zeit verfolgen, vielleicht segensreicher befunden werden als die seltenste Tugendfrucht. Nicht weil Sie einen Händler getötet haben, sondern weil Sie Markheim sind, erbiete ich mich, Ihnen zur Flucht zu verhelfen.«

»Ich will Ihnen mein ganzes Herz zeigen«, war Markheims Antwort. »Dieses Verbrechen, über dem Sie mich ertappt haben, ist mein letztes. Auf dem Wege zu ihm habe ich viel gelernt, ja, die Tat selbst ist mir eine denkwürdige Lehre geworden.

Bisher bin ich wider meinen Willen zu dem getrieben worden, was mir fernlag; ich war der gehetzte, gepeitschte Sklave der Armut. Es gibt robuste Tugenden, die diesen Versuchungen zu widerstehen vermögen; die meine war nicht so: Mich dürstete nach Genuß. Heute aber, aus dieser Tat, sammle ich sowohl gute Lehren wie Reichtümer, sowohl den erneuten Entschluß wie die Kraft, ich selbst zu sein. Ich werde in allen Dingen Herr meiner Handlungen; ich sehe mich bereits als einen ganz anderen; diese Hände sind Werkzeuge des Guten; Frieden wohnt in diesem Herzen. Etwas aus der Vergangenheit überkommt mich; etwas, von dem mir an Sabbatabenden träumte, wenn die Orgel erklang; Vorahnungen, die ich hatte, wenn ich über großen, reinen Büchern weinen mußte oder als unschuldiges Kind mit meiner Mutter redete. Dort liegt mein Leben; ich bin einige Jahre in der Fremde umhergeirrt, jetzt aber sehe ich den Ort meiner Bestimmung wieder vor mir liegen.«

»Sie wollen dieses Geld auf der Börse gebrauchen?« bemerkte der Gast. »Dort haben Sie aber, soviel ich weiß, schon einige Tausend verloren?«

»Ah«, sagte Markheim, »diesmal ist es aber eine ganz sichere Sache.«

»Auch diesmal«, sagte der Gast sehr ruhig, »werden Sie verlieren.«

»Aber ich setzte doch nur die Hälfte dran«, rief Markheim.

»Sie werden auch die andere Hälfte verlieren«, sagte der andere.

Auf Markheims Stirn brach der Schweiß aus. »Nun, und wenn dem so wäre«, rief er. »Wenn ich es verliere, wenn ich in die Armut zurückstürze, soll ein Teil meines Wesens, und zwar der schlimmere Teil, bis zuletzt das Gute in mir verdrängen? Gut und Böse sind stark in mir und reißen mich nach verschiedenen Seiten. Ich liebe nicht nur das eine, ich liebe alles. Ich kann von großen Taten träumen, von Verzicht und Märtyrertum, und obwohl ich mich zu diesem Verbrechen erniedrigt habe, ist Mitleid mir doch nicht fremd. Ich bemitleide die Armen; wer kennt ihre Nöte besser als ich? Ich bemitleide sie und helfe ihnen; ich schätze die Liebe, liebe ein ehrliches Lachen; es ist nichts Gutes und Wahres unter der Sonne, das ich nicht von ganzem Herzen liebe. Sollten denn meine Laster allein mein Leben bestimmen und meine Tugenden brachliegen wie toter Ballast des Gehirns? Niemals; auch das Gute ist eine Quelle zur Tat.«

Allein der Gast hob warnend den Finger. »Sechsunddreißig Jahre lang haben Sie in dieser Welt gelebt«, sagte er, »durch wechselvolle Schicksale und Launen hindurch habe ich Sie ununterbrochen von

Stufe zu Stufe sinken sehen. Fünfzehn Jahre sind es her, daß Sie mit einem Diebstahl begonnen haben. Noch vor drei Jahren hätte das Wort Mord genügt, um Ihnen das Blut aus den Wangen zu treiben. Gibt es wirklich noch ein Verbrechen, eine Grausamkeit, eine gemeine Handlung, vor der Sie heute zurückschrecken? In fünf Jahren werde ich Sie auch darüber ertappen. Tiefer, immer tiefer führt Ihr Weg; und nichts, außer dem Tode, kann Sie aufhalten.«

»Wahr«, sagte Markheim heiser, »ich habe bis zu einem gewissen Grade dem Bösen nachgegeben. Aber so geht es allen; selbst die Heiligen werden durch die pure Tatsache, daß sie leben, weniger wählerisch und nehmen die Farbe ihrer Umgebung an.«

»Ich werde eine einzige, schlichte Frage an Sie richten«, sagte der andere, »und aus Ihrer Antwort werde ich Ihnen Ihr moralisches Horoskop stellen. Sie sind in vielen Dingen laxer geworden; vielleicht mit Recht. Wenigstens machen es alle Menschen so. Aber, das zugegeben, sind Sie in irgendeinem wenn auch noch so geringfügigen Punkt sich selbst gegenüber strenger geworden, oder lassen Sie überall die Zügel schießen?«

»In irgendeinem Punkt?« wiederholte Markheim in qualvoller Überlegung. »Nein«, fügte er verzweifelt hinzu, »nirgends! Überall bin ich bergab gegangen.«

»Dann«, sagte der Besucher, »dann begnügen Sie sich mit dem, was Sie sind; denn Sie werden sich niemals ändern; die Worte Ihrer Rolle auf dieser Bühne sind unwiderruflich niedergeschrieben.«

Markheim stand lange schweigend da; der Besucher war der erste, die Pause zu unterbrechen. »Da dem so ist«, sagte er, »soll ich Ihnen das Geld zeigen?«

»Und die Gnade?« rief Markheim.

»Haben Sie es mit der nicht auch schon versucht?« entgegnete der andere. »Sah ich Sie nicht vor zwei, drei Jahren bei religiösen Versammlungen? Hat nicht Ihre Stimme in dem Choral am lautesten geklungen?«

»Wahr, wahr«, sagte Markheim; »ich sehe klar, wohin mich die Pflicht jetzt führt. Ich danke Ihnen aus tiefster Seele für die Lehren, die Sie mir gegeben haben. Sie haben mir die Augen geöffnet, endlich erkenne ich mich als den, der ich bin.«

In diesem Augenblick tönte der grelle Klang einer Türglocke durchs Haus, und der Besucher änderte, wie auf ein verabredetes und erwartetes Zeichen, sein Benehmen.

»Das Dienstmädchen!« rief er. »Es ist zurückgekommen, wie ich Ihnen voraussagte; jetzt gilt es, nur noch eine einzige schwierige Handlung zu vollbringen. Sie müssen sagen, daß ihr Herr erkrankt sei; Sie müssen sie hereinlassen mit zuversichtlicher, aber ernster Miene. Nur ja kein Lächeln, keine Übertreibungen, und ich garantiere für den Erfolg! Sobald das Mädchen eingetreten und die Tür verschlossen ist, wird der gleiche behende Griff, mit dem Sie sich des Händlers entledigten, auch diese letzte Gefahr aus dem Wege räumen. Dann bleibt Ihnen der ganze Abend, die ganze Nacht, wenn Sie wollen, um die Schätze dieses Hauses zu plündern und für Ihre Sicherheit zu sorgen. Es ist Hilfe, die sich Ihnen in der Maske der Gefahr nähert. Auf!« rief er, »auf, mein Freund! Ihr Leben hängt in der Waagschale: auf zur Tat!«

Markheim blickte seinem Ratgeber fest ins Gesicht. »Bin ich auch verdammt, Böses zu tun«, sagte er, »so bleibt mir doch eine Tür zur Freiheit offen – ich kann mich jederzeit der Kraft des Handelns begeben. Ist mein Leben vom Übel, so kann ich es doch niederlegen. Erliege ich auch, wie Sie sagen, der geringsten Versuchung, so kann ich doch in einen Bereich jenseits aller Versuchung fliehen. Meine Liebe zum Guten ist zur Unfruchtbarkeit verdammt; wohlan, es sei! Mir bleibt ja noch der Haß des Bösen, und aus ihm kann ich, das werden

Sie zu Ihrer bitteren Enttäuschung sehen, Kraft und Mut schöpfen.«

Über die Züge des Besuchers ging eine wunderbare, lichte Verwandlung; sie verklärten sich und zerschmolzen in zärtlichem Triumph, und noch in diesem Glanz verblaßten und schwanden sie vollständig dahin. Aber Markheim wartete nicht, um diese Metamorphose zu beobachten oder zu verstehen. Er öffnete die Tür und ging sehr langsam und in Gedanken versunken die Treppe hinab. Ernst und gemessen schritt seine Vergangenheit vor ihm her. Er sah sie, wie sie wirklich war, häßlich und quälend wie ein Traum, willkürlich und ungesetzlich wie ein Straßenkampf – eine einzige Niederlage. Das Leben, so wie er es jetzt sah, lockte ihn nicht mehr; am jenseitigen Ufer jedoch gewahrte er für sein Lebensschiff einen stillen Ankerplatz. Im Gange blieb er stehen und blickte in den Laden hinein, wo immer noch über der Leiche die Kerze brannte. Es war seltsam still. Gedanken an den Toten drangen im Schauen auf ihn ein. Und dann zerriß der ungeduldige Lärm der Glocke abermals das Schweigen.

Er trat dem Mädchen auf der Schwelle mit einer Art Lächeln entgegen.

»Sie tun gut daran, zur Polizei zu gehen«, sagte er, »ich habe Ihren Herrn ermordet.«

Erich Kästner

Felix holt Senf

Es war am Weihnachtsabend im Jahre 1927 gegen sechs Uhr; Preissers hatten eben beschert. Der Vater balancierte auf einem Stuhl dicht vorm Weihnachtsbaum und zerdrückte die Stearinflämmchen zwischen den angefeuchteten Fingern. Die Mutter hantierte draußen in der Küche, brachte das Eßgeschirr und den Kartoffelsalat in die Stube und meinte: »Die Würstchen sind gleich heiß!« Ihr Mann kletterte vom Stuhl, klatschte fidel in die Hände und rief ihr nach: »Vergiß den Senf nicht!«

Sie kam, statt zu antworten, mit dem leeren Senfglas zurück und sagte: »Felix, hol Senf! Die Würstchen sind sofort fertig.«

Felix saß unter der Lampe und drehte an einem kleinen billigen Fotoapparat herum. Der Vater versetzte dem Fünfzehnjährigen einen Klaps und polterte: »Nachher ist auch noch Zeit. Hier hast du Geld. Los, hol Senf! Nimm den Schlüssel mit, damit du nicht zu klingeln brauchst. Soll ich dir Beine machen?«

Felix hielt das Senfglas, als wollte er damit fotografieren, nahm Geld und Schlüssel und lief auf die Straße. Hinter den Ladentüren standen die Geschäftsleute ungeduldig und fanden sich vom Schicksal ungerecht behandelt. Aus den Fenstern aller Stockwerke schimmerten die Christbäume. Felix spazierte an hundert Läden vorbei und starrte hinein, ohne etwas zu sehen. Er war in einem Schwebezustand, der mit Senf und Würstchen nichts zu tun hatte. Er war glücklich, bis ihm vor lauter Glück das Senfglas aus der Hand aufs Pflaster fiel. Die Rolläden prasselten an den Schaufenstern herunter, und Felix merkte, daß er sich seit einer Stunde in der Stadt herumtrieb. Die Würstchen waren inzwischen längst geplatzt! Er brachte es nicht über sich, nach Hause zu gehen. So ganz ohne Senf! Gerade heute hätte er Ohrfeigen nicht gut vertragen.

Herr und Frau Preisser aßen die Würstchen mit Ärger und ohne Senf. Um acht wurden sie ängstlich. Um neun liefen sie aus dem Haus und klingelten bei Felix' Freunden. Am ersten Weihnachtsfeiertag verständigten sie die Polizei. Sie warteten drei Tage vergebens. Sie warteten drei Jahre vergebens. Langsam ging ihre Hoffnung zugrunde, schließlich warteten sie nicht mehr und versanken in hoffnungslose Traurigkeit.

Die Weihnachtsabende wurden von nun an das Schlimmste im Leben der Eltern. Da saßen sie schweigend vorm Christbaum, betrachteten den kleinen billigen Fotoapparat und ein Bild ihres Sohnes, das ihn als Konfirmanden zeigte, im blauen Anzug, den schwarzen Filzhut keck auf dem Ohr. Sie hatten den Jungen so liebgehabt, und daß der Vater manchmal eine lockere Hand bewiesen hatte, war doch nicht böse gemeint gewesen, nicht wahr? Jedes Jahr lagen die zehn alten Zigarren unterm Baum, die Felix dem Vater damals geschenkt hatte, und die warmen Handschuhe für die Mutter. Jedes Jahr aßen sie Kartoffelsalat mit Würstchen, aber aus Pietät ohne Senf. Das war ja auch gleichgültig, es konnte ihnen doch niemals wieder schmecken.

Sie saßen nebeneinander, und vor ihren weinenden Augen verschwammen die brennenden Kerzen zu großen glitzernden Lichtkugeln. Sie saßen nebeneinander, und er sagte jedes Jahr: »Diesmal sind die Würstchen aber ganz besonders gut.« Und sie antwortete jedesmal: »Ich hol dir die von Felix noch aus der Küche. Wir können jetzt nicht mehr warten.«

Doch um es rasch zu sagen: Felix kam wieder. Das war am Weihnachtsabend im Jahre 1932 kurz nach sechs Uhr ... Die Mutter hatte die heißen

Würstchen hereingebracht, da meinte der Vater: »Hörst du nichts? Ging nicht eben die Tür?« Sie lauschten und aßen dann weiter. Als jemand ins Zimmer trat, wagten sie nicht, sich umzudrehen. Eine zitternde Stimme sagte: »So, da ist der Senf, Vater.« Und eine Hand schob sich zwischen den beiden alten Leuten hindurch und stellte wahrhaftig ein gefülltes Senfglas auf den Tisch.

Die Mutter senkte den Kopf ganz tief und faltete die Hände. Der Vater zog sich am Tisch hoch, drehte sich trotz der Tränen lächelnd um, hob den Arm, gab dem jungen Mann eine schallende Ohrfeige und sagte: »Das hat aber ziemlich lange gedauert, du Bengel. Setz dich hin!«

Was nützt der beste Senf der Welt, wenn die Würstchen kalt werden? Daß sie kalt wurden, ist erwiesen. Felix saß zwischen den Eltern und erzählte von seinen Erlebnissen in der Fremde, von fünf langen Jahren und vielen wunderbaren Sachen. Die Eltern hielten ihn bei den Händen und hörten vor Freude nicht zu...

Unterm Christbaum lagen Vaters Zigarren, Mutters Handschuhe und der billige Fotoapparat. Und es schien, als hätten fünf Jahre nur zehn Minuten gedauert. Schließlich stand die Mutter auf und sagte: »So, Felix, jetzt hol ich dir deine Würstchen.«

James Joyce

Das Weihnachtsmahl

Ein großes Feuer, hoch aufgeschichtet und rot, flammte im Kamin, und unter den efeuumwundenen Armen des Leuchters war die Weihnachtstafel gedeckt. Sie waren ein wenig spät nach Hause gekommen und doch war das Mahl noch nicht fertig: aber es wäre im Nu fertig, hatte seine Mutter gesagt. Sie warteten, daß die Tür aufging und die Mädchen die großen, mit schweren Metalldeckeln zugedeckten Platten hereintrugen.

Alle warteten: Onkel Charles, der weit abseits im Schatten des Fensters saß, Dante und Mr. Casey, die in den Lehnstühlen links und rechts vom Feuer saßen, Stephen zwischen ihnen auf einem Stuhl, die Füße auf das Fußbänkchen mit den Ohren gestreckt. Mr. Dedalus betrachtete sich in dem Wandspiegel über dem Sims, zwirbelte seine Schnurrbartspitzen und stand dann, die Rockschöße zerteilend, mit dem Rücken zum glühenden Feuer: und immer wieder nahm er von Zeit zu Zeit eine Hand von dem Rockschoß, um eine der

Schnurrbartspitzen zu zwirbeln. Mr. Casey legte den Kopf auf die Seite und klopfte lächelnd mit den Fingern auf seine Halsdrüse. Und Stephen lächelte auch, denn er wußte jetzt, daß es nicht wahr war, daß Mr. Casey eine Silberbörse in der Kehle hatte. Er lächelte, als er daran dachte, wie das silberhelle Geräusch, das Mr. Casey immer machte, ihn getäuscht hatte. Und als er versucht hatte, Mr. Caseys Hand aufzumachen, um nachzusehen, ob die Silberbörse dort versteckt wäre, hatte er gesehen, daß sich die Finger nicht gerade strecken ließen: und Mr. Casey hatte ihm gesagt, er hätte diese drei verkrümmten Finger gekriegt, als er für die Königin Viktoria ein Geburtstagsgeschenk gemacht habe.

Mr. Casey klopfte auf seine Halsdrüse und lächelte mit schläfrigen Augen Stephen an: und Mr. Dedalus sagte zu ihm:

– Ja. So ist das nun einmal. Wir haben doch einen schönen Spaziergang gemacht, was, John? Ja... Ich wüßte nur gerne, ob wir heute abend doch noch etwas zu essen kriegen. Ja... Na, wir haben doch eine schöne Brise Ozon am Head heute abgekriegt. Wahr und wahrhaftig.

Er wandte sich zu Dante und sagte:

– Sie haben sich überhaupt nicht bewegt, Mrs. Riordan?

Dante runzelte die Stirn und sagte kurz:

– Nein.

Mr. Dedalus ließ die Rockschöße los und ging zur Kredenz hinüber. Er holte einen großen Steinkrug Whisky aus der Tür und füllte langsam die Karaffe, wobei er sich dann und wann niederbeugte, um zu sehen, wieviel er hineingegossen hatte. Dann stellte er den Krug in die Tür zurück und goß ein wenig von dem Whisky in zwei Gläser, tat ein wenig Wasser hinzu und kam mit ihnen wieder zum Kamin.

– Ein Fingerhut, John, sagte er, nur zum Appetitanregen.

Mr. Casey nahm das Glas, trank und stellte es neben sich auf den Sims. Dann sagte er:

– Dabei fällt mir unser Freund Christopher ein, wie er diesen Schampus...

Er bekam einen Lach- und Hustenanfall und fuhr fort:

– ... den Schampus für diese Brüder herstellt.

Mr. Dedalus lachte laut.

– Der Christy? sagte er. In einer einzigen Warze auf seiner Glatze ist der gerissener als ein ganzes Rudel Füchse zusammengenommen.

Er neigte den Kopf, schloß die Augen und begann, sich die Lippen ausgiebig leckend, mit der Stimme des Hoteliers zu sprechen.

– Und er hat ein solches Honigmündchen, wenn er mit dir spricht, nicht wahr nicht. Und so naß und wäßrig ist er um die Wamme, Gott sei ihm gnädig.

Mr. Casey kämpfte immer noch mit seinem Husten- und Lachanfall. Stephen, der den Hotelier durch Gesicht und Stimme seines Vaters hindurch sah und hörte, lachte.

Mr. Dedalus klemmte sein Augenglas ein, schaute zu ihm herunter und sagte ruhig und freundlich:

– Worüber lachst du denn, du junge Brut du?

Die Mädchen traten herein und stellten die Platten auf den Tisch. Mrs. Dedalus kam hinterher und die Plätze wurden verteilt.

– Nehmt Platz, sagte sie.

Mr. Dedalus ging zum Kopfende der Tafel und sagte:

– Nehmen Sie doch Platz, Mrs. Riordan. John, setz dich, mein Lieber.

Er schaute hinüber, wo Onkel Charles saß, und sagte:

– Na denn, Sir, hier ist ein Vögelchen, das auf euch wartet.

Als alle sich gesetzt hatten, legte er seine Hand auf den Deckel und sagte dann rasch, indem er sie wieder zurückzog:

– Nun, Stephen.

Stephen stand auf, wo er saß, um das Tischgebet zu sprechen:

Segne, o Herr, uns und diese Deine Gaben, die wir von Deiner Güte empfangen werden, durch Christus, unsern Herrn. Amen.

Alle bekreuzigten sich und Mr. Dedalus hob mit vergnüglichem Seufzen von der Platte den schweren Deckel, um dessen Rand herum glänzende Tropfen perlten.

Stephen schaute auf den feinsten Puter, der, geschnürt und gespeilert, auf dem Küchentisch gelegen hatte. Er wußte, daß sein Vater bei Dunn in D'Olier Street eine Guinee dafür bezahlt hatte und daß der Mann ihn oft aufs Brustbein gepiekt hatte, um zu zeigen, wie gut er wäre: und er erinnerte sich an die Stimme des Mannes, als er gesagt hatte:

– Nehmen Sie den, Sir. Der ist bongfortionös.

Warum nannte Mr. Barrett in Clongowes seinen Bakel einen Puter? Aber Clongowes war weit weg: und der warme schwere Geruch nach Puter und Schinken und Sellerie stieg von den Tellern und Platten auf und das große Feuer war hoch aufgeschichtet und rot im Kamin und der grüne Efeu und die roten Stechpalmen machten einen so glücklich und wenn das Mahl zu Ende wäre, käme der große Plumpudding herein, mit geschälten Mandeln und Stechpalmenreisern besteckt, mit bläulichem Feuer, das um ihn herumlief, und einem kleinen grünen Fähnchen, das von der Spitze wehte.

Es war sein erstes Weihnachtsmahl und er dachte an seine kleinen Brüder und Schwestern, die im Kinderzimmer warteten, wie er so oft gewartet hatte, daß der Pudding käme. In dem breiten flachen Kragen und dem Eton-Jacket fühlte er sich komisch und ältlich: und als diesen Morgen seine Mutter mit ihm ins Wohnzimmer hinuntergekommen war, angezogen für die Messe, hatte sein Vater geweint. Das war darum, weil er an seinen eigenen Vater dachte. Und Onkel Charles hatte das auch gesagt.

Mr. Dedalus deckte die Platte zu und begann hungrig zu essen. Dann sagte er:

– Der arme Christy, vor lauter Gaunereien kriegt der bald das Übergewicht.

– Simon, sagte Mrs. Dedalus, du hast Mrs. Riordan keine Sauce gegeben.

Mr. Dedalus ergriff die Sauciere.

– Hab ich das nicht? rief er. Mrs. Riordan, Erbarmen mit einem armen Blinden.

Dante bedeckte ihren Teller mit den Händen und sagte:

– Nein, danke.

Mr. Dedalus wandte sich zu Onkel Charles.

– Wie bist du gefahren, Sir?

– Sicher wie die Post, Simon.

– Du, John?

– Ich hab alles. Nimm dir nur selbst.

– Mary? Hier, Stephen, hier hast du was, da stehn dir die Haare zu Berge.

Er goß reichlich Sauce über Stephens Teller und setzte die Sauciere wieder auf den Tisch. Dann fragte er Onkel Charles, ob es zart wäre. Onkel Charles konnte nicht sprechen, weil sein Mund voll war, aber er nickte: ja.

– Das war doch eine gute Antwort, die unser Freund da dem Kanonikus gegeben hat. Was? sagte Mr. Dedalus.

– Ich hätte nie gedacht, daß er den Mumm hat, sagte Mr. Casey.

– *Ich gebe euch, was euch gebührt, Pater, wenn ihr aufhört, das Haus Gottes in ein Wahllokal zu verwandeln.*

– Eine schöne Antwort, sagte Dante, von einem, der katholisch sein will, seinem Priester gegenüber.

– Da sind sie ganz allein daran schuld, sagte Mr. Dedalus milde. Wenn sie auf den Rat eines Narren hörten, würden sie ihre Bemühungen auf die Religion beschränken.

– Es ist Religion, sagte Dante. Sie tuen ihre Pflicht, wenn sie das Volk warnen.

– Wir gehen ins Gotteshaus, sagte Mr. Casey, in

aller Demut, um zu unserem Schöpfer zu beten und nicht um uns Wahlreden anzuhören.

– Es ist Religion, sagte Dante wieder. Sie haben recht. Sie müssen ihre Herde leiten.

– Und dabei vom Altar herunter Politik predigen, ja? fragte Mr. Dedalus.

– Doch freilich, sagte Dante. Das ist eine Frage der allgemeinen Moral. Ein Priester wäre kein Priester, wenn er seiner Herde nicht sagen würde, was recht ist und was unrecht.

Mrs. Dedalus legte Messer und Gabel hin und sagte: Um alles und nochmal alles in der Welt, wir wollen uns doch nicht ausgerechnet an diesem einen Tag im Jahr um die Politik streiten.

– Ganz recht, meine Verehrte, sagte Onkel Charles. Nun, Simon, es ist jetzt wirklich genug. Kein Wort jetzt mehr darüber.

– Ja, ja, sagte Mr. Dedalus rasch.

Beherzt deckte er die Platte auf und sagte:

– Na denn, wer will noch etwas Puter?

Keiner antwortete. Dante sagte:

– Schöne Ausdrucksweise für einen Katholiken!

– Mrs. Riordan, ich bitte Sie inständig, sagte Mrs. Dedalus, hören Sie doch jetzt auf damit.

Dante kehrte sich gegen sie und sagte:

– Und soll ich hier sitzen und mir anhören, wie die Oberhirten meiner Kirche gehöhnt werden?

– Keiner sagt auch nur ein Wort gegen sie, sagte Mr. Dedalus, solange sie sich nicht in die Politik dreinmischen.

– Die Bischöfe und Priester Irlands haben gesprochen, sagte Dante, und ihnen ist zu gehorchen.

– Sie sollen die Politik sein lassen, sagte Mr. Casey, sonst läßt das Volk vielleicht einmal ihre Kirche sein.

– Hören Sie das? sagte Dante zu Mrs. Dedalus gewandt.

– Mr. Casey! Simon! sagte Mrs. Dedalus. Es ist genug jetzt.

– Schlimm! Schlimm! sagte Onkel Charles.

– Was? rief Mr. Dedalus. Hätten wir ihn im Stich lassen sollen, auf Geheiß des englischen Volkes?

– Er war nicht länger würdig, Führer zu sein, sagte Dante. Er war ein Sünder vor aller Augen.

– Wir sind alle Sünder und schwere Sünder, sagte Mr. Casey kalt.

– *Weh dem Menschen, durch den das Ärgernis kommt!* sagte Mrs. Riordan. *Besser wäre es dem, daß ein Mühlstein an seinen Hals gehängt und er in die Tiefe des Meeres versenkt würde, als daß er einem von diesen Kleinen Ärgernis gebe.* Das ist die Sprache des Heiligen Geistes.

– Und eine sehr schlechte Sprache, wenn Sie mich fragen, sagte Mr. Dedalus kühl.

– Simon! Simon! sagte Onkel Charles. Der Junge.

– Ja, ja, sagte Mr. Dedalus. Ich habe gemeint die... Ich dachte da grade an die schlechte Sprache dieses Gepäckträgers. Nun ja, so ist das nun einmal. Hier, Stephen, reich mir mal deinen Teller, alter Freund. Iß nur ordentlich. Hier.

Er häufte das Essen auf Stephens Teller und legte Onkel Charles und Mr. Casey große Stücke Puter vor und schwemmte Sauce darüber. Mrs. Dedalus aß wenig und Dante saß mit den Händen im Schoß da. Sie war rot im Gesicht. Mr. Dedalus wühlte mit dem Tranchierbesteck an einem Ende der Platte und sagte:

– Hier habe ich ein leckeres Stückchen: des Papstes Nase, *vulgo* der Bürzel. Wenn einer der Herrschaften...

Er hielt ein Stück Geflügel am Zinken der Tranchiergabel hoch. Keiner sprach. Er legte es auf seinen eigenen Teller und sagte:

– Nun, ihr könnt nachher nicht sagen, daß ihr nicht gefragt worden seid. Ich esse es wohl lieber selber, denn mit meiner Gesundheit stand es letzthin nicht zum besten.

Er zwinkerte Stephen zu und begann erneut zu essen, nachdem er den Deckel wieder auf die Platte gelegt hatte.

Es war still, während er aß. Dann sagte er:

– Na denn, das Wetter hat sich heute ja doch noch gehalten. Es waren außerdem viele Fremde herunten.

Keiner sprach. Er sagte wieder:

– Ich glaube, es waren mehr Fremde herunten als letzte Weihnachten.

Er blickte in die Runde der anderen, deren Gesichter den Tellern zugekehrt waren, und da er keine Antwort bekam, wartete er einen Augenblick und sagte bitter:

– Nun, mein Weihnachtsmahl ist mir jedenfalls verdorben.

– Es konnte nicht Glück noch Gnade sein, sagte Dante, in einem Haus, wo es an Achtung vor den Oberhirten der Kirche gebricht.

Mr. Dedalus warf Messer und Gabel geräuschvoll auf seinen Teller.

– Achtung! sagte er. Vor Billy mit der Lippe etwa oder vor dem Fettwanst oben in Armagh? Achtung!

– Kirchenfürsten, sagte Mr. Casey mit gedehntem Hohn.

– Lord Leitrims Kutscher, ja, sagte Mr. Dedalus.

– Es sind die Gesalbten des Herrn, sagte Dante. Sie sind der Stolz ihres Vaterlandes.

– Fettwanst, sagte Mr. Dedalus derb. Er hat ’n

hübsches Gesicht, wenn er schläft, immerhin. Den Burschen müßtet ihr mal sehn, wie er an 'nem kalten Wintertag sein Kohlgemüse mit Speck runterschlürft. Liebe Zeit!

Er verdrehte sein Gesicht zu einer ausgesprochen tierischen Grimasse und machte ein Schlürfgeräusch mit den Lippen.

– Wirklich, Simon, sagte Mrs. Dedalus, so darfst du nicht vor Stephen sprechen. Es ist nicht recht.

– Oh, er wird sich an all das erinnern, wenn er groß ist, sagte Dante hitzig – die Sprache, die er gegen Gott und die Religion und die Priester in seinem eigenen Elternhaus hören mußte.

– Dann soll er sich auch erinnern, rief Mr. Casey ihr quer über den Tisch zu, mit welcher Sprache die Priester und ihre Helfershelfer Parnell das Herz gebrochen und ihn in sein Grab gehetzt haben. Dann soll er sich auch daran erinnern, wenn er groß ist.

– Hurengezücht! rief Mr. Dedalus. Als er am Boden lag, hat sich die Meute auf ihn gestürzt und ihn verraten und zerrissen wie Ratten in der Gosse. Niederträchtige Hunde! Und man sieht's ihnen an! Bei Gott, man sieht's ihnen an!

– Sie haben recht gehandelt, rief Dante. Sie haben ihren Bischöfen und Priestern gehorcht. Ehr und Preis gebührt ihnen!

– Es ist doch wirklich fürchterlich, daß nicht ein einziger Tag im Jahr, sagte Mrs. Dedalus, ohne diese fürchterlichen Dispute vergeht!

Onkel Charles hob seine Hände sanft und sagte:

– Kommt doch, kommt doch, kommt doch! Können wir nicht unsere Meinung sagen, egal wie sie ist, aber ohne diese schlimmen Ausbrüche und diese schlimme Sprache? Eine schlimme Geschichte, wahrhaftig.

Mrs. Dedalus redete leise auf Dante ein, aber Dante sagte laut:

– Ich will nicht aufhören. Ich will meine Kirche und meine Religion verteidigen, wenn sie von abtrünnigen Katholiken beleidigt und bespuckt werden.

Mr. Casey stieß seinen Teller rüd in die Mitte der Tafel und sagte, die Ellbogen vor sich aufgestützt, mit leiser Stimme zu seinem Gastgeber:

– Sag mal, hab ich dir eigentlich diese berühmte Spuckgeschichte erzählt?

– Das hast du nicht, John, sagte Mr. Dedalus.

– Nun, sagte Mr. Casey, es ist eine äußerst lehrreiche Geschichte. Sie passierte vor noch nicht langer Zeit in der Grafschaft Wicklow, hier bei uns.

Er brach ab und sagte, zu Dante gewandt, mit leisem Unmut:

– Und ich darf Ihnen sagen, gnä' Frau, daß ich,

wenn Sie mich meinen, kein abtrünniger Katholik bin. Ich bin ein Katholik wie mein Vater einer war und sein Vater vor ihm und sein Vater wieder vor ihm und wir hätten eher unser Leben hingegeben, als unseren Glauben verkauft.

– Um so schändlicher ist es jetzt, sagte Dante, daß Sie so sprechen.

– Die Geschichte, John, sagte Mr. Dedalus lächelnd. Nun erzähl uns doch schon die Geschichte.

– Katholik, jaha! wiederholte Dante ironisch. Der schwärzeste Protestant im Land würde nicht die Sprache führen, die ich heute abend gehört habe.

Mr. Dedalus schwenkte seinen Kopf von einer Seite auf die andere und summte dazu wie ein Dorfsänger.

– Ich bin kein Protestant, ich sag's Ihnen nochmals, sagte Mr. Casey und wurde rot.

Mr. Dedalus, der immer noch summte und den Kopf schwenkte, begann mit brummelnd-näselnder Stimme zu singen:

O kommt all ihr Katholiken,
Die ihr nie zur Messe wart.

Er nahm Messer und Gabel wieder gutgelaunt in die Hände, machte sich ans Weiteressen und sagte zu Mr. Casey:

– Nun erzähl uns die Geschichte, John. Das fördert die Verdauung.

Stephen schaute hingegeben in Mr. Caseys Gesicht, das, über seine verschränkten Hände hinweg, über den Tisch starrte. Er saß gerne in seiner Nähe am Feuer und schaute hoch in sein dunkles grimmiges Gesicht. Aber seine dunklen Augen waren nie grimmig und seiner langsamen Stimme hörte sich's gut zu. Aber warum war er denn gegen die Priester? Dante mußte ja dann recht haben. Aber er hatte seinen Vater sagen hören, sie wäre eine verkrachte Nonne und sei aus dem Kloster in den Alleghany-Bergen weggegangen, als ihr Bruder das Geld von den Wilden für die Kettchen und Glasperlen gekriegt hätte. Vielleicht war sie deshalb so streng gegen Parnell. Und sie hatte es nicht gerne, daß er mit Eileen spielte, denn Eileen war protestantisch, und als sie jung war, kannte sie Kinder, die mit Protestanten spielten, und die Protestanten machten sich immer über die Litanei von der Heiligen Jungfrau lustig. *Du Elfenbeinturm,* sagten die immer, *du goldenes Haus!* Wie konnte denn eine Frau ein Elfenbeinturm sein oder ein goldenes Haus? Wer hatte da recht? Und er erinnerte sich an den Abend in Clongowes, die dunklen Wasser, das Licht am Ende der Mole und das Wehklagen der Menschen, als sie es vernommen hatten.

Eileen hatte lange weiße Hände. Als sie einmal abends Versteck spielten, hatte sie ihm ihre Hände über die Augen gelegt: lang und weiß und dünn und kalt und sanft. Das war Elfenbein: etwas Kaltes Weißes. Das war die Bedeutung von *Elfenbeinturm.*

– Die Geschichte ist sehr kurz und hübsch, sagte Mr. Casey. Es war an einem Tag unten in Arklow, einem bitterkalten Tag, nicht lang bevor der Chief starb. Gott sei ihm gnädig!

Er schloß erschöpft seine Augen und machte eine Pause. Mr. Dedalus griff sich einen Knochen von seinem Teller und riß mit den Zähnen etwas Fleisch davon herunter, wobei er sagte:

– Bevor er umgebracht wurde, meinst du.

Mr. Casey öffnete die Augen, seufzte und fuhr fort:

– Es war unten in Arklow also. Wir hatten da unten eine Versammlung und nach der Versammlung mußten wir uns unseren Weg zum Bahnhof durch die Menge kämpfen. So ein Gebuh und Gebäh, Mann, hast du noch nie gehört. Sie schütteten alle Schimpfnamen der Welt über uns aus. Na und da war eine alte Dame, das war eine betrunkene alte Vettel, kann ich euch sagen, und die hatt' es ausschließlich auf mich abgesehn gehabt. Die ganze Zeit ist sie neben mir hergetanzt im Dreck und hat mir ins Gesicht gekeift und gekrischen:

– *Priesterjäger! Der Pariser Fonds! Mr. Fox! Kitty O'Shea!*

– Und was hast du gemacht, John? fragte Mr. Dedalus.

– Ich hab sie ruhig keifen lassen, sagte Mr. Casey. Es war ein kalter Tag, und um Leib und Seele zusammenzuhalten hatte ich (mit Verlaub, gnä' Frau) ein Priemchen Tullamore im Mund und hätte sowieso kein Wort sagen können, weil mein Mund voll Tabaksaft war.

– Ja und, John?

– Ja. Ich hab sie nach Herzenslust keifen lassen, *Kitty O'Shea* und was nicht alles, bis sie schließlich diese Dame mit einem Wort beschimpfte, mit dem ich die Weihnachtstafel hier und Ihre Ohren, gnä' Frau, und meine eignen Lippen besudeln würde, wenn ich's wiederholte.

Er machte eine Pause. Mr. Dedalus hob den Kopf von seinem Knochen und fragte:

– Und was hast du gemacht, John?

– Gemacht! sagte Mr. Casey. Sie streckte mir ihr häßliches altes Gesicht entgegen, als sie das sagte, und ich hatte meinen Mund voll Tabaksaft. Ich hab mich runter zu ihr gebeugt und *Phss!* sag ich zu ihr, ganz einfach.

Er wandte sich zur Seite und machte ein Spuckgeräusch.

– *Phss!* sag ich zu ihr, ganz einfach, direkt ihr ins Auge.

Er klatschte sich eine Hand aufs Auge und gab einen heiseren Schmerzensschrei von sich.

O Jesus, Maria und Joseph! sagt die. *Ich bin verblind't! Ich bin verblind't und versäuft!*

Er brach in einem Husten- und Lachanfall ab, wobei er wiederholte:

– *Ich bin ganz verblind't!*

Mr. Dedalus lachte laut und lehnte sich auf seinem Stuhl zurück, während Onkel Charles seinen Kopf von einer Seite auf die andere schwenkte.

Dante schaute schrecklich zornig drein und sagte wiederholt, während die anderen lachten:

– Sehr schön! Ha! Sehr schön!

Das war nicht schön, mit der Spucke ins Auge von der Frau. Aber was war das Wort, mit dem die Frau Kitty O'Shea beschimpft hatte und das Mr. Casey nicht wiederholen wollte? Er stellte sich vor, wie Mr. Casey durch die Menschenmenge ging und von einem offenen Wagen herunter Reden hielt. Deshalb war er im Gefängnis gewesen, und er erinnerte sich, daß Sergeant O'Neill eines Abends ins Haus gekommen war und im Flur gestanden hatte, leise sprach er dabei mit seinem Vater und kaute nervös am Kinnriemen seines Helms. Und an diesem Abend war Mr. Casey nicht mit dem Zug nach

Dublin gefahren, sondern es war ein Wagen vor die Tür gekommen und er hatte seinen Vater etwas über die Cabinteely Road sagen hören.

Er war für Irland und Parnell und sein Vater auch: und Dante eigentlich auch, denn eines Abends beim Konzert auf der Esplanade hatte sie einem Herrn ihren Schirm auf den Kopf geschlagen, weil er seinen Hut abgenommen hatte, als die Kapelle am Schluß *God save the Queen* spielte.

Mr. Dedalus schnaubte verächtlich.

– Ach John, sagte er. Es ist ja richtig. Wir sind ein unglückseliges pfaffengeknechtetes Volk und waren's immer und werden's immer sein bis zum bittren Ende.

Onkel Charles schüttelte den Kopf und sagte:

– Eine schlimme Sache! Eine schlimme Sache!

Mr. Dedalus wiederholte:

– Ein pfaffengeknechtetes gottverlassenes Volk!

Er wies auf das Porträt seines Großvaters an der Wand zu seiner Rechten.

– Siehst du den alten Burschen da oben, John? sagte er. Der war schon ein guter Ire, als mit dem Geschäft noch nichts zu verdienen war. Der ist als Whiteboy zum Tode verurteilt worden. Aber er hatte so eine Redensart über unsere Freunde vom Klerus, daß ihm keiner von denen je seine zwei Füße unter seinen Mahagoni stellen würde.

Dante platzte zornig heraus:

– Wenn wir wirklich ein pfaffengeknechtetes Volk sind, können wir stolz darauf sein! Sie sind Gottes Augapfel. *Rührt sie nicht an,* spricht Christus, *denn sie sind Mein Augapfel.*

– Und unser Land dürfen wir wohl nicht lieben? fragte Mr. Casey. Wir sollen dem Mann nicht folgen, der geboren ward, uns zu führen?

– Ein Verräter an seinem Land! erwiderte Dante. Ein Verräter, ein Ehebrecher! Die Priester taten recht daran, ihn fallenzulassen. Die Priester waren stets die wahren Freunde Irlands.

– Ach ja, wahrhaftig? sagte Mr. Casey.

Er knallte die Faust auf den Tisch und streckte, zornig die Stirn runzelnd, einen Finger nach dem andern vor.

– Haben die Bischöfe von Irland uns nicht zur Zeit der Union verraten, als Bischof Lanigan dem Marquess Cornwallis eine Loyalitätsadresse überreichte? Haben die Bischöfe und Priester nicht 1829 das Sinnen und Trachten ihres Landes verkauft, als Entgelt für katholische Emanzipation? Haben sie nicht die Fenier-Bewegung verurteilt, von der Kanzel herab und im Beichtstuhl? Und haben sie nicht die Asche von Terence Bellew MacManus entehrt?

Sein Gesicht glühte vor Zorn und Stephen spürte, wie ihm das Glühen in die eigenen Wangen stieg, während die gesprochenen Worte ihn schüttelten. Mr. Dedalus gab eine Lache derber Verachtung von sich.

– O du lieber Gott, rief er, ich habe den kleinen alten Paul Cullen vergessen! Noch ein Augapfel Gottes!

Dante beugte sich über den Tisch und schrie Mr. Casey an:

– Recht! Recht! Sie hatten immer recht! Gott und Sittlichkeit und Religion kommen zuerst.

Mrs. Dedalus, die ihre Erregung sah, sagte zu ihr:

– Mrs. Riordan, regen Sie sich doch nicht auf, wenn Sie denen antworten.

– Gott und Religion kommen zuerst! schrie Dante. Gott und Religion kommen vor der Welt!

Mr. Casey erhob seine geballte Faust und ließ sie mit einem Krach auf den Tisch niedergehen.

– Also gut, brüllte er heiser, wenn es so steht, dann keinen Gott für Irland!

– John! John! rief Mr. Dedalus und packte seinen Gast beim Rockärmel.

Dante starrte über den Tisch, die Wangen bebten ihr. Mr. Casey kämpfte sich von seinem Stuhl hoch und beugte sich zu ihr hin über den Tisch, wobei er die Luft vor seinen Augen wegwischte, als streiche er ein Spinnweb beiseite.

– Dann keinen Gott für Irland! schrie er. Wir haben zu viel Gott in Irland gehabt. Hinweg mit Gott!

– Lästerer! Teufel! kreischte Dante, sprang auf und spuckte ihm fast ins Gesicht.

Onkel Charles und Mr. Dedalus zogen Mr. Casey wieder auf seinen Stuhl und redeten von beiden Seiten aus vernünftig auf ihn ein. Er starrte aus seinen dunklen flammenden Augen vor sich hin und wiederholte:

– Hinweg mit Gott, sage ich!

Dante ruckte ihren Stuhl ungestüm beiseite und ging vom Tisch, wobei sie ihren Serviettenring hinunterwarf, der langsam den Teppich entlangrollte und an einem Sesselbein zur Ruhe kam. Mrs. Dedalus sprang auf und folgte ihr zur Tür. An der Tür drehte Dante sich ungestüm um und brüllte, die Wangen gerötet und zuckend vor Wut, ins Zimmer:

– Teufel aus der Hölle! Wir haben gewonnen! Wir haben ihn zertreten! Unhold!

Die Tür knallte hinter ihr zu.

Mr. Casey, der seine Arme von denen, die ihn hielten, befreite, senkte plötzlich schmerzschluchzend den Kopf auf seine Hände.

– Armer Parnell! rief er laut. Mein toter König!

Er schluchzte laut und bitterlich.

Stephen erhob sein erschrecktes Gesicht und sah, daß seines Vaters Augen voller Tränen waren.

Friedrich Dürrenmatt

Weihnacht

Es war Weihnacht. Ich ging über die weite Ebene. Der Schnee war wie Glas. Es war kalt. Die Luft war tot. Keine Bewegung, kein Ton. Der Horizont war rund. Der Himmel schwarz. Die Sterne gestorben. Der Mond gestern zu Grabe getragen. Die Sonne nicht aufgegangen. Ich schrie. Ich hörte mich nicht. Ich schrie wieder. Ich sah einen Körper auf dem Schnee liegen. Es war das Christkind. Die Glieder weiß und starr. Der Heiligenschein eine gelbe gefrorene Scheibe. Ich nahm das Kind in die Hände. Ich bewegte seine Arme auf und ab. Ich öffnete seine Lider. Es hatte keine Augen. Ich hatte Hunger. Ich aß den Heiligenschein. Er schmeckte wie altes Brot. Ich biß ihm den Kopf ab. Alter Marzipan. Ich ging weiter.

Patricia Highsmith

Zum Versager geboren

Manche Männer sind für den Erfolg geboren, wie die Funken nach oben fliegen. Manche machen das erste Geld als Fünfjährige mit Limonaden für Pfennigbeträge, legen sich zurück, was sie als Fünfzehnjährige beim Gebrauchtwagenhandel verdienen, und wenn sie fünfzig sind, rauschen die Tausender nur so herein, die sie mit Erdöl machen, mit Baumwolle, Windeldiensten, tiefgefrorenen Käsesnacks – kurz: mit allem, woran sie ihre goldenen Hirne verwenden, und wenn auch noch so oberflächlich.

Winthrop Hazlewood gehörte nicht zu ihnen. Winnie war der geborene Versager. Auf dem Foto, das ihn zusammen mit seinem älteren Bruder (der bereits als Zehnjähriger erfolgsgewohnt aussah) in einem Ziegenwägelchen zeigt, sieht er schon als Fünfjähriger wie ein Versager aus; das Foto steht heute noch auf dem Klavier in Winnies Haus in Bingley, Vermont. Ein anderes Bild auf dem Klavier zeigt Winnie als Einundzwanzigjährigen mit den anderen Absolventen seines College; er ist der fünfte von links in der letzten Reihe, unaufdringlich und mit Armesündermiene, als schäme er sich allen Ernstes, mit auf das Foto geraten zu sein.

Doch Winnie hatte ein Ziel, schon mit einundzwanzig. Er wollte eine Gemischtwarenhandlung eröffnen. Es war bezeichnend für ihn, daß er nie von einem »Warenhaus«, sondern immer von einer »Gemischtwarenhandlung« sprach. Winnie wollte in einer Kleinstadt leben. Er wollte das Gewerbe erlernen, indem er als Lehrling in einem Warenhaus in seiner Heimatstadt Bennington arbeitete, und danach einen eigenen Laden eröffnen. Im siebten Lehrjahr wurde seine Verlobte Rose Adams sein ewiges Lehrlingsdasein leid und verfrachtete ihn von seiner Stelle und von Bennington nach Bingley-on-the-Dardle, wo er seinen eigenen Worten zufolge schon immer hatte leben wollen. Winnie hatte ein paar Dollar gespart, und Rose bekam von ihrem Vater tausend Dollar als Mitgift und zusätzliche tausend Dollar für den neuen Laden. Winnie brauchte über fünf Jahre, um Mr. Adams die tausend Dollar samt Zinsen zurückzuzahlen. Mittlerweile war Winnies erstes und einziges Kind, Mary, geboren und im zweiten Lebensmonat gestorben. Der Arzt sagte, Rose dürfe nie wieder ein Kind bekommen. Winnie war tief enttäuscht, denn er liebte Kinder, doch Rose ließ er seine Enttäuschung nie merken. Er war ein Mensch, der sich in sein Schicksal fügte.

Winnie hatte sich einen Laden gewünscht, der hauptsächlich Männerkleidung verkaufte, und zwar Arbeitskleidung, weil Bingley eigentlich ein Bauerndorf war, und Dinge wie Bänder, Knöpfe, Nägel und Hämmer, Dinge, wie man sie jeden Tag benötigte, wie Winnie sagte. Rose brauchte nicht lange, um zu begreifen, daß es schon zwei Läden in Bingley gab, die diese Artikel führten, und daß dem Ort ein gutsortiertes Textiliengeschäft fehlte. Winnie befolgte ihren Rat und führte hinfort alles von Kattun- bis zu schweren Wollstoffen. Er führte auch Kurzwaren, Seife, Schreibwaren, Spielzeug, Überschuhe, Wasserfilter und Bohnerwachs. Die letztgenannten Artikel variierten, weil Winnie mit Vorliebe Sonderposten kaufte, die Vertreter ihm anboten. Die Geschäfte gingen zäh, wie Rose immer wieder betonte, weil niemand wissen konnte, was Winnie gerade im Sortiment führte. Kam man, um einen zweiten Karton Seife zu kaufen, hatte er keinen mehr vorrätig; das war nicht der Weg, sich Stammkundschaft zu sichern. Die Frauen in Bingley nähten alle, doch sie waren einfach nicht zahlreich genug, um Winnie reich zu machen. Winnie war zweiundfünfzig und ein müder, spindeldürrer alter Mann, bevor er sein zweistöckiges Haus an der Independence Street abbezahlt hatte.

Und selbst das war nur möglich um den Preis, den Laden nicht anstreichen oder das Dach decken oder den Keller abdichten zu lassen oder irgend etwas zu tun, wie es einem ehrbaren Warenhaus anstand. Genau wie Winnie sah der alte, mittelgroße arme Schlucker von einem Laden auf der Flußseite der Main Street weit älter aus, als er war. Der rötliche Anstrich war zu einem fleckigen Braun verwittert, und fast alle der vergoldeten Buchstaben auf dem Ladenschild von HAZLEWOOD'S GENERAL MERCHANDISE waren abgeblättert, so daß man den Namen nur entziffern konnte, wenn man ihn bereits kannte. Trotzdem war der Laden aus Bingley nicht mehr wegzudenken, und die meisten Frauen kauften ihr Nähzubehör nirgendwo anders, nicht einmal in Bennington. So niedrig der Pegelstand von Winnies Konto auch sein mochte, erreichte er doch nie ganz Ebbe, und Winnie und Rose hatten zu essen, wenn auch nicht viel, wollte man nach Winnies Aussehen schließen. Er hatte die Figur eines mageren Vierzehnjährigen; er war nicht groß und ging gebeugt. Sein Gesicht war glattrasiert und völlig nichtssagend – eine Nase, die nichts weiter war als eine Nase, ein Mund, sanft wie ein Schafsmaul, und ruhige, aber müde graue Augen, die unter völlig gewöhnlichen braunen Augenbrauen hervorsahen. Sein Vater war früh kahl geworden, doch Winnies glattes, braungraues Haar wuchs hartnäckig so dicht wie eh und je, links gescheitelt und ihm ein wenig in die Stirn hängend, wie man es seit seiner Kindheit an ihm gewohnt war. In einer größeren Stadt wäre Winnie den wenigsten aufgefallen, doch in Bingley kannte ihn jeder, und jeder sprach ihn auf der Straße an, so als wäre er in einer Kleinstadt wie Bingley gerade wegen seiner Gewöhnlichkeit etwas Besonderes. Mit der Buchhaltung seines Ladens war er bis neun Uhr abends und später beschäftigt; um diese Zeit brachten die jungen Männer von Bingley ihre Mädchen von dem Siebenuhrfilm im »Orpheus« nach Hause. Alle sagten Winnie im Vorbeigehen guten Abend, und wenn im Hinterzimmer des Ladens noch Licht war, sagten sie: »Vermutlich ist Winnie noch bei der Arbeit, der arme Kerl.« Und wenn sie ihn nicht sahen und kein Licht war, bemerkten sie, daß Winnie offenbar ausnahmsweise früh nach Hause gegangen war. Kurzum, Winnie war in Bingley kein Niemand, kein Rädchen in einer Maschine, wie es viele Großstadtbewohner waren. Doch er war sich sehr wohl bewußt, daß er es nicht halb so weit gebracht hatte wie die meisten in Bingley, obwohl er doppelt soviel arbeitete wie die meisten.

Neben der Pech- oder zumindest nicht gerade Glückssträhne, die ihn jahrelang begleitete, widerfuhren Winnie einige Schicksalsschläge, die wirklich außergewöhnlich waren. So, als sein älterer Bruder in Bingley auftauchte, fünfzig Jahre alt und bankrott. Das letztemal hatte Winnie von Richard gehört, als dieser mit mexikanischen Minen an der Börse eine Viertelmillion Dollar gemacht hatte. Richard hatte Winnie einen triumphierenden Brief geschrieben und ihm mitgeteilt, er stehe im Begriff, sich ein Dorf in Mexiko zu kaufen und sich dort zur Ruhe zu setzen. Der Richard, der in Bingley auftauchte, war ein Schatten seiner selbst. Er hatte all sein Geld in eine Silbermine gesteckt, in der nichts gefördert wurde, hatte mit Verlust verkauft und den Verkaufserlös in einem Casino in Mexico City verspielt. Richard bat Winnie um Arbeit in seinem Laden. Winnie sagte, Richard könne ohne weiteres bei ihm wohnen, aber im Laden könne er ihn nicht brauchen. Es gab nicht genug Arbeit, und die Einnahmen waren zu gering, als daß er jemandem ein Gehalt zahlen konnte. Doch Richard ließ nicht locker.

»Verstehst du was von Buchhaltung?« fragte Winnie.

»Selbstredend! Klar verstehe ich was davon. Zahlen waren doch schon immer mein Spezialgebiet, stimmt's?« Richard wedelte dabei unbestimmt mit den Händen, und ein Schatten seines munteren Lächelns spielte auf seinen Zügen.

»Einen Buchhalter könnte ich schon brauchen«, sagte Winnie. »Aber ich kann dir nicht mehr zahlen als – sagen wir, fünfundzwanzig Dollar die Woche.«

Richard war einverstanden. »Ich helf dir auch beim Bedienen«, sagte er.

Rose war außer sich. »Richard, der dir nie einen Cent gegeben hat!« sagte sie zu Winnie.

»Nun ja, ich hab ihn nie um einen gebeten«, erwiderte Winnie.

»Ich wette, er kann nicht mal zwei und zwei zusammenzählen! Er hat noch nie was anderes gekonnt als sich herumtreiben und großspurige Reden schwingen!« Rose hätte noch ganz andere Dinge gesagt, wenn sie nicht in gewisser Hinsicht froh gewesen wäre, daß Winnie einen Buchhalter einstellte, selbst einen schlechten. Es schmerzte sie, daß man in Bingley darüber sprach, daß Winnie keinen einzigen Verkäufer in seinem Laden hatte und sommers wie winters so spät nach Hause kam, weil er nach Ladenschluß noch die Buchhaltung machen mußte. Rose hatte ehrgeizige Pläne gehabt, als sie nach Bingley gekommen waren. Nach und nach hatte sie sich von den meisten verabschiedet, doch noch immer ersehnte sie sich einen Kühlschrank und eine neue Nähmaschine, die elektrisch betrieben wurde. Aber wenn sie Richard jetzt jede Woche fünfundzwanzig Dollar auf die Hand zahlen mußten, konnte sie diese Träume bis auf weiteres begraben.

Richard hatte kein Händchen für die Buchhaltung, nicht einmal für das Rechnen. Er saß den ganzen Tag über seinen Schreibtisch hinten im Laden gebeugt und tat so, als schreibe er, während er nur die Ränder der Seiten vollkritzelte und Pläne schmiedete, wie er an Geld kommen und dem trübseligen Bingley den Rücken kehren könne. Statt Winnie beim Verkaufen zu helfen, pflegte Richard bei den seltenen Anlässen, wenn sich mehr als ein Kunde blicken ließ, zu verschwinden, entweder auf die Toilette oder zur Hintertür hinaus. Er versuchte, in Bingley Bekanntschaften zu knüpfen, und war nicht daran interessiert, daß jedermann wußte, daß er für seinen Bruder arbeitete. Wenn Richard sich der Ladentheke näherte, dann nur, um sich eine neue Krawatte auszusuchen oder sich ein frisches Paar Socken zu besorgen.

So kam es, daß Winnie schon bald seine Buchhaltung wieder selbst machte und um zehn Uhr abends durch kniehohen Schnee nach Hause stapfte, vor Erschöpfung so vornübergebeugt, daß er kleiner und unbedeutender aussah als je zuvor. Doch er sagte Rose nie etwas davon, daß Richard sich als Tunichtgut entpuppt hatte, und zahlte ihm weiterhin fünfundzwanzig Dollar in der Woche fürs Nichtstun. Rose verlangte nur zehn Dollar für Kost und Logis, und Richard aß mehr als sie und Winnie zusammen. Richard nahm zu, und die Farbe kehrte in sein Gesicht zurück.

»Ich glaube nicht, daß er noch lange bei uns bleiben wird«, sagte Winnie.

»Hat er gesagt, wann er geht?« fragte Rose hoffnungsvoll.

»Nö, aber so was spüre ich.«

»Wenn er geht, durchsuchst du ihn besser rechtzeitig«, warnte ihn Rose.

Doch das hätte gar nichts genützt, denn Richard verabschiedete sich eines schönen Tages – von Winnie und Rose zum Bahnhof begleitet und mit einem Lunchpaket aus gebratenem Hühnchen und Biskuitkuchen versehen – im Besitz von Wertgegenständen, die er nicht am Körper trug: siebenhundertfünfzig Dollar, die er von Winnies Firmenkonten an eine Bank in New York City überwiesen hatte. Winnie entdeckte den Verlust erst einen Monat später. Und er sagte Rose nichts davon.

Das war kurz vor Weihnachten; jedes Jahr, seit er in Bingley lebte, hatte Winnie um die hundert

Dollar für eine Weihnachtsfeier und Geschenke für die Kinder des Waisenhauses ein paar Meilen außerhalb der Stadt beiseite gelegt. Diese Feiern kosteten ihn obendrein jedesmal seine Spielzeugvorräte. Und auch in diesem Jahr gelang es ihm, trotz der von Richard unterschlagenen siebenhundertfünfzig Dollar hundert Dollar Bargeld zusammenzukratzen, um Süßigkeiten und Plätzchen zu kaufen und den Pferdeschlitten zu mieten, in dem er die Waisenkinder zu sechst und zu acht spazierenfuhr. Rose schimpfte nicht, daß Winnie dieses Geld für die Kinder ausgab. Sie war glücklich, wenn sie sah, wie sein verhärmtes, müdes Gesicht strahlte, sobald er mit den Zügeln in der Hand umringt von Kindern im Schlitten saß und der Wind den Pelz seiner Waschbärfellmütze glattblies, während er die Pferde zungenschnalzend zu einem munteren Trab anspornte. Rose wußte, wie sehr ihm eigene Kinder fehlten.

Im Winter des Jahres, das Richards Kommen und Gehen gesehen hatte, gab es starken Schneefall und frühes Tauwetter, das alle überraschte und Winnie ganz besonders. Waren im Wert von dreitausend Dollar – Woll- und Baumwollstoffe, Drillichhemden, Nägel und was sonst noch an den Kellerwänden gelagert war – wurden durch Schimmel und Rost verdorben. Das Tauwetter war nicht allein schuld. Winnies Keller war schon immer feucht gewesen. Winnie hatte ihn neu zementieren lassen wollen, doch er hatte nie das Geld dafür erübrigen können. Und jetzt war es zu spät. Winnie erwartete einen Wutanfall bei Rose, die ihm seit Jahren eingeschärft hatte, er solle den Keller reparieren. Doch Rose legte ihm nur wortlos den Arm um die Schulter und täschelte ihm den Arm. Ihre unermüdliche Geduld mit ihm berührte ihn so sehr, daß ihm die Tränen kamen.

»Sei nicht traurig, Rose. Ich mache es dieses Jahr wieder gut«, versprach Winnie.

Einige Monate später erzählte ein Vertreter aus New Haven ihm von einer Ladung Baumwolle aus Indien, die er für weniger als einen Drittel ihres wahren Werts haben konnte, und Winnie dachte, der Moment sei gekommen, seine Verluste wettzumachen. Der Vertreter hatte eine Stoffprobe dabei.

»Nur eintausend Dollar«, sagte der Vertreter. »Die einzige Schwierigkeit ist die, daß die Fracht nicht versichert ist. Die indische Firma ist in Konkurs gegangen und hat keinen Cent mehr.«

Winnie dachte darüber nach. Er beschloß, keinen Fehler zu machen. »Ich werde sie von hier aus versichern«, sagte er. »Wie bald kann ich mit der Sendung rechnen?«

»Sie ist schon unterwegs. Sie soll in drei Wochen

via Suez und Gibraltar ankommen. Die Papiere sind nicht indossabel.«

Winnie konnte keinen Vorteil in nicht indossablen Papieren sehen, wie es der Vertreter zu tun schien. Der einzige Vorteil war der niedrige Preis, und sogar Winnie war gewieft genug zu begreifen, warum er so niedrig war.

»Wollen Sie es wagen? Besiegeln wir das Abkommen mit etwas Barem?«

»Ja«, sagte Winnie. Er gab dem Vertreter fünfundsiebzig Dollar in bar und den Rest als Scheck, ausgestellt auf seine Bank in Bingley, die ihm ein Darlehen einräumte.

Auf den Tag drei Wochen nach dieser Transaktion erhielt Winnie ein Schreiben des Vertreters, das besagte, der Frachter *Bena-Li* aus Kalkutta mit Kurs auf Gibraltar habe im Mittelmeer Feuer gefangen und sei gesunken. Rose nötigte ihn, der Sache nachzugehen. Der Vertreter antwortete nicht auf Winnies Brief, aber die New Yorker Hafenbehörde bestätigte, daß ein Schiff besagten Namens zum genannten Zeitpunkt im Mittelmeer gesunken war. Die Fracht bestand aus Rohbaumwolle, Bambus und Tee. Stoffballen wurden nicht erwähnt.

»Ich bin mir sicher, daß es nie das kleinste bißchen Stoff gegeben hat«, sagte Rose. »Warum hatte der Vertreter nur ein kleines Stückchen, das er dir zeigen konnte?«

Winnie wußte, daß sie vermutlich recht hatte. Er stand mitten im Wohnzimmer und schämte sich so entsetzlich, daß ihm die Worte fehlten.

»Weißt du, was du meiner Meinung nach tun solltest? Einmal richtig Urlaub machen«, sagte Rose. »Fahr nach Maine zum Fischen. Weißt du noch, wie du dir immer gewünscht hast, zum Fischen nach Maine zu fahren?«

Winnie konnte sich kaum noch daran erinnern. Seit Jahren war es ihm nicht in den Sinn gekommen, Urlaub machen zu wollen. Er konnte sich nicht erinnern, wann er zum letztenmal Urlaub gehabt hatte. »Das habe ich nicht verdient, Rose.«

»Aber es würde dir wirklich guttun. Sperr den Laden einfach zu und fahr, Winnie. Noch in diesem Monat!«

Winnie sagte, in der zweiten Julihälfte wäre es vielleicht möglich. Dann im August und dann im September, und es wurde nie etwas daraus. Er machte sich Sorgen wegen des Darlehens, das er der Bank zurückzahlen mußte. Winnie arbeitete weiterhin von sieben Uhr morgens bis zehn Uhr abends, räumte die Warenbestände auf, nahm Kleingeld ein, orderte Nachbestellungen in vorsichtigen Mengen und rechnete am Ende des Tages seine Einnahmen von 6,25 Dollar, 11,19 Dollar und manchmal nur 3,10 Dollar zusammen.

Eines Abends faßte er den Sofaschoner auf der Rücklehne seines Lehnstuhls an, und er zerfiel ihm unter den Fingern zu Staub. Besser gesagt, er löste sich auf wie Rauch. Er ließ die gewichtlosen Reste in den Papierkorb fallen. Sie waren so leicht, daß er bezweifelte, daß Rose sie überhaupt bemerken würde, wenn sie das nächste Mal den Korb ausleerte.

Fünf weitere Jahre vergingen, und trotz so mancher kleinen Aufs und Abs belief Winnies Kontostand sich noch immer auf etwa hundertfünfundsiebzig Dollar, genau wie damals, nachdem Richard mit den siebenhundertfünfzig Dollar durchgebrannt war. Das einzige, was sich veränderte, war Roses Haar, das immer grauer wurde, und das Gefühl in Winnies Beinen, wenn er im Winter abends nach Hause trottete und die Füße anhob, um durch den Schnee vorwärts zu kommen. Von Winter zu Winter kam er sich erschöpfter vor.

Und eines Tages im April, als Winnie einundsechzig Jahre alt war, erhielt er ein Schreiben einer Anwaltskanzlei in New York. Es besagte, Oliver Hazlewood, ein Onkel Winnies, sei gestorben und habe ihm testamentarisch hunderttausend Dollar vermacht. Es würde ein Jahr dauern, bis das Testament Rechtskraft erlangte, doch nach Abzug von Steuern und Unkosten würde Winnie achtzigtausend Dollar erhalten.

Winnie und Rose nahmen diese Nachricht sehr gelassen auf, weil keiner von ihnen sich vorstellen konnte, daß sie wirklich wahr sein könnte. Tagelang erwähnten sie das Geld nicht einmal. Schließlich brach Rose das Schweigen und sprach vom alten Oliver Hazlewood, dem sie bei ihrer Hochzeit zum einzigen Mal begegnet war. Rose sagte, es sei sehr nett von ihm gewesen, Winnie so großzügig zu bedenken, denn soweit sie wisse, habe Winnie ihm nicht sonderlich nahegestanden, oder? Winnie sagte, er habe seinem Onkel überhaupt nicht nahegestanden und er sei sehr gerührt, daß Onkel Oliver ihm so viel Geld hinterlasse.

Etwas später begannen sie sich darüber zu unterhalten, was sie tun wollten, wenn sie das Geld bekamen. Sie wollten in Florida Urlaub machen. Oder vielleicht in Kalifornien. Möglicherweise würden sie sich sogar in Florida oder Kalifornien ein Haus kaufen.

»Das würde bedeuten, den Laden aufzugeben«, sagte Winnie.

Beide saßen eine Minute lang sprachlos da und versuchten sich ein Leben ohne den Laden vorzustellen.

»Wir sind wer, Rose. Jetzt wollen wir das, was uns vom Leben bleibt, in vollen Zügen genießen«, sagte Winnie tapfer.

Rose versuchte sich vorzustellen, wie sie das, was ihr vom Leben blieb, in vollen Zügen genoß. Limonade in einer Hängematte. So viele neue Kleider, wie sie wollte. Bridgepartys mit Tee und Süßigkeiten, wie sie es aus Romanen kannte. Aber Rose spielte nicht Bridge. Seereisen... Sie konnte so vieles tun, daß ihr schwindelig wurde, sobald sie daran zu denken begann.

Sie beschlossen, Laden und Haus zu verkaufen, sobald das Geld im kommenden Mai kam, mit dem Zug gemütlich die kanadische Grenze entlangzufahren, die sie schon immer hatten sehen wollen, und dann nach Kalifornien zu ziehen. Wohin genau, wußten sie nicht, aber sie hatten von entzückenden kleinen Ortschaften an der Küste südlich von Los Angeles gehört. Bis der nächste Sommer sich einstellte, würden sie genauer wissen, welcher Ort ihren Wünschen am ehesten entsprach.

Weihnachten kam, und Winnie war so knapp bei Kasse wie eh und je, doch er mietete den Schlitten, belud ihn mit Geschenken für die Waisenkinder und fuhr wie in all den gut dreißig Jahren, die er in Bingley gelebt hatte, am Nachmittag des Heiligen

Abends zum Waisenhaus. Doch diesmal erwartete ihn eine Überraschung.

Über dem Eingangstor des Waisenhauses flatterte ein roter Wimpel, auf dem in Goldbuchstaben stand: FRÖHLICHE WEIHNACHTEN, WINNIE!

Alle Kinder standen auf der Treppe, und Oberin Schwester Josephine war ebenfalls da. Sobald Winnie anhielt, trat Schwester Josephine vor und überreichte ihm eine kleine Schachtel.

»Die Kinder haben gesammelt, um Ihnen dieses Weihnachtsgeschenk zu kaufen«, sagte Schwester Josephine.

»Sie haben mich gebeten, es zu überreichen, aber es ist ganz allein ihr Geschenk.«

Winnie öffnete die Schachtel. Sie enthielt eine goldene Uhr, in deren aufklappbarem Gehäuse Blumengirlanden und auf deren Rückseite seine ineinander verschlungenen Initialen eingraviert waren.

»Fröhliche Weihnachten, Winnie!« riefen die Kinder.

Winnie errötete. Er konnte nur daran denken, daß die Kinder Tausende von kostbaren Pennys geopfert hatten, um die teure Uhr zu kaufen, und daß er bald so reich sein würde, daß er sich eine solche Uhr leisten konnte, ohne die Ausgabe überhaupt zu bemerken. Er würde unter vier Augen mit Schwester Josephine sprechen müssen und sie bitten, die

Uhr zu verkaufen und den Kindern das Geld zurückzugeben. Doch das hatte natürlich noch ein paar Tage Zeit, bis nach Weihnachten.

Winnie zeigte Rose die Uhr. Rose sagte, er müsse sie auf jeden Fall behalten. Es gehe um den Geist des Geschenks und nicht um das Geld, sagte sie.

»Außerdem willst du doch nicht, daß alle in der Stadt erfahren, wie reich wir sein werden – noch nicht –, oder?«

Das wollte Winnie auf keinen Fall. Die achtzigtausend Dollar machten ihn jedesmal ganz furchtbar verlegen, wenn er daran dachte. Irgendwann würden sie es allen sagen müssen, gewiß, doch Winnie wollte es erst im letzten Augenblick tun und möglichst ohne Aufhebens.

»Aber Schwester Josephine kann ein Geheimnis für sich behalten«, sagte Winnie. »Ich muß die Uhr so bald wie möglich zurückgeben, damit sie denselben Betrag zurückbekommen, den sie bezahlt haben.«

Rose merkte, daß es zwecklos war, mit ihm über diese Uhr zu streiten oder darüber, daß er jetzt schon mit Schwester Josephine sprechen wollte.

Winnie ging am zweiten Januar zu Schwester Josephine und bat sie, die Uhr zurückzunehmen. Schwester Josephine wollte ihn dazu überreden, sie zu behalten und ihr den Geldwert der Uhr zu geben, wenn er sein Erbe ausgezahlt bekam. Doch Winnie konnte sich nicht dazu durchringen, bis zum Mai zu warten.

»Die Kinder werden sehr enttäuscht sein«, sagte die Schwester zu ihm.

»Ich hoffe, sie werden darüber wegkommen«, sagte Winnie. Dann schlich er aus ihrem Büro, gebeugt und klein und demütigeren Herzens, als je ein Kind nach einer Strafpredigt von dannen geschlichen war.

Schließlich war es Mai, und Winnie erhielt einen Brief von Mr. Hughes in der Anwaltskanzlei, in dem man ihn bat, nach New York zu kommen und die Papiere zu unterzeichnen und das Geld entgegenzunehmen.

»Tja, jetzt ist es wohl an der Zeit, Ed zu sagen, daß wir das Haus und den Laden verkaufen wollen«, sagte Winnie. Ed Stevens war der Immobilienhändler von Bingley.

»Das ist es wohl«, sagte Rose.

Am Nachmittag desselben Tages sprach Winnie mit Ed und sagte ihm den Grund: daß er achtzigtausend Dollar erbe und er und Rose in Kalifornien leben wollten. Innerhalb einer Stunde wußte die ganze Stadt die Neuigkeit. Am Nachmittag war Winnies Laden bis zum Bersten voller Leute, die hereinkamen, um ihm zu gratulieren und ihm die Hand zu schütteln. Ihrem Lächeln entnahm Winnie, daß sie es ernst meinten. Er hatte sich Sorgen gemacht, der eine oder andere könnte neidisch sein.

Am nächsten Tag fuhr Winnie nach New York. Es war erst das zweitemal in seinem Leben, daß er die große Stadt besuchte. Beim erstenmal war er so klein gewesen, daß er sich nicht an viel erinnern konnte, und so war es eine ganz neue Erfahrung für ihn; allein die Taxifahrt – Winnie wäre lieber zu Fuß gegangen, aber er fürchtete, sich zu verirren und bei dem Termin mit Mr. Hughes zu verspäten – von der Grand Central Station zur East Fifty-second Street ließ ihn sich vorkommen wie ein Stück Fichtenholz, das er einmal in einer Sägemühle in Bennington gesehen hatte und das im Handumdrehen entrindet, zugerichtet und in Haushaltsstreichhölzer zerschnitten worden war. Winnie kam sich ungefähr so unbedeutend vor wie eines dieser Streichhölzer, als er den Plüschteppich in Mr. Hughes' Büro betrat. Doch Mr. Hughes war unvorstellbar freundlich und nett zu ihm und erklärte alle Papiere, bevor Winnie sie unterschrieb, als wäre Winnie mit solchen Dingen ganz vertraut.

»Auf welche Bank wollen Sie die achtzigtausend

überwiesen haben, Mr. Hazlewood?« fragte der Anwalt. »Oder wollen Sie den ganzen Betrag als Treuhandvermögen verwalten lassen?«

Winnie mußte schlucken, als er sich vorstellte, daß achtzigtausend Dollar in der Bank von Bingley landeten. »Meine Frau und ich fahren nach Kanada«, sagte er. »Und danach ziehen wir nach Kalifornien und geben unsere gegenwärtige Bank auf. Vermutlich können Sie mir das Geld nicht bar auszahlen, oder?«

Mr. Hughes sah einen Augenblick überrascht aus, doch dann lächelte er und sagte: »Selbstverständlich, bis zum Nachmittag wäre das möglich. Aber sind Sie sicher, daß Sie mit so viel Geld in der Tasche nach Vermont zurückreisen möchten?«

Winnie hatte eine alte Aktentasche mitgebracht, in der er das Geld wegbringen wollte. »Ich habe noch keinen roten Heller in meinem Leben durch Liegenlassen verloren – und auch nicht durch Überfälle«, fügte er mit einem Lächeln hinzu.

Sie vereinbarten, daß Winnie gegen vier Uhr in Mr. Hughes' Büro zurückkommen solle, so daß ihm Zeit genug blieb, den Nachtzug nach Vermont um halb sechs zu erreichen. Die Zwischenzeit verbrachte Winnie damit, langsam die Fifth Avenue entlangzuwandern, von der er wußte, daß sie die berühmteste Straße war, die großen Busse zu bestaunen, die bunten Taxis, die vorbeirasten, und die Schaufenster voller kostspieliger Artikel. Ein Fernglas für fünfundachtzig Dollar erregte Winnies Aufmerksamkeit. Er betrachtete es mit dem undeutlichen Verlangen und der großen Distanz, wie sie das Unerreichbare einflößen, so wie er sein Leben lang jeden kostspieligen Gegenstand betrachtet hatte, den er gern besessen hätte. Und plötzlich wurde ihm klar, daß er das Fernglas noch am selben Nachmittag kaufen konnte.

Die fünfundachtzig Dollar waren ja nur ein Tausendstel des Geldes, das er besitzen würde! Dieser Gedanke machte Winnie schwindelig, und er ging die Avenue entlang und versuchte, wieder zur Besinnung zu kommen, indem er an etwas anderes dachte. Eine Zeitlang saß er im Central Park. Die Bäume sahen ziemlich kläglich aus, doch im Grünen ging es ihm besser als inmitten all der Betongebäude.

Kurz nach vier Uhr überreichte Mr. Hughes Winnie acht Packen Geldscheine, die aus je zehn Tausenddollarnoten bestanden. Die Scheine mit den kleinen Tausenderziffern in der Ecke sahen gar nicht wie echtes Geld aus, aber Winnies Hände zitterten, als er die Päckchen in der Aktentasche verstaute. Mr. Hughes schüttelte ihm herzlich die Hand und wünschte ihm alles Gute in Kanada und in Kalifornien. Winnie dankte ihm von Herzen, für sich wie in Roses Namen.

Im Zug bemühte er sich, nicht an das Geld zu denken. Er legte die Aktentasche in das Netz über seiner oberen Schlafkoje und schlief so schnell ein wie immer.

Erst am nächsten Morgen, auf der Fähre über den Dardle nach Bingley, begann Winnie über das Geld in der Aktentasche nachzudenken. Er dachte darüber nach, wie schwer er all die Jahre gearbeitet und wie wenig es ihm eingebracht hatte. Nicht einmal genug, um Rose einen Kühlschrank zu kaufen. Er dachte über all die Fehler nach, die er gemacht hatte, und über das Pech, das ihm so unerbittlich folgte wie ein Spürhund einer sicheren Fährte, seit er den Fuß nach Bingley gesetzt hatte – das Durchbrennen seines Bruders mit dem ganzen Geld und der Schimmel im Keller und die unzähligen Male, wenn er Waren eingekauft hatte, die unverkäuflich waren, wenn er den Falschen Kredit eingeräumt und wenn er Waren nicht eingekauft hatte, die verkäuflich gewesen wären und mit denen er ein bißchen Geld verdient hätte. Es war fast, dachte er, als hätte er sein Leben lang den Mißerfolg gesucht und als wäre das einzige, was er mit Erfolg getan hatte, ihn zu finden. Und jetzt überreichte man ihm achtzigtausend Dollar auf dem Silbertablett für nichts und wieder nichts. Er hatte es nicht verdient. Dieser glückliche Zufall, der sein ganzes Leben ändern würde, paßte nicht zu seinem Schicksal. Winnie griff nach einem Taschentuch in seiner Hosentasche. Er dachte daran, daß er Bingley verlassen würde, und hatte Tränen in den Augen. Und als er den Arm hob, stieß er mit der Hand gegen die Aktentasche, die auf der Brüstung der Fähre lag.

Winnie wollte sie festhalten, aber es war schon zu spät. Die Aktentasche fiel schier endlos lange und versank mit einem leisen Plumpsen im Wasser. Winnie beugte sich über die Brüstung. Die Aktentasche war spurlos verschwunden.

»He!« rief Winnie zur Brücke hoch. »Halten Sie das Schiff an! Ich habe gerade achtzigtausend Dollar verloren!«

»Was haben Sie verloren?« fragte einer der Passagiere an Deck, ein Mann, den Winnie nicht kannte.

Winnie lief zu der Treppe, die zur Brücke hochführte. Dann blieb er stehen, von Kopf bis Fuß zitternd. Wie albern, die Fähre anhalten zu wollen! Wenn er sah, wie der Fluß dahinrauschte – Hochwasser obendrein, strudelnd und voller Schlamm vom Frühlingsregen –, wußte er, daß er die Aktentasche nicht in tausend Jahren wiederfinden würde, selbst wenn er ein Heer von Tauchern nach ihr suchen ließ!

»*Was* haben Sie verloren?« fragte der Mann neben ihm.

»Ach, nichts«, sagte Winnie.

Die Fähre näherte sich dem Landeplatz von Bingley. Eine Menge Leute schien sich eingefunden zu haben. Winnie hatte gehofft, unbemerkt nach Hause zu gelangen, weil er wußte, daß der erste, der ihn aus New York kommen sah, ihm sofort zum Besitz des Geldes gratulieren würde.

Als er den Landungssteg betrat, ertönte das Hurrageschrei der Menge.

»Willkommen zu Hause, Winnie!«

»Wie fühlt man sich als Millionär?«

»Winnie, wo hast du deinen Rolls-Royce?«

Die Feuerwehrkapelle neben dem Bootshaus intonierte *»There'll Be a Hot Time in the Old Town Tonight«* so laut, daß sie alles Geschrei und alle Rufe übertönte, und Winnie sah Rose im Sonntagsstaat und mit Blumen, die sie an einer Schulter festgesteckt hatte. Jetzt riefen alle wie aus einer Kehle: *»Ansprache! Ansprache!«* Winnie ging den Landungssteg hinunter und auf Rose zu. Er kam sich vor wie ein geprügelter Hund, und er vermutete, daß er auch so aussah, doch niemand schien daraus irgendwelche Schlüsse zu ziehen.

Cal Whiting, der Direktor der Bank von Bingley, hob die Hand, damit Ruhe einkehrte.

Winnie riß sich zusammen. Warum nicht die Gelegenheit ergreifen und es hinter sich bringen? dachte er sich. In ein paar Stunden würden ohnehin alle Bescheid wissen, »Meine Damen und Herren – liebe alte Freunde aus Bingley«, begann er, und lauter Applaus setzte ein. »Zu meiner unendlichen Scham muß ich Ihnen sagen, daß ich das Geld vorhin über die Brüstung der Fähre fallen gelassen habe. Aus Unachtsamkeit.«

Stöhnendes »Ooh!« war zu hören.

Und einzelne ungläubige »Huh?«.

»Oh, Winnie!« Roses Gesicht hatte sich verzogen. Sie streckte die Hand aus, als stehe sie im Begriff, ohnmächtig zu werden, und Winnie fing sie auf.

»Was soll das heißen, Winnie?« fragte eine Stimme.

»Das soll heißen, daß ich das Geld nicht mehr habe. Ich habe es verloren. Es ist in den Fluß gefallen. Ich nehme an, ich bin wieder derselbe alte Versager, den ihr alle kennt – und ich nehme an, Rose und ich werden nicht aus Bingley wegziehen.«

Es dauerte eine ganze Minute, bis die Menge begriffen hatte, was Winnie da gesagt hatte. Winnie hatte sich noch nie so elend gefühlt, so wertlos, so lebensunwürdig. Da standen sie, er und Rose, klammerten sich aneinander, wieder einmal als Verlierer, und das vor den Augen der ganzen Stadt.

Und plötzlich sagte Cal Whiting laut: »Also, Leute, ich finde, es ist ein echter Grund zum Feiern, daß Winnie nicht aus Bingley wegzieht. Was vorbei ist, ist vorbei, und ich finde, wir sollten zu meinem Haus gehen und das Fest feiern, wie wir es vorhatten!«

Damit waren alle einverstanden. Winnie wurde wie ein Strohhalm auf die Schultern der Männer neben ihm gehoben und die Main Street entlang und von dort zur Walnut Street und zu Cal Whitings Haus getragen. Winnie verlor Rose aus den Augen, und in all dem Gedränge und Singen konnte er nicht nach ihr rufen. Auf dem großen Rasen des Whiting-Anwesens standen vier oder fünf lange Tische voller Schüsseln mit Punsch, Sandwiches, Kuchen, Plätzchen, Doughnuts und Süßigkeiten. Genug, um die ganze Stadt satt zu bekommen, dachte Winnie. Auch alle Kinder aus dem Waisenhaus waren da und Schwester Josephine, die ihn so anlächelte, daß Winnie annahm, sie habe die schlechte Nachricht noch nicht gehört. Sie kam geradewegs auf ihn zu, sobald die Männer ihn absetzten.

»Winnie –«

»Schwester Josephine, ich habe das Geld verloren. Ich habe es gerade allen erzählt«, sagte Winnie mit dünner Stimme.

»Das habe ich schon von einem kleinen Jungen erfahren.« Schwester Josephine ergriff seine Hand und drückte etwas hinein. »Ich hoffe, Sie werden die Uhr jetzt behalten, Winnie. Ich habe sie nicht zurückgegeben. Sie hat auf Sie gewartet.«

Winnie schloß die Hand um die Uhr. »Danke, Schwester Josephine.«

Und dann traktierten sie Winnie mit Erdbeerpunsch und Hühnersandwiches und schwerer Schokoladentorte, bis er sich in einen Winkel des Rasens zurückziehen mußte, um nicht zu platzen. Rose folgte ihm. Sie sagte kein Wort und stand nur neben ihm. Sie lächelte, wenn auch ein anderes Lächeln als das am Landeplatz, bevor sie erfahren hatte, was mit dem Geld geschehen war.

»Bist du sehr enttäuscht, Rose?« fragte er sie.

»Ich glaube, ich bin überhaupt nicht enttäuscht. Ich glaube, heute ist der glücklichste Tag meines Lebens, Winnie.«

Winnie sah ihr geduldiges Gesicht an. Ihm war zumute, als wäre er dem Tod von der Schippe gesprungen. Aber er hatte auch das Gefühl, als hätte er das nicht verdient. »Weißt du, Rose, heute morgen auf der Fähre, kurz bevor ich das Geld verloren habe, da war mir, als könnte ich mich sehen –

ich meine, als könnte ich sehen, wie ich auf die eine oder andere Weise immer den Mißerfolg gesucht habe –, Rose, hör mir einen Augenblick zu.«

»Komm zu den anderen, Winnie. Reden können wir später noch.« Rose zog ihn an der Hand.

»Aber ich muß es dir sagen. Ich will sagen...«

Sie ließ seine Hand los, und er sah ihr zu, wie sie zu einem der Tische ging, graziös und mit glücklicher Miene, fast so wie an ihrem Hochzeitstag. Winnie blieb, wo er war, in seinem Winkel. Er hatte plötzlich ein befremdliches und herrliches Gefühl, als wäre auch er zwanzig oder dreißig Jahre jünger.

Und er hatte noch eine Erkenntnis: Er sah, wie sein ganzes Leben zu diesem Augenblick hinführte, wie all die Jahre des Zweifels, der Verzweiflung, der schweren, fruchtlosen Anstrengungen zu diesem Augenblick hinführten, in dem alle, von denen er gar nicht gewußt hatte, wie gern sie ihn hatten, ihm bewiesen, daß er alles im Überfluß besaß, was er sich nur wünschen konnte. Und diese neue Wärme um sein Herz, die Gewißheit, daß Rose ihn liebte und daß jedermann in der Stadt ihn liebte – was sonst als das hatte er sein Leben lang gesucht? Was mehr konnte man sich ersehnen? Winnie machte sich keine Sorgen mehr. Winnie kam sich – er schämte sich fast, den Gedanken zu Ende zu denken – erfolgreich vor.

Roland Topor

Weihnachtsmärchen

Vincent, wo ist der Kleine?«

Ihre Stimme überschlug sich, woraus ich entnahm, daß sie völlig mit den Nerven herunter war. Ich zuckte die Achseln.

»Er ist halt mit den anderen Kindern im Hof. Wo soll er schon sein?«

Sie rang die Hände.

»Ich habe ihm doch verboten, die Wohnung zu verlassen. Er wird sich erkälten ... Seit er diesen Victor kennt, ist er nicht mehr derselbe. Dabei war er doch immer so lieb! Jetzt scheint es ihm direkt Spaß zu machen, ungehorsam zu sein! Victor ist verdorben, Vincent, durch und durch verdorben. Er macht mir angst.«

Wenn Mathilde diesen Ton anschlug, war es verlorene Mühe, sie zur Vernunft bringen zu wollen. Trotzdem tat ich mein Bestes.

»Nur mit der Ruhe, Mathilde, du redest Unsinn. Victor ist erst sechseinhalb ... Vielleicht verhätscheln ihn seine Eltern ein wenig, aber er ist doch kein Monstrum, wie du annimmst... Unser Kleiner ist ja auch nie ein Engel gewesen. Das ist doch auch ganz in Ordnung... Allzu brave Kinder finde ich schrecklich... Das Ganze ist doch recht harmlos. Mit Kindern muß man eben sehr viel Geduld haben... Du bist halt ein wenig überanstrengt...«

Sie brach in Tränen aus.

»Sag doch gleich, daß ich nicht alle Tassen...«

Ich versuchte sie zurückzuhalten, aber sie rannte ins Badezimmer.

Um mir Gewißheit zu verschaffen, ging ich im Hof nachsehen. Natürlich war der Kleine dort und spielte mit Victor und den anderen Kindern des Mietshauses auf einem weitläufigen Gelände Himmel und Hölle, aber sie waren nicht besonders bei der Sache. Ihre Gedanken kreisten sicher mehr darum, was sie am nächsten Morgen in ihren Schuhen vorfinden würden...

Wir hatten ein paar Freunde zum Heiligen Abend eingeladen. Nach dem Essen setzten wir uns ins Wohnzimmer, wo der hübsch geschmückte Christbaum stand. Der Kleine, der sich untadelig benommen hatte, schlief schon seit einigen Stunden. Wir plauderten gemütlich und tranken gerade einen Verdauungsschnaps, als plötzlich Mathilde zu mir trat. Auf ihrem Gesicht malte sich helles Entsetzen.

»Vincent ... Der Kleine ist nicht in seinem Bett...«

»Wo ist er denn?«

Sie führte mich in die Küche, an die Kellertür.

»Horch...«

Man vernahm Fetzen eines seltsamen Singsangs, der wegen der Entfernung nur gedämpft zu uns drang. Ganz leise öffnete Mathilde die Tür. Mit angehaltenem Atem stiegen wir die Treppe hinunter. Je tiefer wir in den Keller kamen, desto deutlicher wurden die Worte. Zwei Zeilen jagten mir einen Schauer über den Rücken:

»... denn Schmerzen sind besser als folgsam sein
Der Tod unserer Eltern wird uns befrein...«

Unten bot sich uns im Schein der Fackeln, die in den Boden gerammt waren, ein phantastisches Schauspiel. Alle Kinder des Mietshauses hatten sich hier versammelt und bildeten einen Kreis. Auch unser Kleiner saß dabei und sang nicht weniger lautstark als die anderen. Im Mittelpunkt prangte ein umgestülpter Christbaum, daneben stand Victor.

Er war nicht das älteste Kind, andere mochten etwa drei Jahre älter sein als er, aber zweifellos war er der Größte und der Stärkste. Dieser hellblonde, athletisch gebaute Junge besaß eine verderbliche

Kraft, ein geradezu obszönes Prestige. Wie seine Kameraden war er nur mit dem Oberteil seines Schlafanzuges bekleidet. Der Gesang endete.

Langsam hob Victor seine rechte Hand. Ich sah, daß sie mit einem Küchenmesser bewehrt war. Hinter mir ertönte ein dumpfes Geräusch. Mathilde hatte das Bewußtsein verloren. Victor senkte den Arm. Bis zum Schaft drang das Messer in die Brust einer Puppe ein. Sogleich strömte eine schwarze Flüssigkeit aus der Wunde.

Das war mehr, als ich ertragen konnte.

Mit einem Satz sprang ich unter die Kinder, versetzte ihnen Ohrfeigen und Fußtritte. Ich versuchte nicht, sie zurückzuhalten. Ohne Gegenwehr zerstreuten sie sich und ließen mich in ihrem verlassenen Tempel allein. Die Fackeln warfen grausige Schatten gegen die Wände. Ich trat zum umgestülpten Weihnachtsbaum. An den Wurzeln hingen zwei Päckchen.

Wahllos öffnete ich eines.

Darin war braunes Pulver.

Es erinnerte an...

Hatschi!

Es erinnerte an...

Hatschi!

An Niespulver!

Diese Satansbraten!

F. Scott Fitzgerald

Pat Hobbys Wunschzettel

Im Studio war Heiligabend. Gegen elf Uhr vormittags hatte der Weihnachtsmann die meisten der vielen, die das Studio bevölkerten, ihren Wünschen entsprechend beschert.

In den Büros und Studiogebäuden trafen aufwendige Geschenke ein, von den Produzenten für die Stars, von den Agenten für die Produzenten; an jedem Drehort sprach man von den bösartigen Gaben, mit denen Regisseure von Schauspielern oder Schauspieler von Regisseuren bedacht worden waren; Sekt war von der Presseabteilung an die Presse gegangen. Und Trinkgelder – Fünfziger, Zehner und Fünfer, von Produzenten, Regisseuren und Autoren gespendet – regneten wie Manna auf die Klasse der geistig Arbeitenden.

Doch es gab auch Ausnahmen bei dieser Art von Abwicklung. Pat Hobby, zum Beispiel, der das Spiel aus zwanzigjähriger Erfahrung kannte, hatte tags zuvor den Einfall gehabt, sich seiner Sekretärin zu entledigen. Nun war jeden Augenblick die neue fällig – aber am ersten Tag würde sie kaum ein Geschenk erwarten.

Er wartete auf sie, indem er den Korridor entlangschritt und in offene Büros lugte, um zu sehen, ob sie von Leben erfüllt seien. Bei Joe Hopper von der Drehbuchabteilung machte er halt.

»Auch nicht mehr wie früher«, trauerte er. »Auf jedem Schreibtisch eine Pulle.«

»Ein paar gibt's immer noch.«

»Aber nicht viele.« Pat seufzte. »Und danach haben wir immer einen Film gemacht – aus den rausgeschnittenen Metern.«

»Davon hab ich gehört. Das ganze Zeug, das nicht genommen worden war.«

Pat nickte, und seine Augen glänzten.

»Das hatte doch noch einen Sinn. Ins Hemd haben wir uns gemacht vor Lachen...«

Er stockte beim Anblick einer Frau, die, einen Schreibblock in der Hand, am anderen Ende des Korridors sein Büro betrat und ihn auf diese Weise an die traurige Gegenwart gemahnte.

»Wegen Gooddorf soll ich während der Feiertage durcharbeiten«, lautete seine bittere Klage.

»Würde ich nie tun.«

»Ich ja auch nicht, aber nächsten Freitag sind meine vier Wochen um, und wenn ich ihn hängenlasse, verlängert er meine Probezeit nicht.«

Er wandte sich zum Gehen, und Hopper wußte bereits, daß Pats Probezeit ohnehin nicht verlängert würde. Man hatte ihn herangezogen, um eine altmodische Pferdeoper zu schreiben, und »die Jungs, die er unter sich hatte« – das heißt: die seinen Kram überarbeiteten –, meinten, das Zeug sei durchweg steinalt und über weite Strecken völlig unlogisch.

»Ich bin Miss Kagle«, sagte Pats neue Sekretärin. Sie war um die sechsunddreißig, hübsch, etwas verwelkt, müde, tüchtig. Sie ging zur Schreibmaschine, prüfte sie, setzte sich und brach in Tränen aus.

Pat schaltete. In dieser Umgebung war Selbstkontrolle, wie tief man auch gesunken sein mochte, die oberste Devise. War es denn nicht schon schlimm genug, am 24. Dezember arbeiten zu müssen? Nun – nicht ganz so schlimm wie gar nicht zu arbeiten. Er ging zur Tür und machte sie zu; jemand hätte auf den Gedanken kommen können, er habe das Mädel beleidigt.

»Kopf hoch«, war sein Rat. »Wir haben schließlich Weihnachten.«

Der Sturm ihrer Gefühle hatte sich beruhigt. Nun saß sie wieder aufrecht, sie keuchte und wischte sich die Augen.

»Nichts wird so heiß gegessen, wie es gekocht

wird«, beruhigte er sie, wenig überzeugend. »Worum geht's denn überhaupt? Sollen Sie gefeuert werden?«

Sie schüttelte den Kopf, schniefte einen letzten Schniefer und klappte ihren Stenoblock auf.

»Für wen haben Sie bisher gearbeitet?«

Zwischen plötzlich zusammengebissenen Zähnen stieß sie die Antwort hervor.

»Mr. Harry Gooddorf.«

Pat riß seine permanent blutunterlaufenen Augen auf. Jetzt erinnerte er sich, sie in Harrys Außenbüro gesehen zu haben.

»Seit 1921. Achtzehn Jahre. Und gestern hat er mich in die Abteilung zurückgeschickt. Er sagte, ich würde ihn deprimieren... ich würde ihn ständig daran erinnern, daß er vorwärtskommt.« Ihr Gesicht war grimmig. »So hat er vor achtzehn Jahren nach Dienstschluß nicht gesprochen.«

»Klar, damals war er noch ein Schürzenjäger«, sagte Pat.

»Ich hätte damals etwas unternehmen sollen, als noch Zeit war.«

Pat verspürte Regungen von Rechtschaffenheit.

»Eheversprechen gebrochen? Das genügt noch nicht!«

»Ich hätte aber etwas Solides gegen ihn in der Hand gehabt. Wesentlich solider als Bruch des

Eheversprechens. Und das habe ich immer noch. Aber andererseits müssen Sie auch bedenken, daß ich geglaubt hatte, ich wäre in ihn verliebt.« Sie brütete einen Augenblick lang. »Möchten Sie jetzt etwas diktieren?«

Pat entsann sich seines Berufes und schlug die Seiten einer Rohfassung auf.

»Ein Insert«, begann er. »Szene 114 A.«

Pat ging im Büro auf und ab. »Außen. Lange Fahrt über die Ebene«, verfügte er. »Buck nähert sich mit den Mexikanern der Hyazenda.«

»Der was?«

»Der Hy-a-zen-da – dem Gebäude von der Ranch.« Er sah sie strafend an. »114 B. Zweier-Totale: Buck und Pedro. Buck: ›Dieser schmutzige Hurensohn? Ich reiß ihm die Gedärme raus!‹«

Miss Kagle sah verwirrt auf.

»Soll ich das wirklich hinschreiben?«

»Logisch.«

»Das kommt aber nicht durch.«

»*Ich* schreibe das. Natürlich kommt das nicht durch. Aber wenn ich statt dessen ›diese Ratte‹ schreibe, hat die Szene keinen Biß.«

»Aber irgend jemand muß es dann doch in ›diese Ratte‹ umändern?«

Er starrte sie durchdringend an; er wollte nicht jeden Tag die Sekretärin wechseln.

»Das soll Harry Gooddorfs Sorge sein.«

»Arbeiten Sie für Mr. Gooddorf?« fragte Miss Kagle alarmiert.

»Bis er mich rausschmeißt.«

»Ich hätte, glaube ich, nicht davon anfangen...«

»Keine Sorge«, beschwichtigte er sie. »Wir sind nicht mehr so dick miteinander. Nicht zu dreifünfzig die Woche, wenn man zweitausend gewohnt ist... Wo war ich stehengeblieben?«

Wieder schritt er auf und ab, wobei er seine letzte Zeile genüßlich wiederholte. Doch diesmal schien sie sich nicht auf einen Filmcharakter zu beziehen, sondern auf Harry Gooddorf. Plötzlich hielt er inne, gedankenverloren. »Sagen Sie mal, was liegt eigentlich gegen ihn vor? Wissen Sie, wo er die Leiche vergraben hat?«

»Das ist so wahr, daß es schon nicht mehr komisch ist.«

»Hat er einen umgenietet?«

»Mr. Hobby, es tut mir leid, daß ich überhaupt davon angefangen habe.«

»Nennen Sie mich doch Pat. Wie heißen Sie?«

»Helen.«

»Verheiratet?«

»Im Augenblick nicht.«

»Dann hören Sie mal zu, Helen: Wie wär's mit einem kleinen Imbiß?«

Am Abend des 25. Dezembers versuchte er immer noch, ihr das Geheimnis zu entlocken. Sie hatten das Studio fast für sich allein; lediglich eine Rumpfmannschaft von Technikern bevölkerte sporadisch Straßen und Intendanz der Filmgesellschaft. Sie hatten Weihnachtsgeschenke ausgetauscht. Pat gab ihr einen Fünf-Dollar-Schein, Helen kaufte ihm ein weißlinnenes Taschentuch. Nur zu gut entsann er sich der Zeiten, als noch Dutzende solcher Taschentücher die Ernte einer einzigen Christnacht gewesen waren. Zwar machte das Drehbuch nur im Schneckentempo Fortschritte, doch die Freundschaft der beiden war beträchtlich gereift. Ihr Geheimnis, so sagte er sich, war ein wertvoller Aktivposten, und er fragte sich, wie viele Karrieren sich auf einen solchen Aktivposten gegründet haben mochten. Mancher, da war er ganz sicher, hatte es auf diese Weise zu Wohlstand gebracht. Genau, das war fast so gut wie verwandt zu sein, und er malte sich ein imaginäres Gespräch mit Harry Gooddorf aus.

»Harry, im Grunde sieht's doch so aus. Ich glaube, meine Erfahrung wird nicht ausreichend genutzt. Die jungen Spunde sollten die Schreiberei übernehmen … ich könnte dann eine mehr überwachende Funktion ausüben.«

»Sonst …?«

»Tja, sonst...«, sagte Pat mit fester Stimme.

Mitten in seinen Tagtraum platzte unerwartet Harry Gooddorf.

»Fröhliche Weihnachten, Pat«, sagte er jovial. Sein Lächeln wurde weniger robust, als er Helen sah. »Oh, hallo, Helen... ich wußte gar nicht, daß du jetzt bei Pat bist. Ich hatte dir eine kleine Aufmerksamkeit in die Script-Abteilung geschickt.«

»Das hättest du dir schenken können.«

Harry wandte sich flink an Pat.

»Der Boss sitzt mir im Nacken«, sagte er. »Donnerstag muß ich ein fertiges Manu haben.«

»Hier bin ich«, sagte Pat. »Sie kriegen es. Habe ich Sie schon jemals hängengelassen?«

»Meistens«, sagte Harry. »Meistens.«

Er schien noch einiges hinzufügen zu wollen, aber ein Bote mit einem Briefumschlag trat ein, welchen er Helen Kagle überreichte – woraufhin Harry kehrtmachte und hinauseilte.

»Sein Glück, daß er abgehauen ist!« brach es aus Miss Kagle hervor, nachdem sie den Umschlag geöffnet hatte. »Zehn Scheine – *zehn* lausige Scheine – von einem aus der Direktionsetage – nach achtzehn Jahren.«

Das war Pats Chance. Er saß auf ihrem Schreibtisch und erläuterte ihr seinen Plan.

»Für Sie und mich ist das Ganze kinderleicht«,

sagte er. »Sie kriegen die Script-Abteilung, und ich werde Produktionsassistent. Dann sind wir für den Rest unseres Lebens aus dem Schneider – nie wieder schreiben – nie wieder auf die Maschine einhacken. Wir könnten sogar – wir könnten sogar – wenn alles klappt, könnten wir sogar heiraten.«

Sie zögerte lange. Als sie ein neues Blatt Papier in die Maschine spannte, fürchtete Pat, er habe verloren.

»Ich kann es aus dem Gedächtnis schreiben«, sagte sie. »Er hat diesen Brief *eigenhändig* am 3. Februar 1921 getippt. Er klebte ihn zu, und ich sollte ihn einstecken... aber es gab da eine Blondine, für die er sich interessierte, und ich fragte mich, warum er so ein geheimnisvolles Getue mit dem Brief machte.«

Während sie sprach, hatte Helen getippt, und nun gab sie Pat eine Notiz.

An: Will Bronson
First National Studios
– persönlich –
Lieber Bill:
Wir haben Taylor umgebracht. Wir hätten ihm schon viel früher einheizen sollen. Also halt's Maul.
Dein Harry

Pat starrte verblüfft auf das Papier.

»Haben Sie das mitgekriegt?« sagte Helen. »Am 1. Februar 1921 wurde William Desmond Taylor, der Regisseur, umgenietet. Und bis heute weiß man nicht, von wem.«

Achtzehn Jahre lang hatte sie das Original des Briefes behalten, den Umschlag, alles. Sie hatte lediglich eine Kopie an Bronson geschickt und Harry Gooddorfs Unterschrift durchgepaust.

»Die Sache ist gelaufen, Baby«, sagte Pat. »Ich hatte schon immer das Gefühl, daß es bei Taylor ein *Mädel* war.«

Aus lauter Übermut öffnete er eine Schublade und entnahm ihr eine Viertelliterflasche Whisky. Dann besann er sich und fragte:

»Ist der Brief an einem sicheren Ort?«

»Worauf Sie sich verlassen können. Er würde ihn nie finden.«

»Dann hat er verloren, Baby!«

In einer funkelnden Montage schwammen Bargeld, Autos, Mädchen und Swimmingpools vor Pats geistigem Auge.

Er faltete das Papier zusammen, stopfte es in die Jackentasche, nahm einen weiteren Schluck und griff nach seinem Hut.

»Wollen Sie etwa jetzt mit ihm reden?« fragte

Helen mit einiger Panik in der Stimme. »Warten Sie lieber, bis ich aus dem Studio bin. *Ich* hab keine Lust, mich umbringen zu lassen.«

»Keine Sorge! Hören Sie zu: Wir treffen uns in der ›Muncherie‹, Fifth Street Ecke La Brea Avenue... in einer Stunde.«

Auf dem Weg zu Gooddorfs Büro beschloß er, innerhalb der Studiomauern weder Fakten noch Namen zu erwähnen. Damals, in jener kurzen Epoche, die ihn als Leiter der Drehbuch-Abteilung gesehen hatte, war er der Urheber eines Plans gewesen, im Büro jedes Autors ein Abhörgerät anbringen zu lassen. So hätte man ihre Loyalität dem Studio gegenüber mehrmals täglich überprüfen können.

Man hatte die Idee verlacht. Aber später, als er »zum Schreiber degradiert« war, fragte er sich oft, ob man seine Anregung insgeheim nicht doch aufgenommen hatte. Vielleicht war eine seiner eigenen unbedachten Äußerungen für die Hundehütte verantwortlich, in der man ihn nun schon eine Dekade lang begraben hielt. So, verborgene Abhörgeräte im Geiste wägend, die durch einfachen Zehendruck betätigt werden konnten, betrat er Harry Gooddorfs Büro.

»Harry...«, sorgfältig wählte er seine Worte, »erinnern Sie sich an die Nacht des 1. Februar 1921?«

Leicht verdutzt lehnte sich Gooddorf in seinem Drehstuhl zurück.

»*Was?*«

»Versuchen Sie nachzudenken. Es ist sehr wichtig für Sie.«

Wie er so seinen Freund betrachtete, glich Pats Gesichtsausdruck dem eines beunruhigten Leichenbestatters.

»1. Februar 1921.« Gooddorf grübelte. »Nein. Wie soll ich mich an so was erinnern? Glauben Sie, ich führe Tagebuch? Ich weiß nicht mal, wo ich damals war.«

»Sie waren genau hier, in Hollywood.«

»Wahrscheinlich. Wenn Sie es wissen, sagen Sie's mir.«

»Es wird Ihnen einfallen.«

»Mal sehen. Sechzehn bin ich an die Westküste gekommen. Bis 1920 war ich bei Biograph. Hab ich da nicht irgendwelche Witzfilme gemacht? Aber genau. Das war ein Streifen namens *Knuckleduster* – Außenaufnahmen.«

»Sie waren nicht ununterbrochen bei den Außenaufnahmen. Am 1. Februar waren Sie in der Stadt.«

»Was soll das?« wollte Gooddorf wissen. »Ist das der dritte Grad?«

»Nein, aber ich besitze einige Informationen, die Ihre Aktivitäten an diesem Datum betreffen.«

Gooddorfs Gesicht rötete sich; sekundenlang hatte es den Anschein, als werde er Pat vor die Tür setzen – dann schnappte er plötzlich nach Luft, befeuchtete sich die Lippen und starrte auf seinen Schreibtisch.

»Oh«, sagte er, und dann, eine Minute später: »Aber ich sehe immer noch nicht, was Sie das angeht.«

»Das geht jeden anständigen Menschen an.«

»Seit wann sind Sie ein anständiger Mensch?«

»Zeit meines Lebens«, sagte Pat. »Und selbst wenn ich das nicht wäre – so etwas hätte ich nie getan.«

»Herr, du meine Fresse!« sagte Harry verächtlich. »Ausgerechnet *Sie* tanzen hier mit einem Heiligenschein an! Und wo haben Sie, wenn schon, denn schon, Ihre Beweise? Man sollte meinen, Sie hätten ein schriftliches Geständnis. Das ist doch alles längst vergessen.«

»Ein anständiger Mensch vergißt dergleichen nie«, sagte Pat. »Und was das schriftliche Geständnis angeht – damit kann ich dienen.«

»Das wage ich zu bezweifeln. Und ob es vor Gericht standhält, ist auch noch sehr die Frage. Man hat Sie auf den Arm genommen.«

»Ich habe es gesehen«, sagte Pat mit wachsender Zuversicht. »Und es genügt, um Sie zu hängen.«

»Ich schwör's Ihnen: Wenn das auch nur die geringste Publicity gibt, jage ich Sie aus der Stadt.«

»*Sie* jagen *mich* aus der Stadt.«

»Ich brauche keine Publicity.«

»Dann sollten Sie vielleicht doch auf mich hören. Und vorher mit niemandem reden.«

»Wohin gehen wir?«

»Ich kenne eine Bar, wo wir ungestört sind.«

Die »Muncherie« war in der Tat menschenleer, wenn man vom Barkeeper und von Helen Kagle absah, die, vor Erregung bebend, an einem Tisch saß. Bei ihrem Anblick nahm Gooddorfs Miene einen Ausdruck grenzenlosen Tadels an.

»Schön versaute Weihnachten«, sagte er, »wo meine Familie mich seit einer Stunde erwartet. Ich will jetzt wissen, worum es geht. Ihr behauptet, ihr hattet irgendein Papier mit meiner Handschrift.«

Pat zog den Zettel aus der Tasche und las das Datum vor. Dann blickte er hastig auf:

»Das ist nur eine Kopie. Es hat also nicht den geringsten Sinn, sich den Zettel greifen zu wollen.«

Er beherrschte die Technik derartiger Szenen. Als die Western-Welle zeitweilig abgeebbt war, hatte er über mancher Orgie des Verbrechens geschwitzt.

»An William Bronson, lieber Bill, wir haben Taylor umgebracht, wir hätten ihm schon viel früher einheizen sollen, also halt's Maul, dein Harry.«

Pat hielt inne. »Das haben Sie am 3. Februar 1921 geschrieben.«

Schweigen. Gooddorf wandte sich an Helen Kagle.

»Warst *du* das? Habe ich dir das diktiert?«

»Nein«, gab sie mit ehrfürchtiger Stimme zu. »Das hast du selbst geschrieben. Ich habe den Brief geöffnet.«

»Ach so. Na schön, was wollt ihr?«

»Alles«, sagte Pat und begeisterte sich am Klang dieses Wortes.

»Was genau?«

Pat hob ab und beschrieb die Karriere, die eines Mannes um die Neunundvierzig würdig sei. Eine strahlende Laufbahn. Im Laufe dreier Whiskys gewann sie eher noch an Schönheit und Kraft. Auf eine Forderung jedoch kehrte er immer wieder zurück.

Morgen schon wollte er Produzent sein.

»Warum denn schon morgen?« wunderte sich Gooddorf. »Kann das nicht warten?«

Ganz plötzlich hatte Pat Tränen in den Augen – echte Tränen. »Heute ist Weihnachten«, sagte er. »Das ist mein einziger Wunsch. Mir ist es so dreckig gegangen. Ich hab so lang gewartet.«

Gooddorf stand abrupt auf.

»Spielt sich nichts ab«, sagte er. »Sie mache ich nicht zum Produzenten. Das kann ich der Firma nicht antun. Dann schon lieber ein Prozeß.«

Pats Mund klappte auf.

»Was? Sie weigern sich?«

»Und wie. Lieber baumele ich.«

Er wandte sich, gesammelten Ernst im Gesicht, und bewegte sich auf die Tür zu.

»Nun gut«, brüllte Pat ihm nach. »Dies ist Ihre letzte Chance.«

Und dann plötzlich die Überraschung, als Helen Kagle aufsprang, um Gooddorf nachzusetzen – und ihn zu umhalsen.

»Mach dir keine Sorgen!« schrie sie. »Ich zerreiß den Wisch, Harry! War alles nur ein Witz, Harry...«

Ihr versagte die Stimme. Sie hatte bemerkt, daß Gooddorf von heftigem Gelächter geschüttelt wurde.

»Was ist daran so komisch?« erkundigte sie sich mit wieder aufflackernder Wut. »Glaubst du etwa, ich hätte es nicht?«

»Aber klar hast du es«, heulte Gooddorf. »Du hast es... aber es ist nicht das, was du glaubst.«

Er kam an den Tisch zurück, setzte sich und wandte sich Pat zu.

»Wissen Sie, was ich dachte? Mit dem Datum? Ich hatte angenommen, das wäre der Tag gewesen, an dem Helen und ich zum erstenmal aufeinander abdröhnten. Das hab ich gedacht. Und ich dachte, sie macht jetzt Wirbel deswegen. Ich dachte, sie spinnt. Seit damals war sie zweimal verheiratet, und ich ebenfalls.«

»Das erklärt aber noch nicht den Brief«, sagte Pat zielstrebig, wenn auch sinkenden Muts. »Sie geben zu, Taylor umgebracht zu haben.«

Gooddorf nickte.

»Wir waren wohl alle daran beteiligt«, sagte er. »Wir waren ein ziemlich wilder Haufen – Taylor und Bronson und ich und die übrigen Großverdiener. Also haben sich ein paar von uns zusammengetan, und wir haben uns gesagt, wir sollten es eher wieder langsam angehen lassen und es nicht allzu bunt treiben. Die Nation wartete darauf, einen von uns hängen zu sehen. Wir versuchten, Taylor klarzumachen, daß er kurztreten soll, aber er hat nicht auf uns gehört. Anstatt ihm also gehörig einzuheizen, haben wir ihn so weitermachen lassen. Und irgendeine Ratte hat ihn dann abgeknallt. Wer das nun genau war, entzieht sich meiner Kenntnis.«

Er erhob sich.

»*Sie* sind verladen worden, Pat, und zwar nach allen Regeln der Kunst. Aber wir haben seinerzeit schon alle so herzlich über Sie gelacht, und außerdem waren wir viel zu beschäftigt.«

Plötzlich schniefte Pat.

»Ich *bin* verladen worden«, sagte er. »Und nicht zu knapp.«

»Zu spät, die Einsicht«, sagte Gooddorf und fügte hinzu: »Inzwischen dürften Sie sich etwas ganz anderes zu Weihnachten wünschen, und diesen Wunsch werde ich Ihnen unter Garantie erfüllen. Ich werde niemandem etwas über den heutigen Nachmittag erzählen.«

Als er gegangen war, saßen Pat und Helen schweigend beieinander. Mit raschem Entschluß kramte Pat den Zettel hervor und überflog seinen Inhalt.

»›Also halt's Maul‹«, las er vor. »Das hat er nicht erklärt.«

»Also halt's *Maul*«, sagte Helen.

Saki

Reginald über Weihnachtsgeschenke

Eines wünsche ich eindeutig klarzustellen (sagte Reginald): Ich möchte zu Weihnachten kein »George, Prince of Wales«-Gebetbuch geschenkt bekommen. Diese Tatsache kann sich gar nicht weit genug herumsprechen.

Die Wissenschaft vom Schenken (fuhr er fort) sollte in eigenen Lehrgängen unterrichtet werden. Niemand scheint die leiseste Ahnung zu haben, wessen ein anderer bedürftig ist, und die auf diesem Gebiet grassierenden Vorstellungen sind eines zivilisierten Gemeinwesens unwürdig.

Da gibt es zum Beispiel die weibliche Verwandte vom Lande, die weiß, »daß man eine Krawatte immer brauchen kann«, und einem irgendein gepünkteltes Grauen schickt, das man nur heimlich oder auf der Tottenham Court Road tragen kann. Sie wäre zu etwas brauchbar gewesen, wenn sie sie behalten und damit Johannisbeersträucher zusammengebunden hätte, so wären gleich zwei Zwecke erfüllt gewesen, die Unterstützung der Zweige und das Abschrecken der Vögel – denn es ist eine ausgemachte Tatsache, daß die handelsübliche Meise über einen solideren ästhetischen Geschmack verfügt als die durchschnittliche ländliche Verwandte.

Dann wären da noch die Tanten. In geschenklicher Hinsicht ist nie mit ihnen auszukommen. Das Problem besteht darin, daß man sie niemals richtig jung zu fassen bekommt. Wenn man sie endlich zur Einsicht erzogen hat, daß man im Westend keine roten Wollhandschuhe trägt, sterben sie dahin, zerstreiten sich mit der Familie oder tun etwas gleichermaßen Rücksichtsloses. Deswegen ist es um die Versorgung mit wohldressierten Tanten immer so mißlich bestellt.

Par exemple meine Tante Agatha, die mir vorige Weihnachten ein Paar Handschuhe schickte und es sogar fertiggebracht hatte, eine Spielart auszuwählen, die man damals gerade trug und die dazu noch über die korrekte Anzahl von Knöpfen verfügte. Doch – *sie hatten Größe neun!* Ich habe sie einem Knaben geschickt, den ich von Herzen hasse; natürlich hat er sie nicht getragen, aber er hätte es tun können – hier kam die Bitterkeit des Todes ins Spiel. Das war mir fast so tröstlich, als wenn ich zu seinem Begräbnis weiße Blumen geschickt hätte. Natürlich habe ich meiner Tante geschrieben, genau diese Handschuhe hätten mir noch gefehlt, mein Dasein wie eine Rose aufblühen zu lassen; ich fürchte, sie hat mich für leichtfertig gehalten – sie stammt aus dem Norden, wo man in Furcht vor dem Himmel und dem Grafen von Durham lebt. (Reginald schützt eine erschöpfende Kenntnis politischer Sachverhalte vor, was ihm eine vorzügliche Entschuldigung dafür bietet, sie nicht diskutieren zu müssen.) Tanten mit einer Spur fremdländischer Herkunft sind, was das Verständnis dieser Dinge angeht, noch am befriedigendsten; aber wenn man sich seine Tante nicht aussuchen kann, tut man auf lange Sicht am klügsten daran, sich das Geschenk selbst auszusuchen und ihr die Rechnung zukommen zu lassen.

Selbst gleichgesinnte Freunde, die es eigentlich besser wissen sollten, sind auf diesem Gebiet merkwürdigen Wirrungen unterworfen. Ich sammle nun mal *keine* Exemplare der billigeren Ausgaben von Omar Khayyám. Die letzten vier, die ich erhielt, habe ich dem Liftboy geschenkt, und ich ergötze mich an der Vorstellung, wie er sie, mitsamt Fitzgeralds Anmerkungen, seiner betagten Mutter vorliest. Liftboys haben grundsätzlich betagte Mütter; was ihre Feinfühligkeit meiner Meinung nach so schön zutage bringen läßt.

Ich persönlich vermag nicht einzusehen, was an

der Wahl passender Geschenke so schwierig ist. Niemand, der sich selbst anständig erzogen hat, wird eine jener dekorativen Likörflaschen nicht zu würdigen wissen, die in Morels Schaufenster so ehrfurchtsvoll inszeniert worden sind – und auch gegen Duplikate hätte niemand etwas einzuwenden. Und immer dieser exquisite Augenblick entsetzlicher Spannung, ob nun *crème de menthe* oder Chartreuse darin wäre! – wie das erwartungsvolle Zittern, bevor Ihr Partner beim Bridge seine Karten aufdeckt. Die Leute mögen über den Verfall des Christentums sagen, was sie wollen; eine Religion, die den grünen Chartreuse hervorgebracht hat, kann nie wirklich untergehen.

Und dann kommen natürlich noch Likörgläser in Betracht, und kandierte Früchte und Tapisserien und massenhaft andere Lebensnotwendigkeiten, die vernünftige Geschenke abgeben – ganz zu schweigen von Luxusartikeln wie seine Rechnung bezahlt zu bekommen, oder irgend etwas Hübsches mit Juwelen. Im Gegensatz zu der angeblich tüchtigen Frau in der Bibel bin ich nicht edler als die köstlichsten Perlen. Die muß übrigens zur Weihnachtszeit ein ziemliches Problem dargestellt haben; nichts unter einem Blankoscheck wäre der Situation angemessen gewesen. Vielleicht ist es doch besser, daß sie ausgestorben ist.

Was an mir so reizvoll ist (schloß Reginald), ist, daß ich so leicht zufriedenzustellen bin. Aber bei einem »Prince of Wales«-Gebetbuch mache ich nicht mehr mit.

Carson McCullers

Weihnachtszauber

An meinem fünften Weihnachtsfest, als wir noch in der Stadt in dem alten Georgia-Haus wohnten, war ich gerade vom Scharlach genesen. An jenem Weihnachtstag überwand ich eine Rivalität, die – genau wie die Krankheit – mein kränkelndes Herz angegriffen und versehrt hatte. Diese Rivalität, die sich in Liebe verwandelte, stand im Schatten meiner Entdeckung, daß Santa Claus und Jesus nicht die Leute waren, für die ich sie gehalten hatte.

Der Scharlach kam zuerst. Im November wurden mein Bruder Budge und ich im Hofzimmer isoliert; wir schleppten uns sechs Wochen lang so hin, versehen mit Thermometern, Süppchen, Alkoholabreibungen und Rosa Henderson. Rosa war die Pflegerin, die für uns sorgte, weil Mutter mich wegen meiner verhaßten Rivalin, dem neuen Schwesterchen, verlassen hatte. Mutter pflegte die Tür halb zu öffnen und, ehe sie die Tür wieder schloß, Rosa die Geschenke zu reichen und ein paar

Worte zu rufen. Das neue Baby brachte sie nicht mit, und darüber war ich froh. Es kamen viele Geschenke, und Rosa legte sie alle in eine große Seifenkiste, die zwischen den Betten stand. Spiele und Plastilin, Tuschkästen und Scheren zum Ausschneiden und mechanische Spielsachen waren dabei.

Budge war viel jünger als ich. Er war zu klein, um richtig zu zählen, um Parcheesie zu spielen oder sich abzuwischen. Er konnte nur eingedellte Kugeln modellieren und leichte, große Sachen ausschneiden, wie die Zeitschriftenbilder von Santa Claus, und weil es so schwierig für ihn war, hatte er immer die Zunge im Mundwinkel. Ich schnitt die schweren Sachen und die Papierpuppen aus. Wenn er Harmonika spielte, quietschte es erbärmlich. Ich konnte *Dixie* und Weihnachtslieder spielen.

Wenn es dunkel wurde, las Rosa uns etwas vor. Sie las aus *Child Life* oder Märchenbüchern oder aus einer Zeitschrift: *Wahre Bekenntnisse.* Ihre sanfte, stammelnde Stimme stieg und fiel durch das stille Zimmer, während der Flammenschein golden und grau über die Wände zuckte. Um diese Stunde war nichts anderes da als das Wechselspiel ihrer Negerstimme und das Wechselspiel des Flammenscheins auf den Wänden. Ausgenommen, wenn mal das Baby weinte und mir zumute war, als fräße ein Wurm an mir; dann spielte ich Harmonika, um das Geräusch zu übertönen.

Es war im Spätherbst, als die Quarantäne begann, und durch das geschlossene Fenster konnten wir sehen, wie die Herbstblätter durch den blauen Himmel und Sonnenschein fielen. Wir sangen:

»Kommt, kleine Blätter, sagte der Wind,
kommt mit auf die Wiese und spielt geschwind!«

Eines Morgens hatte dann plötzlich der Rauhreif das Gras und die Dächer versilbert. Rosa sagte, daß es bis Weihnachten nicht mehr lange hin sei.

»Wie lange?«

»Ungefähr so lange wie die Zelluloidkette, glaub ich.« Gegen Ende der Quarantäne hatten wir aus vielen bunten Farben eine Zelluloidkette gemacht. Ich grübelte über die Antwort nach, und Budge dachte auch nach und steckte die Zunge in den Mundwinkel. Rosa fuhr fort: »Weihnachten ist am fünfundzwanzigsten Dezember – ich will gleich mal die Tage zählen. Wenn ihr hinhorcht, könnt ihr die Rentiere hören, wie sie vom Nordpol angaloppiert kommen. Es dauert nicht mehr lange.«

»Können wir dann aus dem dummen Zimmer raus?«

»Das hoff ich bei Gott!«

Ein schrecklicher Gedanke überfiel mich. »Gibt's auch Leute, die zu Weihnachten krank sind?«

»Ja, Baby.«

Rosa saß vor dem Feuer und machte uns Toast zum Abendbrot: Sie drehte ihn achtsam auf einer langen Toastgabel. Ihre Stimme klang wie Papier, das man durchreißt, als sie sagte: »Mein kleiner Sohn ist am Weihnachtstag gestorben.«

»Gestorben? Sherman ist gestorben?«

»Du weißt, daß es nicht Sherman ist«, sagte sie streng. »Sherman kommt doch jeden Tag her.« Sherman war ein großer Junge, und nach der Schule stand er vor unserm Fenster, und Rosa schob es in die Höhe und sprach lange mit ihm, und manchmal gab sie ihm einen Zehner für den Laden. Die ganze Zeit, die Sherman vor dem Fenster stand, hielt er sich die Nase zu, so daß er beim Sprechen näselte wie eine Ukulele-Saite. »Es war Shermans kleiner Bruder – ist schon lange her.«

»Hatte er auch Scharlach?«

»Nein. Am Weihnachtsmorgen ist er verbrannt. Er war noch ein Baby, und Sherman hatte ihn vor den Kamin gesetzt, um mit ihm zu spielen. Dann hat Sherman ihn vergessen, wie's Kinder tun, und hat ihn allein vor dem Kamin gelassen. Das Feuer hat gesprüht, und ein Funken fiel auf sein Nachthemdchen, und bis ich's merkte, war mein Baby… Davon hab ich die krause weiße Narbe hier auf meinem Hals.«

»War dein Baby wie unser neues Baby?«

»'s war ungefähr ebenso alt.«

Ich dachte lange darüber nach, und dann fragte ich: »War Sherman froh?«

»Was du für Gedanken in deinem Kopf hast, *Sister!*«

»Ich kann Babies nicht leiden«, sagte ich.

»Später wirst du das Baby gern haben. Genauso, wie du jetzt deinen Bruder lieb hast.«

»Bonny riecht schlecht«, sagte ich.

»Fast jedes Kind kann das neue Baby nicht leiden, bis es sich dran gewöhnt hat.«

»Ist *jedes* und *je* das gleiche?« fragte ich.

Es war die Zeit, in der wir uns schälten. Jeden Tag zogen Budge und ich lange Streifen und Fetzen Haut ab und bewahrten sie in einer Pillenschachtel auf.

»Ich möchte mal wissen, was wir mit all der Haut machen, die wir hier aufbewahren?«

»Das kannst du dir überlegen, wenn's nötig ist, *Sister.* Mußt es jetzt genießen – solange du kannst.«

»Ich möchte mal wissen, was wir mit der langen Kette anfangen sollen, die wir gemacht haben?« Ich blickte auf die Kette, die aufgehäuft in der Kiste zwischen unsern Betten lag. Sie verdeckte alle andern Spielsachen, die Puppen und das Spielzeug und alles.

Die Quarantäne endete, und in die Freude über unsre neugewonnene Freiheit mischte sich der jähe, unbeschreibliche Kummer: All unsre Spielsachen mußten verbrannt werden. Jedes Spielzeug, die Kette, sogar die abgeschälte Haut – was wir als den schrecklichsten Verlust empfanden.

»Es ist wegen der Krankheitskeime«, sagte Rosa. »Alles wird verbrannt, und die Betten und Matratzen kommen zu dem Bazillenmann, der sie desinfiziert. Und das Zimmer wird mit Lysol gescheuert.«

Nachdem der Bazillenmann weg war, stand ich auf der Schwelle des Zimmers. Keine Spur von den Spielsachen, keine Betten, keine Möbel. Das Zimmer war bitterkalt, der feuchte Fußboden roch scharf, die Fenster waren naß. Mit der sich schließenden Tür verschloß sich auch mein Herz.

Mutter hatte mir für die Weihnachtstage ein rotes Kleid genäht. Budge und ich durften durch alle Zimmer laufen und sogar aus dem Garten gehen. Aber ich war nicht glücklich. Auf Mutters Schoß saß ewig das Baby. Die Köchin Mary machte »Gusa-gusa-gaks«, und Daddy warf das Baby in die Luft.

An jenem Weihnachtsfest wurde ein schreckliches Lied gesungen:

Häng Babys Strümpfchen auf,
vergiß es nur nicht,
sie hat noch keine Weihnacht erlebt,
unser süßer kleiner Wicht!

Ich verabscheute die winselnde Melodie und die Worte so sehr, daß ich mir die Finger in die Ohren steckte und *Dixie* sang, bis von Santas Rentier und dem Nordpol und dem Weihnachtsfestzauber die Rede war.

Drei Tage vor Weihnachten kollidierte die Wirklichkeit so heftig mit dem Weihnachtszauber, daß meine Vorstellungswelt jählings erschüttert war. Aus irgendeinem Grund, an den ich mich jetzt nicht erinnere, öffnete ich die Tür des Scharlachzimmers und blieb wie gebannt und zitternd auf der Schwelle stehen. Das Zimmer drehte sich vor meinen ungläubigen Augen. Nichts Bekanntes war darin, und statt dessen war das Zimmer mit allem angefüllt, was Budge und ich auf die Liste für Santa Claus geschrieben und die wir in den Kamin gehängt hatten. Alles – und sogar noch mehr, so daß der Raum wie eine Santa-Claus-Abteilung in einem Warenhaus aussah. Ein Dreirad war da, eine

Puppe, eine Eisenbahn mit Schienen und ein Kindertisch und vier Stühle. Ich zweifelte an der Wirklichkeit dessen, was ich sah, und blickte auf den bekannten Baum draußen vor dem Fenster und auf einen Riß in der Decke, der mir so vertraut war. Dann schlich ich mit den leichten, verstohlenen Schritten eines Kindes umher, das herumschnüffelt. Vorsichtig tippte ich mit dem Zeigefinger auf den Tisch und die Spielsachen. Man konnte sie berühren, sie waren wirklich. Dann sah ich etwas Wunderschönes, das wir uns nicht gewünscht hatten: einen grünen Affen mit einem Drehorgelmann. Der Affe trug einen scharlachroten Frack und sah mit seinem ängstlichen Affengesicht und den traurigen Augen sehr echt aus. Ich liebte ihn sofort, wagte aber nicht, ihn anzufassen. Ich schaute mich ein letztes Mal im Santa-Claus-Zimmer um. In meinem Herzen entstand eine Stille, eine Stockung, die auf den Schock der Erkenntnis folgt.

Ich schloß die Tür und ging langsam weg, niedergedrückt von zuviel Wissen.

Mutter saß im Vorderzimmer und strickte, und das Baby war in seinem Ställchen. Ich holte tief Atem und fragte mit überlegener Stimme: »Warum sind die Santa-Claus-Sachen im Hofzimmer?«

Mutter hatte die unsichere Miene von jemandem, der einem etwas vormacht. »Oh, Santa Claus hat deinen Vater gefragt, ob er ein paar Sachen im Hofzimmer unterstellen könnte.«

Ich glaubte es ihr nicht und sagte: »Ich weiß schon, die Eltern sind Santa Claus!«

»Aber *Sister*! Darling!«

»Ich habe mich schon über den Kamin gewundert. Butch hat nämlich keinen Kamin, doch Santa Claus kommt immer zu ihm.«

»Manchmal geht er auch durch die Tür.«

Zum erstenmal merkte ich, daß meine Mutter mir etwas weismachen wollte, und ich überlegte. »Ist das mit Jesus wahr? Santa Claus und Jesus sind verwandt, das weiß ich!«

Mutter ließ ihr Strickzeug sinken. »Santa Claus ist für die Spielsachen und die Läden, und Jesus ist für die Kirche.«

Als sie die Kirche erwähnte, dachte ich an Langeweile, an bunte Fenster, Orgelmusik und Unrast. Ich haßte die Kirche und auch Jesus, wenn die Kirche das gleiche wie Jesus war. Ich liebte bloß Santa Claus, und er war nicht wirklich.

Mutter versuchte es noch einmal. »Jesus ist das heilige kleine Baby – ein Baby wie Bonny. Jesus ist das Christkind.«

Das war das allerschlimmste. Ich hockte mich auf den Fußboden und schrie dem Baby ins Gesicht. »Die Eltern sind Santa Claus. Jesus ist...«

Das Baby begann zu weinen, und Mutter nahm es auf den Schoß und liebkoste es. »Benimm dich jetzt, *Sister*! Du bringst Bonny zum Weinen!«

»Ich hasse das dumme alte Bonny!« jammerte ich und ging auf den Flur hinaus, um dort zu weinen.

Am Weihnachtstag geschah zweierlei. Ich spielte mit dem Affen unter dem Weihnachtsbaum und half Budge, die Schienen für seine Eisenbahn auszulegen. Das Baby hatte Baukastenwürfel und eine Gummipuppe. Es weinte und spielte nicht. Budge und ich aßen eine ganze Schicht ›Schatzinsel-Schokolade‹, und am Nachmittag waren uns Spiel und Schokolade verleidet.

Später saß ich allein auf dem Fußboden im Weihnachtszimmer – allein bis auf das Baby in seinem Ställchen. Der Baum funkelte durch den Winterabend. Plötzlich fielen mir Rosa Henderson und das Baby ein, das am Weihnachtstag verbrannt war. Ich blickte auf Bonny und sah mich im Zimmer um. Mutter und Daddy waren ausgegangen, um meinen Onkel Willy zu besuchen, und Mary war in der Küche. Ich war allein. Vorsichtig hob ich das Baby auf und setzte es vor den Kamin. Bei dem unscharfen Denken meiner fünf Jahre merkte ich wohl nicht, daß ich etwas Unrechtes tat. Ich fragte mich, ob das Feuer sprühen würde, und ging traurig und unglücklich zu meinem Bruder ins Hofzimmer.

Es war in unserer Familie Brauch, am Weihnachtsabend Feuerwerk abzubrennen. Nach Anbruch der Dunkelheit machte Daddy im Hof ein Feuer, und dann ließen wir Leuchtkugeln und Raketen aufsteigen. Jetzt fiel mir das ein. Die Schachtel mit dem Feuerwerk lag im Hofzimmer auf dem Kaminsims, und ich machte sie auf und suchte mir zwei Raketen aus. Ich fragte Budge: »Wollen wir was Lustiges tun?« Ich wußte genau, daß es unrecht war. Aber ich wollte unartig sein, weil ich so wütend und traurig war. Ich hielt die Raketen ans Feuer und gab Budge die eine. »Jetzt paß auf!« sagte ich.

Ich glaubte, mich an Feuerwerk zu erinnern, aber so etwas wie das hier hatte ich noch nie gesehen. Nachdem die Raketen gezischt und gespuckt hatten, schossen sie in gelben und roten Bahnen wie wild durchs Zimmer. Wir standen vor zwei gegenüberliegenden Wänden, und das flammende Feuerwerk prallte in prachtvollen, erschreckenden Bögen von Wand zu Wand. Es dauerte lange, und wir standen wie gelähmt in dem strahlenden, fürchterlichen Zimmer. Als es endlich vorbei war, waren auch meine Haßgefühle verschwunden. Ich stand in dem jetzt sehr stillen Zimmer und rührte mich nicht.

Dann glaubte ich, das Baby weinen zu hören, aber während ich ins Wohnzimmer lief, wußte ich: Sie weinte nicht, noch war sie verbrannt und in den Kamin hinaufgezogen. Sie hatte sich umgedreht und kroch zum Weihnachtsbaum. Ihre Hände mit den kleinen Fingerchen waren auf dem Fußboden, und das Nachthemd war ihr über die Windeln hinaufgerutscht. Ich hatte Bonny noch nie kriechen sehen und schaute ihr mit den ersten Gefühlen von Liebe und Stolz zu: Die alte Feindseligkeit war für immer fort.

Ich spielte mit Bonny, und mein Herz war frei von Eifersucht; zum erstenmal seit vielen Monaten war ich fröhlich. Ich hatte mich mit dem Gedanken ausgesöhnt, daß Santa Claus bloß ›Familie‹ war, und in dem neugewonnenen Frieden fand ich, daß meine Familie und Jesus vielleicht irgendwie verwandt waren. Bald danach, als wir in ein neues Haus in der Vorstadt gezogen waren, lehrte ich Bonny laufen und gab ihr sogar den Affen zu halten, während ich den Drehorgelmann spielen ließ.

Otto Jägersberg

Badischer Überfall

Zu Weihnachten hatte ihm die Mutter eine bunte Wollmütze gestrickt. Weil er doch am liebsten draußen war. Und wenn ihm kalt war, konnte er sie ganz übers Gesicht ziehen, zum Sehen und Atmen waren Löcher gelassen und eingefaßt. Eines Tages ging er damit zur Sparkasse, die Mütze über das Gesicht gezogen, und sagte: »Her mit der Kohle!« Das klappte. Frau Mitzel, die ihn natürlich kannte, aber die Mütze nicht, gab ihm alles Geld, das sie in der Kasse hatte, 312 Euro, damit hüpfte Robert fröhlich davon, dann drückte Frau Mitzel den Alarmknopf, und als die Polizei kam, nach etwa dreißig Minuten – Haueneberstein hat keinen Posten mehr, die Beamten kamen aus Kuppenheim –, saß sie immer noch ganz benommen auf ihrem Stuhl und sagte: »Ich glaub es nicht.« Robert war nach Hause gegangen, gab auch sofort das Geld heraus, als die Polizei es wiederhaben wollte, die Mutter schalt, aber die Mütze, die die Polizei auch haben wollte, gab Robert nicht her.

Und als die Mutter und die Polizei zu suchen anfingen, lächelte Robert nur.

Dann kam Robert in ein Heim mit Aufsicht, das hatte der Jugendrichter verfügt, ein Jahr lang, dann kam er wieder raus, und kaum war er zu Hause in Haueneberstein, setzte er die bunte Mütze auf und ging in die Sparkasse und sagte: »Her mit der Kohle!« Das klappte. Frau Mitzel gab es nicht mehr, jetzt hütete eine Frau aus Rastatt die Sparkasse, die kannte den Robert nicht und seine Mütze schon gar nicht, und in der Kasse waren 76 Euro. Der Robert sagte aber noch was: »Klappe halten, woisch.« Denn im Heim hatte er immer überlegt, was er wohl falsch gemacht hatte bei seinem Überfall. Und er war zu dem Ergebnis gekommen, er hatte gar nichts falsch gemacht, nur die Frau Mitzel. Die Frau Mitzel hatte ihn verraten. Und deswegen warnte er die neue Filialleiterin, daß sie nicht auch den Fehler machte, den die Frau Mitzel gemacht hatte. Die neue Filialleiterin drückte auch nicht den Knopf, sie war viel zu aufgeregt dazu, sondern lief, als der Robert davongehüpft war, auf die Straße und schrie: »Überfall!« Und zeigte dem Robert hinterher. »Aber das ist doch der Robert«, beruhigten sie die Leute. Die Mütze fanden die Polizisten und auch die Mutter wieder nicht, doch mußte der Robert diesmal drei Jahre ins Heim. Der neuen Filialleiterin ließ die Sache mit dem Robert aber keine Ruhe. Sie besuchte die Mutter vom Robert und besprach sich mit ihr. Das geht ja so weiter mit dem Robert, wenn er wieder nach Haueneberstein kommt, sagte die neue Filialleiterin, und dann stecken sie ihn noch länger weg, das wollen Sie doch auch nicht. Nein, sagte die Mutter, aber wir sind einfache Leut, da gibt's keinen Einfluß drauf. Doch, sagte die neue Filialleiterin, stricken Sie mir auch so eine Mütze wie die von dem Robert, seine finden wir doch nimmer. So geschah es. Der Robert kam wieder, setzte seine bunte Mütze auf, ging in die Sparkasse und wollte gerade sein Sprüchlein sagen, da sah er seine Mütze hinter der Kasse. Die Filialleiterin hatte sich schnell die Mütze übergezogen, als der Robert kam. Jetzt standen sich zwei Mützen gegenüber. »Diesmal bekommst du nicht nur ein Geld, sondern ein Sparbuch dazu«, sagte die Filialleiterin, und sie gab dem verdutzten Robert 5 Euro und das Sparbuch. Der Robert staunte nicht schlecht. Die Filialleiterin nahm ihm die 5 Euro gleich wieder ab und zeigte ihm, wie sie den Betrag in sein Sparbuch eintrug. Das gefiel dem Robert, und er hüpfte mit dem Sparbuch fröhlich davon.

Der Robert soll heute schon einige hundert Euro auf dem Sparbuch haben, genau weiß es niemand, denn der Robert versteckt sein Sparbuch genauso sorgfältig wie seine Mütze. Und die Filialleiterin sagt auch nichts, Bankgeheimnis. Ihr Mann aber soll in der Spielbank arbeiten.

Lily Brett

Weihnachten

In New York ist Weihnachten ein Tag wie jeder andere. Dieser Feiertag, der in vielen Teilen der Welt Stille bedeutet, bringt New York nicht aus dem Tritt.

Mir gefällt es, daß Geschäfte geöffnet bleiben, daß Cafés einen willkommen heißen. Ich mag es nicht, wenn Städte die Bürgersteige hochklappen und alle Läden geschlossen haben. Ich komme mir immer einsam und verlassen vor, wenn die Straßen menschenleer sind und man kein frisches Brot, keine frische Milch kaufen kann.

Das ist irrational. Ich trinke keine Milch und bemühe mich, meinen Brotkonsum niedrig zu halten.

Aber aus irgendeinem Grund brauche ich das Wissen, daß alles geöffnet hat. Ich mag das Geschäftsmäßige der Großstädte. Ich mag das Gefühl, daß alles funktioniert. Daß alles weitergeht.

Wenn der Postbote Post austrägt und die Geschäfte ihre Waren verkaufen, bin ich glücklich. Ich empfinde mich als Teil all dieser Geschäftigkeit. Ohne sie komme ich mir merkwürdig leer vor.

Daß ich keine Christin, sondern Jüdin bin, trägt natürlich dazu bei, daß ich mich zu Weihnachten ausgeschlossen fühle. Wäre ich damit beschäftigt, Weihnachtsgebräuche und -rituale zu begehen, käme ich mir selbstverständlich weniger einsam und abgesondert vor. Aber das erklärt noch nicht alles.

Andere Feiertage wie Silvester bewirken die gleichen Empfindungen in mir. Eine stille Welt gefällt mir nicht. Egal warum. Normale Alltagsaktivitäten haben etwas Beruhigendes für mich. New York ist nie still. Nicht einmal zu Weihnachten.

Weihnachtsgrüße können in dieser Stadt ein politisches Minenfeld sein. New Yorker wissen das. Sie sind nicht so naiv zu glauben, jedermann wäre Christ. Frohe Weihnachten ist kein typischer New Yorker Gruß.

Von der neutralen Grußformel *Schöne Feiertage* wird zur Weihnachtszeit in New York ausgiebig Gebrauch gemacht. Und das ist auch richtig in einer Stadt, in der Buddhisten, Hindus, Sikhs, Moslems, Juden und nichtchristliche Afroamerikaner große Teile der Bevölkerung ausmachen.

In Australien, wo ich aufgewachsen bin, sagten alle: Frohe Weihnachten. Juden sagten zu Chinesen: Frohe Weihnachten. Manche Juden wünschten sich untereinander frohe Weihnachten. Niemand wollte abseits stehen.

In Australien schien das ganze Land wegen Weihnachten zuzumachen – wegen eines Feiertags, der dort im Hochsommer bei oftmals erstickender Hitze stattfindet.

Um wettzumachen, daß die Feierlichkeiten in der falschen Jahreszeit begangen wurden, besprühten die Australier ihre Fensterscheiben und ihre Weihnachtsbäume mit einer klebrigen weißen Substanz aus der Dose, die Schnee simulieren sollte.

In meiner Kindheit säumten die Straßen der Vororte Häuser mit weißbesprühten Fenstern. Rundliche Weihnachtsmänner läuteten an Straßenecken und in der Innenstadt ihre Glöckchen oder verteilten Geschenke in den Kaufhäusern.

Sie waren in dicke, gepolsterte rotweiße Kostüme mit Handschuhen, Hut und Stiefeln gekleidet. Manche wirkten erhitzt und gestreßt, als liefen sie Gefahr, einem Hitzeschlag zu erliegen.

Weihnachten ist in Australien eine ausgesprochen überhitzte Veranstaltung. Die Leute sind zu Hause damit beschäftigt, Truthühner, Hühner und Schinken zu braten und zu begießen. In heißen Küchen rühren sie Saucen, und bei Saunatemperaturen garen sie Plumpuddings.

Gegessen wird mittags, und was gegessen wird, ist keine Nouvelle Cuisine. Diese Festmahlzeiten bei Temperaturen von über dreißig Grad zu verdauen ist keine Kleinigkeit. Nach dem Weihnachtsessen bleibt vielen Australiern nichts anderes übrig, als verzweifelt nach einem Alka Seltzer zu suchen.

Als Kind liebte ich Weihnachten. Wenn es unerträglich heiß war, fuhren meine Eltern mit mir an den Strand. Sie arbeiteten beide in der Fabrik und hatten Weihnachten immer frei.

Wir fuhren am späten Nachmittag zum Strand und blieben dort bis zum Abend. Meine Mutter nahm ein Picknick mit, das aus Gurkensalat, roten Rüben, Kopfsalat, harten Eiern, Schnitzel und Wassermelone bestand.

Wenn ich Glück hatte, kam ein Eisverkäufer vorbei, und ich bekam ein Eis am Stiel mit Schokoladenglasur. Das war das Beste an Weihnachten.

Nachweis

Lily Brett (* 1946, Feldafing)
Weihnachten. Aus: Lily Brett, *New York.*

Dino Buzzati (16. Oktober 1906, San Pellegrino di Belluno – 28. Januar 1972, Mailand)
Zu viel Weihnachten. Aus dem Italienischen von Percy Eckstein und Wanda Lipsius. Aus: *Die Lektion des Jahres 1980.*

Andrea De Carlo (* 11. Dezember 1952, Mailand)
Arcodamore (Auszug aus dem gleichnamigen Roman). Aus dem Italienischen von Renate Heimbucher.

Doris Dörrie (* 26. Mai 1955, Hannover)
Zimmer 645.

Friedrich Dürrenmatt (5. Januar 1921, Konolfingen bei Bern – 14. Dezember 1990, Neuchâtel)
Weihnacht. Aus: Friedrich Dürrenmatt, *Aus den Papieren eines Wärters.* Aus dem Nachlaß von Friedrich Dürrenmatt, der sich im Schweizerischen Literaturarchiv in Bern befindet.

F. Scott Fitzgerald (24. September 1896, St. Paul/Minnesota – 21. Dezember 1940, Hollywood)
Pat Hobbys Wunschzettel. Aus dem Amerikanischen von Harry Rowohlt. Aus: F. Scott Fitzgerald, *Pat Hobby's Hollywood-Stories.* Copyright © 1978 by Diogenes Verlag, Zürich

Graham Greene (2. Oktober 1904, Berkhamstead/Hertfordshire – 3. April 1991, Vevey, Schweiz)
Lieber Dr. Falkenheim. Aus dem Englischen von Petra Kipphoff. Aus: Graham Greene, *Erzählungen.* Copyright © 1977 by Paul Zsolnay Verlag, Wien

Patricia Highsmith (19. Januar 1921, Fort Worth/Texas – 4. Februar 1995, Locarno/Tessin)
Zum Versager geboren. Aus dem Amerikanischen von Melanie Walz. Aus: Patricia Highsmith, *Die Augen der Mrs. Blynn.* Copyright © 2002 by Diogenes Verlag, Zürich

Otto Jägersberg (* 19. Mai 1942, Hiltrup)
Badischer Überfall. Erstveröffentlichung mit freundlicher Genehmigung des Autors. Copyright © 2007 by Diogenes Verlag, Zürich

James Joyce (2. Februar 1882, Dublin – 13. Januar 1941, Zürich)
Das Weihnachtsmahl. Aus dem Irischen von Klaus Reichert. Aus: *Frankfurter Ausgabe der Werke von James Joyce.* Copyright © 1967, 1972, 1975 by Suhrkamp Verlag, Frankfurt am Main

Erich Kästner (23. Februar 1899, Dresden – 29. Juli 1974, München)
Felix holt Senf. Aus: Erich Kästner, *Das Schwein beim Friseur und andere Geschichten.* Copyright © by Atrium Verlag, Zürich

Garrison Keillor (* 7. August 1942, Anoka/Minnesota)
Weihnachten in Vermont. Aus dem Amerikanischen von Angelika Kaps. Aus: Garrison Keillor, *Das Buch der Kerle.* Copyright © 1997 by Paul Zsolnay Verlag, Wien

David Lodge (* 28. Januar 1935, London)
Pastorale. Aus dem Englischen von Renate Orth-Guttmann. Aus: *Sommergeschichten – Wintermärchen.* Copyright © 1996 by Haffmans Verlag, Zürich

Loriot, eigentlich Bernhard-Viktor Christoph-Karl von Bülow (* 12. November 1923, Brandenburg an der Havel)
Spielwaren. Aus: Loriot, *Gesammelte Prosa.* Copyright © 2006 by Diogenes Verlag, Zürich

Carson McCullers (19. Februar 1917, Columbus/Georgia – 29. September 1967, Nyack/New York)
Weihnachtszauber. Aus dem Amerikanischen von Elisabeth Schnack. Aus: Carson McCullers, *Gesammelte Erzählungen.* Copyright © 1961, 2004 by Diogenes Verlag, Zürich

Ingrid Noll (* 29. September 1935, Shanghai)
Der Schneeball. Aus: Ingrid Noll, *Falsche Zungen.* Copyright © 2004 by Diogenes Verlag, Zürich

Alfred Polgar (17. Oktober 1873, Wien – 24. April 1955, Zürich)
Bescherung. Aus: Alfred Polgar, *Kleine Schriften (3). Irrlicht.* © 1984 by Rowohlt Verlag GmbH, Reinbeck bei Hamburg

Saki, eigentlich Hector Hugh Munro (18. Dezember 1870, Akyab/Burma – 13. November 1916, Beaumont-Hamel/ Frankreich)
Reginald über Weihnachtsgeschenke. Aus dem Englischen von Werner Schmitz. Aus: Saki, *Sämtliche Erzählungen,* Haffmans Verlag, Zürich 1998. Abdruck mit freundlicher Genehmigung des Übersetzers.

David Sedaris (* 26. Dezember 1956, Johnson City/New York)
Die WeihnachtsLand-Tagebücher. Aus dem Amerikanischen von Harry Rowohlt. Aus: David Sedaris, *Holiday on Ice,* Diana Verlag, München, Zürich 2001. Copyright © 1999 by Wilhelm Heyne Verlag, München

Robert Louis Stevenson (13. November 1850, Edinburgh – 3. Dezember 1894, Apia/Samoa)
Markheim. Aus dem Englischen von Marguerite und Curt Thesing. Aus: Robert Louis Stevenson, *Meistererzählungen.* Copyright © 1979 by Diogenes Verlag, Zürich

Martin Suter (* 29. Februar 1948, Zürich)
Die Woche zwoundfünfzig. Copyright © 2007 by Diogenes Verlag, Zürich

Roland Topor (7. Januar 1938, Paris – 16. April 1997, Paris)
Weihnachtsmärchen. Aus dem Französischen von Ursula Vogel. Aus: Roland Topor, *Der schönste Busen der Welt.* Copyright © 1987 by Diogenes Verlag, Zürich

Bitte beachten Sie
auch die folgenden Seiten

Bücher zur Weihnacht im Diogenes Verlag

»Dann und wann empfand er das Bedürfnis, tief aufzuatmen, denn jetzt, da der Gesang, dieser glockenreine A-cappella-Gesang die Luft erfüllte, zog sein Herz sich in einem fast schmerzhaften Glück zusammen. Weihnachten…«
Thomas Mann, Weihnacht bei den Buddenbrooks

Jean de Brunhoff
Babar und der Weihnachtsmann
Aus dem Französischen von Françoise Sérusciat-Brütt

Charles Dickens
Weihnachtslied
Eine Gespenstergeschichte
Aus dem Englischen von Richard Zoozmann
Mit Zeichnungen von Tatjana Hauptmann
und einem Essay von John Irving

Charles Dickens
Drei Weihnachtsgeschichten
Aus dem Englischen von Gustav Meyrink

Magdalen Nabb
Das Zauberpferd
Roman
Aus dem Englischen von
Sybil Gräfin Schönfeldt

Georges Simenon
Weihnachten mit Maigret
Roman
Aus dem Französischen von Hans-Joachim Hartstein
Auch als Diogenes Hörbuch erschienen,
gelesen von Hans Korte

Alle Jahre wieder
Romantische Weihnachtsgeschichten
Herausgegeben von
Daniel Keel und Daniel Kampa

Früher war mehr Lametta
Hinterhältige Weihnachtsgeschichten
Herausgegeben von
Daniel Keel und Daniel Kampa
Auch als Diogenes Hörbuch erschienen,
gelesen von Ingrid Noll, Martin Suter und Anna König

Früher war noch mehr Lametta
Hinterhältige Weihnachtsgeschichten
Herausgegeben von Daniel Kampa
Auch als Diogenes Hörbuch erschienen,
gelesen von Anna König, Hans Korte,
Martin Suter und Cordula Trantow

Früher war noch viel mehr Lametta
Hinterhältige Weihnachtsgeschichten
Herausgegeben von Daniel Kampa

Lieber Weihnachtsmann …
Bitte nicht wie letztes Jahr!
Hundert Briefe italienischer Kinder
Zusammengestellt von
Federica Lamberti Zanardi und Brunella Schisa
Aus dem Italienischen von
Linde Birk

Weihnachtsmann, mach du das mal!
Neue Briefe italienischer Kinder
Zusammengestellt von Federica Lamberti
Zanardi und Brunella Schisa
Aus dem Italienischen von Linde Birk

O du fröhliche, o du selige
Weihnachtszeit
Die schönsten deutschen Weihnachtslieder und -gedichte von
Walther von der Vogelweide bis Wilhelm Busch
Mit Illustrationen von Cranach, Dürer, Richter, Pocci u. a.
Herausgegeben von Anne Schmucke

O du schreckliche …
Kriminelle Weihnachtsgeschichten
Herausgegeben von Daniel Kampa

Alle Jahre wieder

Romantische Weihnachtsgeschichten
Herausgegeben von Daniel Keel und Daniel Kampa

Lektüre für die schönste Zeit des Jahres: ›Das kleine Mädchen mit den Schwefelhölzchen‹ von Hans Christian Andersen trippelt mit bloßen Füßen durch die kalte Winternacht, in einem Ausschnitt aus Dickens' *Ein Weihnachtslied in Prosa* erfährt der Geizhals Scrooge, daß der Geist der Weihnachtsnacht besonders arme Familien mit Freude beschenkt, und bei Astrid Lindgren sorgt die kleine Madita dafür, daß auch ihr Freund Abbe ein Weihnachtsgeschenk bekommt. Doch nicht nur zeitlose Klassiker, die man alle Jahre wieder lesen will, versammelt diese Anthologie, sondern auch neue Geschichten: Doris Dörrie überrascht mit einer polnischen Weihnachtsgans, und bei Paul Auster begeht ein Zigarrenverkäufer an Weihnachten einen Diebstahl, dabei aber trotzdem eine gute Tat. Außerdem erinnern sich Carson McCullers, Truman Capote, Dylan Thomas und Ingrid Noll an die Festtage ihrer Kindheit.
Ein bewegendes Zusammentreffen brillanter Autoren, von denen jeder Weihnachten auf ganz besondere Weise erzählt.

»Liebeläutend zieht durch Kerzenhelle
Mild, wie Wälderduft, die Weihnachtszeit
Und ein schlichtes Glück streut auf die Schwelle
Schöne Blumen der Vergangenheit.«
Joachim Ringelnatz

Martin Suter im Diogenes Verlag

Martin Suter, geboren 1948 in Zürich, ist Schriftsteller, Kolumnist und Drehbuchautor. Bis 1991 verdiente er sein Geld auch als Werbetexter und Creative Director, bis er sich ausschließlich fürs Schreiben entschied. 1997 erschien sein erster Roman *Small World*. Seine Kolumne ›Business Class‹ in der Schweizer *Weltwoche* und im *Magazin* des *Tages-Anzeigers* und die Geschichten um Geri Weibel für das NZZ-*Folio* erfreuten sich großer Beliebtheit. Suter lebt mit seiner Familie in Spanien und Guatemala.

»Martin Suter, Autor süchtig machender Kolumnen, spielt virtuos auf den Klaviaturen unterschiedlichster Textsorten. Wie ein an Hitchcock geschulter Thriller-Regisseur wiegt der Autor seine Leserschaft in Sicherheit, um in der Peripetie umso hinterhältiger zuschlagen zu können, auch um den moralisch zweifelhaften Schluß umso schillernder offenzulassen.«
Urs Steiner/Neue Zürcher Zeitung

Small World
Roman

Die dunkle Seite des Mondes
Roman

Business Class
Geschichten aus der Welt des Managements

Ein perfekter Freund
Roman

Business Class
Neue Geschichten aus der Welt des Managements

Lila, Lila
Roman

Richtig leben mit Geri Weibel
Sämtliche Folgen

Huber spannt aus
und andere Geschichten aus der Business Class

Der Teufel von Mailand
Roman
Auch als Diogenes Hörbuch erschienen, gelesen von Julia Fischer

Unter Freunden
und andere Geschichten aus der Business Class

Ingrid Noll
im Diogenes Verlag

»Sie ist voller Lebensklugheit, Menschenkenntnis und verarbeiteter Erfahrung. Sie will eine gute Geschichte gut erzählen, und das kann sie.«
Georg Hensel / Frankfurter Allgemeine Zeitung

»Wer einmal anfängt, ihre Romane zu lesen, hört nicht mehr auf, ja wird süchtig nach mehr. Sie erzählt temporeich und spannend und immer mit Ironie.«
Christa Spatz / Frankfurter Rundschau

»Weit mehr als für Leichen interessiert sich die Autorin für die psychologischen Verstrickungen ihrer Figuren, für die Motive und Zwangsmechanismen, die zu den Dramen des Alltags führen.«
Klaus Reitz / Mannheimer Morgen

»Eine fesselnd formulierende, mit viel schwarzem Humor ausgestattete Neurosen-Spezialistin in Patricia-Highsmith-Format.«
Markus Vanhoefer / Münchner Merkur

Der Hahn ist tot
Roman

Die Häupter meiner Lieben
Roman

Die Apothekerin
Roman

Der Schweinepascha
in 15 Bildern. Illustriert von der Autorin

Kalt ist der Abendhauch
Roman

Röslein rot
Roman

Selige Witwen
Roman

Rabenbrüder
Roman

Falsche Zungen
Gesammelte Geschichten
Ausgewählte Geschichten auch als Diogenes Hörbuch erschienen, gelesen von Cordula Trantow

Ladylike
Roman
Auch als Diogenes Hörbuch erschienen, gelesen von Maria Becker

Doris Dörrie im Diogenes Verlag

»Doris Dörrie ist als Erzählerin Spezialistin in diffizilen Angelegenheiten der kleinen Rache und gezielten Ohrfeigen zum Zwecke der Unterstützung des eigenen Selbstwertgefühles. Sie ist eine sehr gute Kurzgeschichten-Schreiberin mit der erforderlichen Prise Selbstironie und mit stilistischer Eleganz.«
Annemarie Stoltenberg / Die Zeit, Hamburg

»Es ist vollkommen gleichgültig, ob Sie Doris Dörrie in der Badewanne, im Intercity-Großraumwagen, im Lehnstuhl oder in der Straßenbahn lesen, nur: Lesen Sie sie!« *Deutschlandfunk, Köln*

Liebe, Schmerz und das ganze verdammte Zeug
Vier Geschichten
Daraus die Geschichte *Männer* auch als Diogenes Hörbuch erschienen, gelesen von Anna König

»Was wollen Sie von mir?«
Erzählungen. Mit Fotos von Helge Weindler

Der Mann meiner Träume
Erzählung

Für immer und ewig
Eine Art Reigen

Bin ich schön?
Erzählungen

Samsara
Erzählungen

Was machen wir jetzt?
Roman

Happy
Ein Drama

Das blaue Kleid
Roman

Mitten ins Herz
und andere Geschichten. Ausgewählt von Daniel Keel. Mit einem Nachwort der Autorin

Und was wird aus mir?
Roman
Auch als Diogenes Hörbuch erschienen, gelesen von Doris Dörrie

Kinderbücher:

Mimi
Mit Bildern von Julia Kaergel

Mimi ist sauer
Mit Bildern von Julia Kaergel

Mimi entdeckt die Welt
Mit Bildern von Julia Kaergel

Mimi und Mozart
Mit Bildern von Julia Kaergel

Carson McCullers im Diogenes Verlag

»Heute streitet man sich auch in Deutschland nicht mehr um Rang und Ruhm von Carson McCullers, deren erster Roman *Das Herz ist ein einsamer Jäger* bereits 1940 von renommierten Kritikern des englischen Sprachgebiets gepriesen wurde. Er machte die Dreiundzwanzigjährige auf der Stelle berühmt und gewissermaßen zur Kollegin großer Schriftsteller wie Dostojewskij, Melville und Faulkner, der selber ihr Werk verehrt hat.« *Gabriele Wohmann*

»Für mich gehört ihr Werk zu den besten unserer Zeit.« *William Faulkner*

»Carson McCullers' Romane und Kurzgeschichten sind Literatur von der erlesensten, aber auch privatesten Art; Einsamkeit und Außenseitertum sind ihre Domäne, die sie in einfallsreichen und verblüffenden Variationen vor der sommerlich durchglühten Kulisse verschlafener Provinznester Georgias in der kurzen Zeitspanne von zehn Jahren durchgespielt hat.«
Alexandra Lavizzari/Neue Zürcher Zeitung

Das Herz ist ein einsamer Jäger
Roman. Aus dem Amerikanischen von Susanna Rademacher

Spiegelbild im goldnen Auge
Roman. Deutsch von Richard Moering

Frankie
Roman. Deutsch von Richard Moering

Die Ballade vom traurigen Café
Novelle. Deutsch von Elisabeth Schnack
Auch als Diogenes Hörbuch erschienen, gelesen von Elke Heidenreich

Uhr ohne Zeiger
Roman. Deutsch von Elisabeth Schnack

Gesammelte Erzählungen
Deutsch von Elisabeth Schnack